イグアナの花園

上畠菜緒

集英社

イグアナの花園　目次

イグアナの花園

一、友の隠れ家

小さい生き物たちは、喋《しゃべ》ることがある。注意していないと聞きもらしてしまうような密《ひそ》やかな声で、ほんの一言だけ。

例えば草の間から飛び出したカナヘビが『夢見た』と言って岩のすき間に消えたり、甲羅を干していた亀が『足ない』と言ったり。ちなみに、その亀の足はちゃんとあった。

彼らの言葉は流れ星に似ていると思う。きらめいていて特別で、見つけたと思ったら消えているところとか。いつ流れるかもわからないのに、つい夜空を見上げて探してしまうところとか。

会話ができるわけではない。今までに一度だって彼らの言葉が私に向けられたことはないし、私の言葉に返事があったこともない。でもそれは別に悲しいことじゃない。流れ星を見つけられたらそれで十分なのであって、隕石《いんせき》を拾いたいとまでは思わない。そんな感じ。

カコン、と鹿威《ししおど》しの音が響く。澄んだ余韻が中庭全体に広がっていくのを感じた。私はツバキの茂みに半ば埋もれるように座り込んでいる。目の前の蛙《かえる》を観察するためだ。冬眠から目覚めたばかりの小さな蛙。池の縁のぬれた岩にうずくまっている。少し弱々しく見えるのは、老いているからかもしれない。

辺りはもうだいぶん暗い。座敷の雪見障子からもれた灯《あか》りが、スポットライトのように蛙を照らしていた。私たちは同じように背を丸め、瞬《まばた》きをし、喉を上下させた。わずかな動きに寄りそっているうちに、呼吸や鼓動まで感じとれるようになる。次第にそれが蛙のものなのか私のものなのかもわからなくなって、自分の輪郭があいまいになる。その状態になるまで深く深く集中していくのだ。

どれくらいそうしていただろう。私を集中から引き戻したのは足のしびれだった。足は腫れているみたいにしびれ、ジンジンと脈打っている。下駄《げた》の上で指を曲げたり伸ばしたりしてみた。大人用の下駄は私の足の二倍以上の大きさだ。指を動かすのには困らない。

くしゃみが出そうになって必死にこらえる。鼻をつまんでみたけれど、止まりきらなかった息がもれた。蛙は驚いたのか、むっちりとした太ももを落ち着かなげに動かした。

『帰らなきゃ』

ふいに鼓膜の片隅で申し訳程度に声が響いた。蛙が喋ったのだ。

「どこに?」

驚かさないように、そっと声をかけてみる。返事はなくてもいいと思っているのに、話しかけるのを止《や》められないのはどうしてだろう。

ちょぽんと軽い音を立てて、蛙は池に飛び込んでしまった。浅くて広い池だ。一度深く沈んだ蛙は、すぐに伸びやかに泳ぎ出した。シダの陰に隠れて見えなくなるまでその後ろ姿を見送る。彼女はたぶん鯉《こい》に食べられてしまうだろう。私が生まれる前からこの家にいる巨大な鯉たち。彼らは底なしに思える食欲で、池に落ちたものを何でも飲み込んでしまうのだ。

暗い水面はぬらぬらと照る。それがただの水の流れなのか、尾ひれの揺らぎなのかもわからない。私は足をかばってゆっくりと立ち上がり、大きく伸びをして固まった体をほぐした。部屋に戻るために振り向いて、廊下に立つ人影に気づく。

風呂上がりなのだろう。赤くなった足首が白っぽい浴衣のすそから見えている。眼鏡にかかる髪はまだ乾ききっていない。中庭からは五十センチほど高い位置にある廊下に立っているから、ものすごく背が高く見える。暗い天井に頭が届きそうなくらい。顔は陰になって、眼鏡だけが白く反射している。

ずっと蛙を見ていたからか、妙な生き物に出会ったような気持ちになる。手を複雑に組んで、二本の足でぬっと立つお化け。

「美苑《みその》、そろそろ入りなよ」

呼びかけられて、やっと腑《ふ》に落ちる。それは人間という生き物で、私の父親だ。

「何度も呼びかけたのに」

私は首を小さく振る。あれほど耳を澄ましていたのに、父の声は少しも聞こえていなかった。集中しすぎていたのは認めるけれど、父の声が小さいのもいけないと思う。

彼はけっして無口というわけではないのだけれど、会話は少ない。つまりほとんどが独り言なのだ。父は思考するときに、言葉に出さずにはいられないのだと思う。

独り言であれ会話であれ、父の声はとても小さい。学生たちから苦情は出ないのだろうか。父は大学で教授をしているのだ。植物学の。

黒くつやのある廊下が足の周りだけくもっている。父が足を動かすと、水滴に縁どられた足跡が残った。私はそれを茂みからじっと見つめる。逆の足跡だ。まだそこに誰かが立っているみたい。

「紫苑《しおん》さんが探してたよ」

「母上が？　怒ってた？」

パッと反射的に顔を上げたけれど、父の表情はやはりよく見えなかった。ずっと中庭にいたことに対するお叱りの言葉だろうか。新学期の心構えをお説教されるかもしれない。

「また熱が出るといけないから、早く入浴して寝なさいだってさ。明日から四年生なんでしょ」

父が重ねて中に入るよう言うので、私は歩き出す。本当はもう少し中庭にいたかった。

「顔赤いよ。熱があるんじゃないの？」

「冷えたからだと思う。熱はないから、大丈夫」

踏み台代わりになっている平らな庭石を踏んで、廊下へと飛びあがった。できるだけ元気に見えるように。またくしゃみが出そうになって、なんとか止める。思ったよりも体は冷えてしまっていた。日中は暖かくゆるんできたけれど、朝晩の冷え込みはまだ鋭い。お風呂に向かおうとしたら、後ろから父に呼び止められた。

「生物を観察するのもいいけど、たまにはなんていうか、家族でゆっくり過ごす時間があってもいいんじゃないかな」

私は父を見つめて、首をかしげる。

「つまり、どういう？」

「どう……だろう。食事以外の時間も母上と過ごしてみたら？　テレビを観《み》るとか、遊ぶとか」

父は自分で言いながら頭を傾けている。私も眉をひそめた。母上はテレビを観ない。まして遊ぶとは何なのか。ボードゲームみたいなものを想像して、首を振った。母上にとってそれは時間の無駄以外のなんでもない。

「お父さん、この間も同じようなこと言ってた。どうして?」

どうしてって、と父は言いよどむ。彼は最近になって急にこういうことを口にするようになったのだ。家族で過ごすということについて。その真意はよくわからないし、上手《うま》くいっているとも言いがたい。私たちは確かに別々で過ごしていることが多くて、家族らしい家族ではないかもしれない。でも物心ついた時にはすでにこの調子だった。私にとってはこれが普通なのに。

どうしてだろう、と父は口の中で言ったみたいだった。聞きまちがいかもしれない。何か言いたいけれどうまく言葉がでない、という様子で眉を上げている。

「いや、いいよ。早くお風呂入っておいで」

熱が出るよと父がまた繰り返すので、大丈夫だってばと口をとがらせた。

「最近はそんなに熱出してないよ。三年生の最後の学期なんか、ほとんど学校行けてたでしょ」

教室にはあまり入れていないけど、という言葉は飲み込む。そうだね、と父はまた困ったみたいに顎をかいた。私が学校に行ったのかそれとも休んだのかなんて、父は知らないのかもしれない。彼は私より先に家を出るから。

「友達も、がんばって作るんだよ」

おやすみと言いながら立ち去らない父。私がちゃんと風呂に入るか見ているのだろう。いくらなんでも今から中庭に戻りはしないのに。仕方なく小走りで風呂に向かった。本当にどうしたといううのだろう。ぶつぶつ言い続けてはいるけど静かで、自分の考えに没頭していて、人にはあまり関わらない。それが父だったと思うのだけれど。

　小学校に入学してから三年間、私が最も長く過ごした場所は保健室だった。原因は体調不良。大変ふがいないことに、私は人より体が弱いらしいのだ。特に悪いところがあるというわけではない。ただ疲れやすかったり、調子が悪くなる回数が人より多いだけ。

　まず一番多いのは熱を出してしまうこと。あとは腹痛、頭痛。給食のおさまりが悪いと、午後に吐き気におそわれることもしばしば。

　それでも少しずつ体は強くなっていっていると思う。春休みの間はほとんど熱も出さなかった。

「転校生？」

「いや、入学したときからいる子だよ。えっと、八口《やつぐち》さん。保健室の子」

　クラス替えをしたばかりの教室には、そわそわと落ち着かない空気が流れている。私はそんな空気にあらがうべく早々に着席し、大人しく本を読んでいた。それでもさすがに、自分の名前が聞こえたら気になってしまうものだ。

「八口って、あのお屋敷の？」

「あれって寺じゃないんだっけ」

「じゃないよ。華道の先生の家じゃん。テレビに出てる」

　お屋敷のお嬢様。教室の後ろの方にいるらしい子たちは、私が本に集中していると思っているのだろう。声を潜めようという気配もない。

お屋敷、もとい私たちの家は確かに古い日本家屋で、立派で、お屋敷としか言えない見た目をしている。山の中腹辺りに建っているからお寺っぽく見えるのもたしかだ。山も八口家のものだから、周囲に他の家もない。つまるところかなり目立っているのだ。町のみんなに認識され、こうして話題にされても仕方がないと思う。ものすごく嫌だとも思わないけれど、選べるなら普通の家がよかった。

「ほーちゃん！　またおんなじクラスだね！」

はしゃぐ女の子たちの声。それと同じ声がクラスのあちらこちらで上がっている。誰とも話していないのなんて、私くらい。

私は教室の中を何となく見回す。同じクラスになったことがある子もいるはずだけれど、誰の名前もわからなかった。小さい生き物たちを観察するのはあれほど楽しいのに、人間たちには何の興味も持てない。みんな同じ顔だ。当然歳《とし》は同じだから、ほとんど大きさに違いもない。制服があるから服装も一緒。見分けるだけで一苦労だ。

友達も、がんばって作るんだよ。父の言葉が脳内で再生される。指導めいたことをしない父が言ったことだから、妙に頭に残ってしまっていた。学校は勉強をするところだから、友達は無理に作らなくてもいい。今までの父だったらそんなことを言いそうなのに。

私は軽くため息を吐《つ》いた。私だって、友達はいないよりはいた方がいいとは思うけれど。

私の後ろの席には女の子が座っていて、そばに立っている子と話し込んでいた。話しかけてみようか。しかしいったい何を話せばいいのだろう。彼女たちの話を邪魔しないタイミングとはいつなのか。

結局朝のホームルームが始まるまで、私は話題を探し続けていた。

「珍しいね、美苑がテレビ観るなんて」

居間でテレビに張り付き、録画したドラマを観ている私に父が声をかけてきた。彼は部屋に入ると、そっとふすまを閉める。

「クラスで流行《はや》ってるから」

「へえ、友達ができたの？」

父の声が明るい気がする。なんとなく罪悪感を覚えながら、私は首を振った。友達どころか、まだ誰とも会話を交わしていない。この一週間休まずに教室に行けたのは快挙だが、それだけで友達ができるというわけでもないらしい。

「でもこういうの観たら話せるかもしれないと思って」

少し体をずらして、画面を指さす。二十四インチの小さいテレビだ。

父は納得したように頷《うなず》きながらも、画面をのぞき込んで眉間にしわを寄せた。

画面の中では、不良と呼ばれる学生たちが隣の学校の不良たちと喧嘩《けんか》をしていた。ドラマの中の学校は落書きだらけで、机が積み上げてあって、学びの場とはとても思えない。私は少し気まずい思いで身じろぎした。このドラマを選んで観ていることがなんだか恥ずかしくなる。好きで観ているのではないと言い訳したくなる感じ。

「あ、アトリエ行くの？　一緒に行ってもいい？」

父が持つ茶色い革の鞄《かばん》に視線を送る。それは横から見たシルエットが楕円《だえん》に見えるほど膨らんでいる。ノートパソコンや筆記用具の他に、マイクがついた箱みたいな電子機器や、コードがとにかくたくさん入っているのだ。

「いいけど、もう観ないの？」

「うん。もうほとんど終わりだし、いい」

プツリ、と電源を切る。その瞬間にもう登場人物たちの顔が思い出せなくなっていた。これでは話題どころではない。

立ち上がろうとしたところで、リモコンが手から滑り落ちた。ガシャン、と大きな音を立てて電池が飛び出す。私と父で、慌てて転がる電池を押さえた。広座敷がある方角のふすまを見る。今にもそこから鬼の形相をした母上が現れるような気がしたけれど、ふすまが開け放たれることはなかった。

母上は今、廊下を隔てた一つ向こうの広座敷で教室を開いている。彼女は活《い》け花《ばな》の先生なのだ。偉い先生らしく、テレビに出たり新聞に載ったりすることも珍しくない。

母上が稽古をしている間は、家の中がシンとしずまりかえっている。切られる直前の花か、手厳しい指導に怯《おび》える生徒さんたちか。とにかく何かの緊張感が漂って、空気が張り詰めているのだ。その感じがあると、ああ土曜日の朝なのだなと実感する。

私と父は足音を忍ばせて、お屋敷の外に出る。アトリエは山を十五度くらい回り込んだところにある。車だと二、三分くらい。エンジンの音を響かせるわけにはいかないから歩きで行くけれど、それでも十五分ほどで着く。

アトリエは父が結婚して少ししてから建てたものらしい。論文を書くために。小さい建物だけれどキッチンやお風呂まであるから泊まることだってできる。とはいえ父がそこに泊まったことは、私が知る限りでは一度もない。

「外で遊んでるね」

声をかけたけれど、すでに研究のことで頭がいっぱいらしい父からは返事がなかった。なにか小さく喋りながらアトリエに入っていく。私のことはもう見えてもいなさそうだ。いつものことだから気にしない。というより、その感じが心地よかった。友達がどうとか母上がどうとか、干渉してくる父とはどう接していいかわからないから。

私は花畑に潜り込む。花に用があるわけではない。その向こうの、山際《やまぎわ》の茂みに行きたいのだ。

赤と白の尾ひれを揺らすのはキンギョソウ。これは本当に金魚に見えるけれど、その向こうのタイツリソウはどう見たら鯛《たい》なのかいまいちわからない。オレンジ色の丸い花はキンセンカ。いや、マリーゴールドだったかも。父は何回か花の名前を教えてくれたけれど、私に見分けがつくのはほんの一部の花だけだ。ホトケノザの花をそっと引き抜いて口にくわえる。甘みがさらりと舌に広がって、一瞬でかき消えた。蜜が吸える花は好きかもしれない。

私は茂みに辿《たど》り着くと、ポイントを定めてしゃがみ込む。まずはゆっくりと伸びをした。アトリエには母上の緊張感がない。心置きなく生き物たちを探すことができる。

家にいる間は中庭の、外ではアトリエの生き物たちが私にとって最も親密な相手だ。彼らといるときが一番心休まる。

今日はどんな生き物に出会えるだろう。この場所だと、アリやテントウムシ、ダンゴムシなんかを探すのがいいかもしれない。ちなみに昆虫の声が聞こえたことはない。それでも一向に構わない。

声を聞くことは素敵なことだけれど、必須ではないのだ。ただ彼らを観察できれば。

彼らはとてもひたむきに動く。生きるために。しかし時には前足で目をかいたり、あくびをしたりする。他の生き物と穏やかに過ごしていると思ったら、食べたり、食べられたりすることもある。そんな営みを見つめていると、時間があっという間に過ぎる。ドラマなんかより何倍も面白い。

小さなトカゲが草の陰から顔を覗かせ、少し驚いたみたいに私を見た。

『出会い』

彼女はそう言って走り去る。すぐ近くで何かが動いた気配があった。

「そろそろお昼だから帰ろうか」

父の言葉に、ちょっと驚いて尻餅をついてしまった。そんなに時間が経《た》ったのだろうか。見上げると太陽が真上に昇っているのが見えた。

「美苑はほんとに、紫苑さんに似てる」

父は呆《あき》れたみたいに笑って、私のお尻をはたく。

母上と私の共通点なんてない。父は詳しく説明してくれるでもなく、ただ少し笑って歩き始めた。

ゴウゴウと木々のざわめく音に、車のうなりが混じる。山を下る車が何台も横を走り抜けていった。母上の教室が終わったところなのだ。玄関を避けて勝手口に回ろうとしていたところで、明るい声に呼び止められた。

「あ、ねえちょっと待って！」

立ち話をしている大人たちの間をすり抜けて、少女が走り寄ってきた。

「美苑ちゃん」

同じクラスの子だった。教室では一度も私に話しかけてきたことなんてないけれど、その子は自然に私の名前を呼ぶ。前から友達だったみたいに。私は少し悩んで、邑田《むらた》さん、と口に出す。

「ほーちゃんでいいよお」

「ほくろがあるから、ほーちゃん」

教室で彼女がそう名乗っていたことを思い出し、口にする。ほーちゃんは一瞬表情をこわばらせた。

「え、あーそう。お喋りほくろがあるからね」

そう言いながら、彼女は口元のほくろを触った。私は隠れてしまったそのほくろの辺りを見続けた。顔に目印があるのはいいことだ。他の子と見分けやすい。

なんの用事だろうという気持ちが、初めて話しかけられた、というドキドキに消されていく。どうしたらいいんだっけ。ドラマの話を実践してみるべきなのだろうか。しかし話題を探す必要はなくなった。てかさあ、と彼女が喋り始めたから。

「お姉ちゃんが紫雨《しう》先生の教室に通いたいって言うから、お母さんと私も一緒に見学にきたんだけどね」

紫雨というのは母上の雅号《がごう》だ。あそこ、とほーちゃんが背後を指す。

「もー、お母さん、なんか気合い入れて着物まで着ちゃってさあ」

着物の女性が母上にペコペコと頭を下げながら話していた。日頃のお稽古でも着物の人はいるけれど、それでも普段使いの気楽なものだ。ほーちゃんの母親は何というか、晴れの日に着るような豪華なものを着ている。たしかに気合いが入っているのは伝わってきた。近くには緊張した表情の女の子が立っている。中学校の制服を着ていた。そういえば、ほーちゃんも制服で来ている。

「ほーちゃんも、お花やるの……？」

「ええー、私には絶対無理！」

何が面白かったのだろうか、ほーちゃんは笑い声をあげた。

「私はどっちかって言うと、お屋敷が見たくて来ちゃった」

超すごいね、とほーちゃんはため息交じりで続ける。

「庭も中もすごい！　でっかい中庭に池なんかあってさあ、ほんとお屋敷って感じだよね。高そうな壺《つぼ》とか剣とか飾ってあってびっくりしちゃった。美苑ちゃんほんとにこんなとこに住んでるの？　お城のお姫様みたいじゃん！」

壺や剣、というのはたぶん母上の花器や日本刀のことだと思ったけれど、私はとくに訂正することはしなかった。彼女の目がキラキラしていてなんだかまぶしい。

「ねえ、学校でこの話してもいい？」

うん、と頷いた顎を上げるか否かのうちに、もう行かなきゃ！　とほーちゃんは踵《きびす》を返した。彼女の母親が、苛立《いらだ》たし気に彼女の名前を呼んでいる。彼女の背中を見送って、私はほっと息を吐く。いつの間にか握りしめていた手を開くと、指の間にひどく汗をかいていた。気持ちが悪いくらい。私はズボンで手をぬぐって、ふらふらと勝手口に向かう。妙に重たい体を廊下に投げ出した。背中の汗が冷たい。天井の木目が巨大な目玉みたいだった。ぐにゃりとゆがんだ化け物の顔。

母親の腕にまとわりつくようにして帰っていくほーちゃんを思い出す。ほーちゃんと、彼女のお姉さんと母親、みんなで何やら話しては、大口を開けて笑っていた。

私は母上が笑っているところなんて、生まれてからたぶん一度も見たことがない。私にとっての母上は規範そのものみたいな感じだ。冷たくて、厳しくて、正しい。刃物にも似ている。とにかく、お母さんって感じじゃない。

「私がお城のお姫様なんて、全然ピンとこない。使用人の子どもとかの方がそれっぽいんじゃない？」

ピシャッとふすまが開く音。美苑！　と母上の鋭い声が聞こえるか否かのうちに、私は飛び起きた。

「お行儀が悪い」

「申し訳ございません！」

追加のお説教を避けるため、謝りながら部屋に向かって駆け出す。逃走は許してもらえたらしく、戻るようには言われなかった。走らない！　と叱責の声が飛んできて、私の背を打ったけれど。


クラスの友達とお買い物に行かせてください、と頭を下げたとき、母上はしばらく何も言わなかった。頭の上からよろしいと短い返事が降ってきたときには、全身の力が抜けるくらいほっとした。

「久しぶりにあんなに緊張した」

畑に水を撒《ま》く父の背中に、ことのてんまつを語る。ほーちゃん含めたクラスの女の子たち四人と買い物に行くことになったのだ。父は私の方に歩いてくると、私の耳の辺りに手を伸ばした。キュッと蛇口をひねる音。ホースが名残惜し気に、ちょろちょろと体内の水を吐きだした。私は父がホースを片付けやすいように、アトリエの壁際から離れる。

「友達ができてよかった」

父の口角が少し上がっているのが見えて、私はちょっと複雑な思いで頷く。実を言うと私は彼女たちと友達になれているとは言いがたい。たまたま近くにいるときにほーちゃんが話しかけてきて、それに返事をするというだけの関係だ。それも彼女たちの気に入る受け答えではないらしく、私が喋って会話が終わってしまうという流れを繰り返していた。

仲が進展した覚えが一つもなかったので、一緒に買い物に行こうと言われたときは正直驚いた。しかし誘ってもらえたということは、憎からず思われているということではないだろうか。

父は首にかけたタオルで、額の汗と手をぬぐう。それからお尻のポケットに手を伸ばして、白い封筒を取り出した。

「これはお祝い。明日、お店で好きに使うといいよ」

封筒の中には、お札が何枚か入っていた。お年玉でしかもらったことのない金額にぎょっとする。

「母上に怒られちゃうよ」

私の一カ月のおこづかいは決まっている。四年生なので四百円。使った内容は出納帳《すいとうちょう》に記録して、母上に見せることになっている。欲しいものはあまりないので大して使っていない。一年前に動物の図鑑を買ったのが出金の最後の記録だったはずだ。

「秘密だよ」

父はウインクをした、と思う。両目をぎゅっとつぶっただけに見えたけれど。

ショッピングモールというのはどれくらいお金がかかる場所なのだろうか。あまりピンとこないが、父がくれた額はやはり少し多すぎる。

秘密のお金が入った封筒を慎重にたたんで、ポケットに隠す。ちょっと執筆してから帰るという父がアトリエに入っていくのを見送って、ぶらぶらと建物の周りを歩いた。大金が入っていると思うとポケットが気になって仕方がない。

父はどこか浮かれているみたいだった。友達になったのかどうか怪しい、とはいよいよ言いづらい。私はキュッとこぶしを握った。お出かけはチャンスだ。これを機にちゃんと友達になればいい。そうすれば父に後ろめたい思いをする必要もなくなる。

私に友達ができたとして、父はそれの何が嬉《うれ》しいのだろう。友達ができたらわかるのだろうか。

まっすぐ前を見て歩いていた私は、足元に何かあるのに気が付かなかった。つま先がそれに引っかかって、思いっきり顔からこけてしまう。

「大丈夫です！」

とっさに無事を宣言する。誰も聞いていないけど。口に入った泥を吐き出しながら振り返る。

立派なアオダイショウだった。納屋の方にゆっくりと這《は》う。体がひどく重いというような動き。納屋の入口の横、雨どいの水を地面に返すための排水管の近くまで行って、それは体を丸めた。弱っているのだ。近づいてよく見ると、体に真っ赤な切り傷が走っている。

私は自分が転んだ痛みも忘れて、その蛇に見入った。深い緑に、黒っぽい模様。川底に沈んだ宝石みたいな静かな美しさ。こんなに立派なアオダイショウを見るのは初めてだった。大きさも、その見事な体色も。

「きれい」

かわいそうと思う気持ちとは裏腹に、私の口からは嘆息がもれる。

「痛いの？」

アオダイショウは私が手を伸ばしても、威嚇する気力もないというように目を伏せるだけだった。

そっと指を傷口の近くに触れさせても、ピクリともしない。

死ぬ、と思った。この子はこのままだと、そう長くはない。たくさんの小さい生き物を見てきて、死にひんした彼らの雰囲気がわかるようになっていた。死相というのだろうか。体の表面にうっすらと死が張り付いているのだ。生々しく内側を見せている傷口だけが、かえって命を主張している。

そっとしておいてあげよう、と頭では思っている。私がいることで蛇は落ち着かないだろう。せめて最期の時間を邪魔しないであげるべきだ。しかし私はその蛇から目を逸《そ》らすことができない。

蛇が視線を上げた。止まっているのかと思うくらいゆっくりと、頭をもたげる。

『助けて』

黒い瞳がまっすぐに私を捉える。彼女は助けてと言った。はっきりと。私に話しかけたのだ。気づけば私は走り出していた。アトリエの玄関を夢中で開ける。

「お父さん！　お父さん助けて！」

父は玄関を入ってすぐ横の小さい応接室でノートパソコンを広げていた。目を丸くして私を見る。

執筆中の父に話しかけたのは初めてだ。

「どこが痛い？　何があった？」

駆け込んできた私を捕まえて、父はあちこち点検し始めた。

私じゃなくて、と父を引っ張って蛇のもとへ連れて行く。彼は安心したみたいに息を吐いたけれど、蛇を見て表情をくもらせた。

父は児玉《こだま》先生を呼んでくれた。父と同じ大学の教授で、生物学の先生だ。先生は土日もだいたい大学にいる。

アトリエの縁側がある方の庭からは田んぼと、その向こうに山に埋もれるみたいに建つ大学を見下ろすことができる。とても近くに建っているのだ。車で十分程度。しかし三十分くらいかかって、やっと児玉先生は現れた。窓を全開にした軽トラの運転席から、先生が手を振る。ダルマみたいな頭に、大きな体。まるく張り出したお腹《なか》のせいで、とても窮屈そうに見える。

「いやあ。ごめんごめん。いろいろ用意してたら遅くなっちゃった」

はっはーと先生は大口を開けて笑う。ダボダボした色の薄いブルージーンズに、膝まである長靴。泥や鳥の糞《ふん》で汚れた作業着。先生のいつもの服装だ。

父と児玉先生は性格も歳もかなり違うけれど、仲がいいのだと思う。大学の植物園を一緒に管理しているらしいし、たまに釣りや食事に出かけているから。

私は記憶にないくらい小さい頃から、ときどきその植物園に連れて行ってもらっていた。父の植物にはあまり興味はなかったけれど、そこには児玉先生が研究している鳥や魚がいるのだ。先生は気が向くと、彼らの生態や世話の仕方について教えてくれた。両親や保健室の先生をのぞけば、私が一番よく接してきた人間は児玉先生ということになる。

「これは……立派なアオダイショウだなあ」

父が園芸用の軍手を差し出す。児玉先生は大丈夫、と受け取らない。

先生は蛇を軽く持ち上げたり、腹を見たりしている。彼女はあの深い瞳を向けて、問いかけるみたいに私を見ていた。

「これは、死ぬね」

先生はそう言い切ると、私を呼んだ。私は促されるまま、彼のすぐ隣に座る。

「美苑君、このまま死んでいくのが彼女の生き方だよ」

「助けられるんですね！」

そうでなければ先生はこんな風には言わない。

「これ、よく聞きなさい。このまま死なせてやるのが自然だという話じゃ。これが自然界での彼女の寿命なんだよ」

先生は以前にも同じことを言ったことがある。植物園で地面に落ちたインコを見つけたときだ。

植物園にいる動物たちを、先生はペットとして飼っているわけではない。餌や水を用意したり掃除をしたり、最小限の世話をするだけ。彼らができるだけ野生に近い姿になるように心を配っている。自然な状態で生態を研究するためだ。老いて餌が食べられず地面に落ちたなら、それがそのインコの自然界での寿命なのだ。

「先生だって飛べないインコを連れて帰って、研究室で世話をしてたじゃないですか」

「げ、覚えていたか」

先生は頭をかいた。

「まあそうだね。手を貸してやれば怪我《けが》は治せるかもしれん。で、蛇が治ったら自然に返すのか？」

治った後のことは、正直考えていなかった。私は無言で頷く。

「それは、やっぱり無責任なことじゃないかね」

先生、と父が口をはさむ。

「さっきからちょっと、子どもには難しすぎるような気がするんですが」

「いや、美苑君にはわかっていますよ」

先生は父をなだめるみたいに、まあまあ、と手を動かした。

「それにわしは無責任だと責めているわけじゃない。これはアドバイスだよ。手を全く出さない、もしくは最期まですべて面倒を見る。最初にそう決めてしまうのがいいよ。中途半端に手を出すとね、どこまでするか、どういう基準でそれを決めるのか、全部選択しなくてはいけなくなる。判断はすべて自分なのに、その結果はすべて動物に受けさせることになる。果たせない責任というのは重たいものだよ」

「構いません！」

強く言い切る私に、参ったなと先生はまた頭をかいた。

先生は大きいリュックサックから歯磨き粉みたいなチューブと、細い注射器を取り出す。蛇の傷口に軟膏《なんこう》をぬって、大きな絆創膏《ばんそうこう》に似たテープを巻いた。

先生の指は太くて、土が染み込んだみたいな色をしている。無骨な見た目だけれど、動きは柔らかい。

助けての一言の後は、彼女は何も言わない。私は何度もその特別な言葉を思い出し、頭の中で繰り返していた。

先生はプツリ、と注射針を蛇に刺す。蛇の半透明な皮膚の下に針が透けて見えていた。先生の黒い爪が注射器を押し込む。アオダイショウは少し驚いたように目を丸くしたけれど、暴れはしなかった。

「抗生剤を打っておいた。これで助かるかどうかはわからんが、これ以上はもうどうしようもないな」

「その薬、獣医学部から？」

父がお礼を言いながら、いぶかし気に注射器を見ている。

「ちょっと借りてきちゃった。週明けに謝っておくよ」

とぼけた表情の児玉先生に対して、父は申し訳ないような、呆れたような顔でため息を吐いた。

蛇はスポンジのシートで体を巻かれて動きにくそうだ。今は疲れたみたいにうなだれている。

「うーん。美苑君、やっぱり何か様子が変じゃな？」

先生は注射器を無造作に片付けながら、私をちらっと見る。

「君は野生生物の生き方を尊重している。いつもの君なら、助けるんじゃなくてそっとしておいたんじゃないか？　わしに言われるまでもなく」

私はどう答えたものか悩み、視線を泳がせる。同じく視線を上げた父と目が合った。先生の疑問に賛同するように小さく頷いている。

「どうしてこの蛇にそこまで思い入れるのかな？」

父の静かな言葉もこうして近くに座っているとよく聞こえる。

「えっと」

私は口を開きかけて、一度閉じた。生き物の声が聞こえることを誰かに話したことはない。信じてもらえない気がしていたし、頭の中だけで響く感じをどう説明していいかわからなかったから。でも先生も父も私の返事を待っているみたいだった。二人は私が何を言っても、わからないからといって怒ったり、呆れたりはしないはずだ。

「蛇が私に、助けてって言ったから……。彼女の言葉が聞こえたんです」

この子が？　と児玉先生は片方の眉を上げる。

「ほう。今も何か言っているかな？」

何も、と首を振る。なるほど、と先生は父に視線を送る。二人が少しも驚かないことに、私の方が少し面食らっていた。

「今までにも聞こえたことはある？」

父が身を乗り出して訊《き》いてくる。私は簡単に、小さい生き物の声が聞こえるという話をする。会話にはならないけれど、ときどき聞こえるのだと。

父たちは私が言う小さい生き物について、爬虫類《はちゆう》だとか、両生類といった言葉をつかった。そういうくくりの生き物の声が聞こえるのかも、と分析を始めている。

「疑わないの……？」

私の小さい呟《つぶや》きは父たちの耳には入らなかったらしい。二人はもう私が立ち入れない世界に戻ってしまっていた。つまり大人の、研究者の世界に。

彼らの話題は次々と移り変わっていく。私からしたら会話が成り立っているのか怪しいくらいお互いに好きに喋っていて、いよいよ何の話かさえわからなくなった。私は両手を上げてみた。降参のジェスチャーだ。

先生はそれに気づいてくれたらしい。ふうっと息をついて、研究の話を締めた。まあ血は争えんということだな、とひげを引っ張る。

「血？」

「いや、いいんだ。とにかく美苑君。訊いておいて言うのもなんだが、その話は極力他人に話さないように。特に君が将来研究者になりたいならなおさらだよ」

「どうしてですか？」

「風変わりだと敬遠されたり、研究の信憑性《しんぴょう》を疑われたりするかもしれない」

「研究の信憑性？」

「君が動物に指示をして意図的に実験結果を曲げたと言われたらどうする？　そんなことをしていないとは証明できないぞ」

「悪魔の証明ですね」

父の声が後ろから響く。妙に暗い声だった。

「悪魔？」

「証明しようがないってことだよ」

「私がいないところで、誰かに実験してもらったら？」

「君はずっと実験に参加できない研究者になるぞ。研究から外されるじゃろうな」

先生がそれこそ悪魔みたいな顔を作って、脅すように両手を上げた。

先生は昼前までアトリエに留《とど》まって、蛇の世話の仕方について教えてくれた。大学から持ち出したのか、蛇の生態が載っている本まで貸してくれる。一部日本語訳されているけれど、ほとんどが英語の本だった。日本語の部分も正直私には難しすぎる。

蛇はじっと動かないままだった。大きくて浅いタライを持ってきて、そこに新聞紙とキッチンペーパーを敷いた。その中に蛇を移す。水も用意したけれど、飲む様子はなかった。

「アトリエの中に入れてあげた方がいいでしょうか」

「いや、ここが落ち着くみたいだ。納屋の中は暖かいし、扉を閉めておけば外敵に襲われることもなかろう」

助かるかはわからない、と先生は軽トラの中から念を押すように言った。

「世話をすることで、死ぬまでの時間を長引かせてしまうだけかもしれんぞ。怪我は治っても、自力で餌が捕れるほどに回復するまでもっと時間がかかる可能性もある。しかし君は彼女を助けた。助けてと言ったのは彼女であってもね。彼女がこれから覚えるかもしれない生きる苦しみは、やっぱり君の責任なんだよ」

軽トラがゆっくりと発進した。父と私はその後ろを歩きながら、先生を見送る。車体にはあちこちぶつけた跡があった。先生がぶつけたのか、大学生たちがぶつけたのかはわからない。軽トラは大学で使われているものだった。

研究者になりたいの？　と父に訊かれる。

「うん、動物の」

植物じゃないのかあ、と父はなんとなく残念そうだ。それが面白くて、笑みがこぼれる。頰が硬くなっている気がした。そういえば蛇を見つけてからずっと緊張していたかもしれない。

私と父は坂の上に立って、軽トラが見えなくなるまで見送った。最後のカーブを曲がるとき、先生が車の窓から手を振った。ひじの辺りまでまくし上げられた作業着。日に焼けて赤くなった腕が、暗い森の中でゆらゆらと揺れる。

蛇は次の日も生きていた。朝一番に父と一緒に納屋に駆け込んだ私は、その姿にほっと胸をなでおろす。

「良くなっているのかも、悪くなっているのかもわからないな」

動物のことはよくわからないんだ、と申し訳なさそうに父が言う。植物よりずっとわかりやすいと思うのだけれど。蛇は顔色がだいぶ良くなっていた。少なくとも死相はかなり薄くなっている。いわゆる峠は越えたのではないかと思うが、まだ動き回る気配はない。

父が車のキーを持って迎えに来るまで、私はじっと座って蛇を見ていた。立ち上がった後も。

「そろそろ出ないと、約束の時間に遅れるよ」

ほーちゃんたちと買い物に行く日だった。父に促されて車に向かう。集合場所である駅まで連れて行ってもらう約束なのだ。そこからはみんなで電車に乗り、隣接した市のショッピングモールに向かう。私たちの町にもお店はある。しかし大きいショッピングモールは隣の市に出ないとないのだ。すぐ近くなので自転車で行ってもよかったけど、途中とても細い道があって危ないので電車で行くらしい。

改札前にはほーちゃんだけが立っていた。他の子はまだらしい。

「あ、美苑ちゃん」

ほーちゃんはパッと顔を上げて手を振った。

「みんなもう下まで来てるよ」

ほーちゃんにならって、駅のガラス窓から駐輪場を見下ろす。中から女の子たちが出てくるのが見えた。三人一緒に自転車で来たらしい。

「どうしよう、みんなかわいい服で来てるよ……」

ほーちゃんは黄色いTシャツに、肩紐《かたひも》と胸当てが付いたジーンズのパンツを合わせている。サロペットというのだったか。牧場で着られている感じの服だ。

「お姉ちゃんのお下がりなんかで来なきゃよかった」

サロペットはともかく、シャツは新品に見えた。しかしそれを言う前に、よく通る声が改札前に鳴り響く。

「ほーちゃん来るの早すぎー」

ゆきちゃんが片手をおでこの辺りで振る。手首には金色の細い輪っかがいくつかはまっていた。たしかに彼女の服装は少し垢抜《あかぬ》けているかもしれない。都会の小学四年生がどういう服を着ているのかなんて、まったく知らないのだけれど。

他の二人はゆきちゃんの少し後ろにくっついて歩いている。不良ドラマのワンシーンを思い出した。女子たちのトップと、その幹部。あながち間違っていない。

「えー、今さっき来たとこだよ！　美苑ちゃんも」

ふうん？　とゆきちゃんは私の方を一瞥《いちべつ》した。話しかけられるかな、と身構えたけれど、彼女はさっと目を逸らすと、行こっか、と声をかけて歩き出した。

「ゆきちゃん、メイクかわいいよね」

「そう？　お姉ちゃんの借りて、テキトーにぬってみた」

「いいなあ、うちのお姉ちゃんそんなの全然持ってないよ」

電車に揺られながら、女の子たちの会話を聞くともなしに耳に入れる。服のお下がりは嫌だけど、化粧品は借りたい。姉がいないからかよくわからない感覚だった。お化粧をしたいと思ったこともない。

蛇は大丈夫だろうか。流れていく車窓の向こうを見る。彼女からどんどん離れていく自分に違和感を覚えた。

「美苑ちゃんってば」

話しかけられていることに気づいてハッと横を向く。私たちは横並びに席に座っていた。隣に幹部二人、それからゆきちゃん、その向こうがほーちゃんだった。

「ごめん、ぼーっとしてた」

「つまんないってこと？」

ゆきちゃんと初めて会話した。彼女は口をとがらせて、あまり機嫌がいいようには見えない。

「あ、ううん、そういうわけじゃないけど」

慌てて手を顔の前で振る。こういうとき、なにか気の利いたことが言えたらいいのに。

「あのね、美苑ちゃんって好きな人いるのかなって」

ほーちゃんが質問を繰り返してくれる。みんなの顔がこっちを向いていた。あまりにも真剣な顔で見つめられるから、えっ、と上ずった声を出してしまう。

「あ、なんか動揺してる」

女の子たちの笑い声。初めて笑いを起こせた気がする。ゆきちゃんも興味深げに身を乗り出していた。

「実はさ、二組の真田《さなだ》君が美苑ちゃんのこと好きなんだって」

「美苑ちゃんは真田君のことどう思う？」

サナダクン。誰だろう。まったく思い当たる人物がいない。

「嫌いなの？」

ゆきちゃんが言った。

「嫌い、ではないよ」

恋愛感情もないけど、という私の言葉は、みんなの歓声にかき消された。両思いじゃん、とゆきちゃんが手を叩《たた》く。キャアキャアと身を寄せ合って笑う子たち。その輪の中に自分も入っている気がして、悪い気はしなかった。誤解はされてしまっているけど。

みんなはショッピングモールに慣れていた。特に申し合わせることもなく、ゆきちゃんを先頭に次々に店を物色していく。私はだんだんコツがつかめてきていた。雑貨屋でも服屋でも、とにかく誰かがかわいいと言えば、それに賛同しておけばいいのだ。

「ねえ、これめっちゃおいしそう」

ゆきちゃんがクレープ屋さんの前で看板を指さしている。

食べちゃおっかな、とはしゃぐゆきちゃんの後ろで、幹部二人はちょっと大人しくなっている。

そのさらに後ろでは、ほーちゃんが青い顔をしていた。肩にかけた鞄の中で財布をそっと確認している。足りないのかもしれない。

「ね、美苑ちゃんも食べたいでしょ？」

ゆきちゃんが振り向いて私に声をかける。えっと、と他の三人の顔を見た。

「あ、あの、せっかくだから、ごちそうしようかな」

口角を吊《つ》り上げ、笑ってみる。かなりぎこちなくなってしまった。人になにかおごるのなんて初めてだ。どうにも落ち着かない。おこづかいはそれなりに貯《た》まっていたのですべて持ってきた。それに父にもらったお金を、できればみんなで使いたかったのだ。

「え！　いいの？　なんだミソノめっちゃいいやつじゃん！」

ゆきちゃんがパッと笑って、私に抱きついた。私はびっくりしたけれど、他の子たちもやったーと手放しに喜んでくれているので嬉しくなる。

ありがとうミソノ、と幹部たちも私を呼び捨てにするようになっていた。もしかして、これが友達になったということなのだろうか。

なんだかドキドキしてクレープの味はよくわからなかった。みんなはとても満足してくれたみたいで、それまでよりも上機嫌になっていた。私たちはあれこれと話しながら回遊魚のようにモール中を歩きまわった。

「ほんと、すごいね。美苑ちゃん家《ち》、お金持ちだもんね」

結局フードコートでもドーナツをみんなにふるまった私に、ほーちゃんが笑いかける。他の子たちはハンバーガー屋を見に行っていた。

家はお金持ちでも、私のおこづかいは多くない。それを説明しようとしたけれど、ほーちゃんがこの話は終わり、というようにドーナツを頰張ったので諦めた。チョコが口の横についている。ほくろの辺り。手を伸ばして取ってあげようとしたけれど、さっと身を引かれる。ここ、と自分の口元を指すと、ほーちゃんは紙ナプキンで口を拭いた。そこに伸びているチョコを見て納得したのか、少し赤くなる。

「美苑ちゃんには絶対わからないよ。庶民の感覚は」

ほーちゃんは今度はオレンジジュースが入ったコップをあおる。私の言葉なんてもう聞こえてもいないみたいだ。庶民の感覚。それが私がみんなとは違う理由なのだろうか。

たくさんの服やキャラクターの文房具、ドラマや化粧品に興味が持てないのも、その感覚がないからなのだろうか。

ちょっと考えたけれど、止めた。すぐに答えが出そうではなかったからだ。

「あの、ほーちゃんも呼び捨てで呼んでくれていいよ」

ほーちゃんはちょっと驚いた顔をしたと思ったけれど、ううん、とすぐに首を振った。

「私はいいよ。美苑ちゃんで」

ショッピングモールに行った日から、私はほーちゃんたちの友達として認定されたみたいだった。給食なんて毎日一緒に食べている。ちゃんと会話できているわけではないけれど、追い払われてもいない。そんな感じのことを話す私を、蛇はじっと見つめている。

帰宅してランドセルを置いてから、私はこっそりアトリエに来ていた。鍵は父の机のひきだしから拝借した。納屋には鍵がかかっていないので、なくてもよかったかもしれない。本当は外出の前に母上に報告しなくてはいけなかったけれど、禁止されそうだったから言えなかった。母上はこのアトリエのことが嫌いなのだ。話題に出すと怒ることが増える。

蛇は何か考えているようだった。私の言葉がわかっているみたい。気のせいだろうか。

「もう何か食べられる？」

これしかないけど、とポケットから魚肉ソーセージを取り出す。小さく千切って蛇に差し出してみたけれど、彼女は驚いたように顔を引く。しばらくそのままにしてみたけれど、舌を出したり、口を開いたりすることもなかった。

「食べ物だよ」

ほら、と千切ったソーセージを自分の口に放り込む。蛇の真似《まね》をして、嚙《か》まずに飲み込んで見せた。むせそうになったけれど、何とかこらえる。

「おいしい」

チロリ、と舌の先を覗かせてみる。もう一度彼女にソーセージを差し出した。今度は驚かさないように目の前に置いてみたけれど、やはり食べる気配はない。

「水は飲めたんだね」

減っている桶《おけ》の水を注《つ》ぎ足す。桶の内側には、先生が引いた線が入っていた。そこにあわせて水を入れておけば、蛇が飲んでいるかどうかわかりやすいのだ。

ソーセージをいくつか千切って、彼女の前に置く。一週間くらい何も食べなくても大丈夫だと先生は言っていた。しかし彼女がここに来るまで、どれくらい食べずにいたかわからない。怪我を早く治すためにも何か食べて欲しかった。彼女が飢えて死んでしまったらどうしよう。元気になって嬉しくなったと思ったら、今度はとてつもなく不安になってきた。

『ヘンな生き物』

「え？」

音が耳に入ったというより、心に触れた、といった方が近い感覚があった。また蛇が話したのだ。私に。

「ねえ、もう一回言って。お願い」

しかし蛇は私を見つめるだけで、もう何も言わなかった。辺りが陰り始めるまで、私は彼女の言葉を待ち続けた。冷えてきたけれど気にならない。心の中に、かすかに温《ぬく》もりの余韻が残っていた。

「薄着で外に出るからこういうことになるのです」

氷枕を換えながら母上が冷ややかな視線を送ってくる。どこに行っていたかは訊かれなかったけれど、ばれているみたいだ。

私は久しぶりに熱を出していた。最近はずっと元気だったのに。どういうことだ、と自分の体に怒りがわいてくる。虚弱は三年生までということではなかったのか。

「言い忘れていましたが、住み込みの弟子をとることにしました。明日あいさつに来ますが、あなたは風邪だったらいけないので会わないように」

母上はそう言うと、音もなく立ち上がった。風邪ではなくただの熱だ。なんども熱を出している私がそう思うのだからまちがいない。しかしそれを言う間もなく、母上は去っていく。早く治しなさい、という声。それからふすまが静かに閉まる音。

私は熱の回った頭で「住み込みの弟子」という言葉の意味を考えていた。どういうことだろう。言葉は頭の中でとにかくめちゃくちゃな状態になっていた。大きく引き伸ばされたり、早口で再生されたり。変なのは言葉だけではない。天井や鴨居の輪郭がマーブル模様みたいに崩れて見えてきた。酔ってしまいそう。

時計が溶けた絵画を思い出す。そのイメージもドロドロに溶けて、ムンクの『叫び』みたいな世界に私は立っている。ひとりぼっちだ。揺らぐ世界の中に、ふいに蛇の姿が現れる。私は彼女に向かって走り出した。

お昼前になって私は目を覚ました。四年生になってから無遅刻無欠席だったのに、その記録は途絶えてしまったわけだ。

体を起こす。氷枕が布団の上でぬるい水袋になっていた。たくさん汗をかいたらしく、髪がベタベタとおでこに張り付いている。

「元気です」

回復を宣言してみる。熱は完全に下がっていた。測らなくてもわかるのは頭がすっきりとしている感じがあるから。あとは体もきれいにしたいところだ。

着替えを持って廊下に出る。母上の部屋に寄ったけれど、そこに彼女の姿はなかった。ということは奥の間の方だろう。中庭の池をぼんやりと見ながら風呂場に向かう。錦鯉がゆうゆうと尾ひれを振っていた。反物《たんもの》が水にさらされているみたい。美しいけど、彼らを見ているとなんだか怖くなる。体が空に投げ出されたみたいな、すうっとした怖さだ。ありえないとわかっているのに、あの大きな口に飲み込まれるときのことを考えてしまう。彼らの声がもし聞こえたら、どんなことを言うのだろう。

シュルシュルと着物の裾がさばかれる音。はっと我に返ると、正面から母上が歩いてきていた。母上はお花の教室がない日も着物で過ごしている。今日は白地に、薄い藤色でかくかくと線がひかれたもの。近づくにつれて四角と三角模様がたくさん並んでいるのが見えてきた。

母上の後ろにセーラー服の女性が続いている。高校生だろうか。見慣れない制服だった。細い足がスカートからのぞいている。緊張しているのか体をちぢめているけれど、母上の頭のむこうに顔が出ている。とても背の高い人みたいだ。母上の背が低いということもあるけれど。

「美苑、体調はもういいのですか」

私は見慣れない女性に緊張してうまく声がでない。なんとか小さく頷いて見せた。寝汗で湿ったパジャマと素足がなんだか恥ずかしく、モジモジと廊下のすみに避ける。

「ちゃんとあいさつなさい。昨日説明したでしょう」

「あ、住み込みの弟子」

思い出した。会わなくていいと言われていたことも。しかし会ってしまったものは仕方がない。

母上の表情がかたい。怒られる、と思ったが弟子が先に口を開く。

「今野《こんの》つばめです。よろしくお願いします」

母上のななめ後ろにずれて立った彼女は深く頭を下げた。私の目線の下に頭がくるくらい。とても短い髪の毛とすっきりとした顔立ち。スポーツ選手みたいだな、と思った。バスケットボールや、バレーボールの。

母上の視線を感じて、私も慌てて頭を下げる。美苑です、と名乗った。

「つばめちゃんには卒業後にうちに就職してもらおうと思っています。お花の教室の手伝いもですけど家事全般もやってもらうつもりですから、美苑も彼女の仕事の邪魔をしないように」

住み込み、とまた口に出る。家族以外の人と一緒に暮らすなんて想像もできない。母上の言葉からは弟子というより、お手伝いさんのような印象を受けた。どうして急に人をやとうことにしたのだろう。しかしそれを訊く余裕はなかった。母上は必要なことはすべて話した、というようにさっさと歩き出す。つばめちゃんと呼ばれた彼女は慌てて母上に続いた。ペコリ、と私に頭を下げて去っていく。

お風呂から上がった後もやはり追加の説明はなかった。何を質問していいかもわからない。一応母上のいる座敷に上がってはみたが、だまったままで母上を見ることしかできなかった。母上はペンを片手に書き物机に座っている。

いつから住むのか。いや、それについては卒業後に、と母上が言っていた。どの部屋で寝起きするのだろうか。空いている部屋はたくさんある。住み込みの弟子ということは、彼女には実はものすごい華道の才能があるのだろうか。すごく知りたいというわけではない質問ばかりが頭に浮かぶ。

「不満ですか」

母上は手元の大きなノートに目を落としたままだ。

「不満」

口に出すと確かに、私の今の感情は不満に近いように思えた。そんなに嫌というわけではないけれど。不安と言った方が近いだろうか。

「……ではないですけど」

　ふう、と母上はため息を吐く。

「訊きたいことがあるときはあらかじめ質問を考えるようにしなさい」

　時間の無駄、とまでは言わなかったけれど、そう言いたいのだろうと私は思った。母上はいつも忙しい。

「つばめちゃんは、身寄りのない子です。今はそういう子どもたちの施設で暮らしています。しかし高校を卒業したらその施設を出ないといけません。職を探していた彼女をやとう気になったのは……そうですね、母も仕事に専念したかったからです。他に知りたいことは？」

　えっと、と口ごもる。では部屋に戻りなさい、と母上の声。

「熱が下がったばかりでしょう。ぶり返すといけませんから寝ていなさい」

　以上、とぴしゃりと言われてはますます返す言葉がない。私はすごすごと自室に退散した。


　蛇は魚肉ソーセージを食べたらしかった。置いていたカケラの数を二度数えて、私は手を叩く。音なく拍手したつもりだ。

「よかった。おいしかった？」

　蛇の返事はない。浮かれた私を不思議そうに見ているだけ。

　母上の言いつけを守って夕方までずっと布団の中にいたけれど、我慢しきれなかった。母上が台所に立ったすきに、こっそりと部屋を抜け出してきたのだ。そのため新しい食べ物はないけれど、ソーセージを食べたのなら大丈夫だろう。

「すぐ戻らないと怒られちゃう」

昨日の今日でまた無断外出したと知れたら後が怖い。手早く飲み水を換えて、古い魚肉ソーセージは捨てた。底に敷いていた新聞紙が糞で白っぽく汚れていることに気づく。それを取るために、そっと手を伸ばした。彼女は威嚇こそしなかったものの、体をぎゅっとこわばらせた。警戒しているのだ。怖がっているのかもしれない。

「あなたを痛めつけたり、傷つけたりすることは絶対にない。閉じ込めたりも追い出したりもしない。だから安心して、傷を治して」

伝わっているのだろうか。蛇は大人しく新聞紙を替えさせてくれた。

ふとつばめちゃんのことを思い出す。母上が誰かをちゃん付けで呼んでいることが珍しかったから、私もつばめちゃんで覚えてしまっていた。

どうして今彼女のことを思い出したのだろうか。蛇の緊張した瞳が、彼女のものと被《かぶ》ったからだろうか。

「知らない人に、知らない環境かあ」

しかも逃げられない。それはもう怖くて当然だ。たとえば私が彼女のことをひどく嫌ったら？ そんなことはしないけれど、追い出そうとしたら。私だけじゃない。もし母上に気に入られなかったら。そうならなければいいと、今日はとても緊張していたのだろう。

「うまくやっていけると思う？」

身寄りがないというのは、どういう感じなのだろう。私と違うところがあるのだろうか。

知らず知らずのうちにため息がもれる。蛇は私が何もしないことを理解してくれたのか、今はそっぽを向いていた。空気の匂いをかいでいるみたい。辺りには夕方の匂いがただよい始めている。

二、雛鳥《ひなどり》の学び舎《や》

つばめちゃんは、しばらくは土曜日だけうちに通うことになった。お花の教室を見学するのだ。そうやって少しずつなじんでいってもらうらしい。

彼女は教室の始まる一時間くらい前にやってきて、お稽古の後は昼ごはんを食べてから帰って行った。教室の間は顔を合わせないから当然として、食卓を囲んだときも私は彼女と言葉を交わすことができなかった。そもそも八口家の食卓には会話があまりない。母上いわく、ごはんは静かに食べるものなのだ。そうはいっても母上や父は気をつかっているらしかった。たまにポツリと彼女に質問をする。つばめちゃんはそのたびに体をこわばらせて返事をした。面接でもしているみたいだ。私はだまっていた。ただお茶を飲むときやお茶碗《ちゃわん》を持ち上げたとき、ほんの短い間だけ彼女を盗み見た。

二カ月くらいそんな土曜日が続いていた。けれどその間に、つばめちゃんが慣れていっているふうには思えなかった。彼女はいつ見ても全身を小さくして緊張していたし、瞳は落ち着かなげに細かく動いていた。

ゆきちゃんたちとはあれから、二、三週間に一度くらいは一緒に出かけている。町の文具店や雑貨屋、コンビニをうろうろしたり、ショッピングモールにも行ったり。私はしゃべらないのでかなり影が薄い。それでも友達扱いしてもらえるのは私がお金を出しているからだ。

つまり気のきいた返事や面白い話題を考えることは免除されている代わりに、お金は出さなければならないということだ。それが嫌というわけでもない。話題を考えるより、お金を出す方が簡単なのでいい。ただ休日に遊びに行くことで、蛇と過ごせる時間が減るのは残念だった。

「だいぶ元気になったじゃないか」

いやよかった、と笑いながら児玉先生が蛇に巻いたテープ類を外していく。

「傷口もふさがっておる。テーピングはもう卒業でよかろう」

傷は薄い皮膚に覆われていた。鱗《うろこ》がないので痛々しいけれど、傷口からばい菌が入ることはないだろう。彼女は不思議そうにテープを見ている。それからゆっくりとぐろを巻いた。

「動けるようにもなったみたいじゃな」

もう放してやってもいいと先生は言ったけれど、そもそも私は彼女を閉じ込めていたわけではない。納屋の扉の近くにはすき間が空いているし、出て行こうと思えばいつでも出て行ける。

「もう少し、皮膚がしっかりするまでいてもいいと思う」

彼女に聞こえるように言う。元気にはなって欲しいけれど、別れるのも惜しいのだ。私は帰宅後にこっそり納屋に来て蛇に話しかける時間が、一日のうちで一番好きになっていた。

「情が湧いてしまっているね」

先生は仕方なさそうに息を吐く。鼻の穴がふくらんで、はみ出した鼻毛が揺れていた。

私たちの背後では、父が畑に水を撒いている。まぶしいほどの日差し。梅雨が明けて、世界はすっかり夏になっていた。夏休みも近い。

「彼女は何かしゃべったかな？」

先生はときどき蛇の様子を見にここに来てくれていた。そのたびに同じ質問をする。

「えっと、『ヘンな生き物』の後は、『雨』っていうのくらいです」

『雨』と彼女が言った日は、お屋敷へ帰る途中で本当に雨が降った。ぬれて帰ったのに熱をださなかったのは我ながら誇らしい。

「ヘンな生き物」

先生は膝を叩いて笑う。このセリフは以前にも伝えたはずなのだが、相当お気に召したらしい。

先生は笑い転げそうな勢いのまま立ち上がった。大きくなった人間の影に、蛇が不審そうに首を引く。

「もし彼女と話せるなら、どうしたいと言っているのかちゃんと訊いてごらん」

「飼ってもいいんでしょうか」

蛇が聞いているからか、飼うという言葉を使うのに少し緊張する。

彼女は野生の生き物だ。野生に生まれて、今まで確かに生きてきた。それはとても尊くて、大切にすべきことなのだとわかっている。でももし蛇がずっとここにいたいと思うなら、私に飼われてもいいと思ってくれるなら、私は最高の環境を用意すべきだ。飼い主としての責任は全力で果たさないといけない。

「だからそれをよく訊きなさいということですよ」

もし訊けるならそうしたい。私だって彼女の言葉を何よりも待っているのだ。ただもれたというのではない、私に対して話しかけてくれる言葉を。内容はなんだっていい。あの心の温まる感じを説明するのは難しいけれど。

「ん、これは？」

先生が納屋の暗がりを指さす。

「罠《わな》です。ネズミ用の」

私が虫かごを改造して作った罠を、先生はしげしげと眺める。中には米を入れていた。これなら蛇が間違って頭を突っ込むことはないだろうと思ったのだ。しかし二カ月以上たっても成果は上がっていない。

「ネズミを捕まえて、どうするんだね」

「蛇が喜ぶかと思って」

蛇は魚肉ソーセージやかまぼこを食べてくれていた。しかし本で読んだところによると、アオダイショウはネズミを好んで食べるらしい。

「ははあ。なるほどね。しかしやつらも馬鹿じゃないぞ。これでは捕まらないだろう。ペットショップに売ってるのは知っているかな？」

「え、あれはペットですから、さすがに……」

愛らしいハムスターの姿が頭に浮かぶ。彼らを蛇に食べさせるなんて無理だ。よく考えるとネズミだったら平気ということもない。命をうばうということに思い至って、急に怖くなる。青ざめている私に、先生はちょっと慌てたらしい。

「いやいや、ハムスターのことじゃないぞ。餌用のネズミが売られているのだ。とっくに死んだやつだ。冷凍マウスという」

よかった。私はひとまず詰めていた息をゆっくり吐く。もう死んでいるからよしと言ってしまうのはなんだかずるいだろうか。

先生は冷凍マウスを蛇に与える方法も教えてくれた。私はふんふん頷きながら、必死にペットショップの冷凍庫を思い出そうとしていた。ペットショップは私にとって、生きた犬猫や小動物がいる場所だった。凍ったネズミがいっぱいに詰まった冷凍庫を想像してみる。そんなもの、本当にペットショップにあっただろうか。


臭くない？　とゆきちゃんたちは入店早々さわいでいる。

「ミソノに行きたい場所があるなんて珍しいけど、なんでペットショップなわけ？」

「ペットってわけじゃないけど、蛇の世話をしてて」

「蛇？」

ゆきちゃんが眉根を寄せる。

「キモ……私、蛇無理だわ」

なんでだろうと思ったけれど、ほーちゃんもすぐに言葉を続ける。

「私も無理。なんか見た目が怖いというか気持ち悪いよね」

「え、あんなにきれいなのに？」

うへえ、と女の子たちの引いた顔が並ぶ。これは何を言っても、蛇の美しさを理解してもらうのは無理そうだ。

「じゃあちょっと買ってくるから、適当に待ってて……」

私が言い終えるか否かのうちに、ゆきちゃんたちは犬猫が売られているコーナーに直行していた。かわいい、と歓声が聞こえる。

私はまず小動物のコーナーに向かう。そこには蛇もいた。黄色い体に、つぶらな黒い瞳。

「蛇の方がかわいいよね」

犬や猫も好きだけれど、今はどうも蛇に肩入れしてしまう。アオダイショウよりはずっと小さい子たちがガラスの飼育ケースに入っていた。もしアオダイショウを飼うなら、大きめの水そうを使えばいいのだろうか。水そうコーナーを見てみたけれど、その値段に舌を巻くことになった。

「猫かわいすぎ！　飼いたいんだよね」

ゆきちゃんの声がここまで聞こえてくる。いやしいとは思いつつ、彼女たちに使った金額のことを思わずにはいられなかった。水そうだけではない。床材や隠れ家、ヒーター、温度計、もし蛇を飼うことになったら用意しなくてはいけないものがたくさんある。手持ちのお金では足りなくなってしまうくらい。

蛇たちの近くで見回してみたけれど、冷凍庫は見つからない。生きたコオロギやミルワームが餌として売られているのは見つけたのだが。

「何かお探しですか」

ちょっと派手なメイクの店員さんに話しかけられる。彼女の耳にはいくつかピアスが付いていた。雰囲気が怖かったのでとっさに首を振りそうになるが、ピアスの中に大きな蛇を見つけてしまった。

「蛇」

「ああこれ？　蛇かわいいですよね」

私は何度も頷く。店員さんも自宅で蛇を飼っているらしい。私がアオダイショウを保護していることを説明すると、彼女も自分の飼育体験談を話してくれた。思ったより話しやすい人だった。ゆきちゃんたちと話すのはうまくいかないのに、会ったばかりの彼女と自然に話せるのはどうしてだろう。

店員さんは私をアクアコーナーの奥へ案内してくれた。業務用の大きな冷凍庫が彼女の顔を照らす。うす暗い中で、白くつるりとした横顔はとても冷静に見えた。私の顔も赤くなったり、青ざめたりしていないといいけど。

透明な扉は少しくもっている。そっと顔を近づけた。鼻の頭にひんやりとした冷気が伝わってくる。

中は思ったほどおどろおどろしいものではなかった。熱帯魚の餌の赤虫がブロック状になったものや、ただの氷みたいなものが積まれている。どれも袋に入っていて、スーパーにある冷凍食品コーナーと変わらない。

「その蛇の頭ってどれくらいですか」

これくらい、と指で輪を作ってみる。

「結構大きいね。じゃあ、Lサイズくらいあってもいいかな。野生の子だし、これくらいのを食べてたと思うんですけど」

店員さんはパックされた冷凍マウスを出してくれる。思った以上にネズミそのものだった。白い毛も、閉じられた目も、小さい爪も。眠っているみたいだ。毛並みがきれいな分、長細いしっぽを見なければハムスターと変わらない。

「なんか、ちゃんとネズミなんですね」

怖がっていると思われたくはないけれど、つい口から言葉が出てしまう。そうですね、と店員さんは慣れた様子だ。

「冷凍のヒヨコもあります。あれですよね、姿が残っているから引いちゃうんですよね。でも、私たちが買って食べているお肉だって同じですよ。毛や皮がないってだけで、あれだって死んだ動物の肉です」

冷凍マウスを受け取る。冷凍なのだから当然だけれど、びっくりするくらい冷たい。それがかえってネズミが死んでいることの実感につながって、冷静になることができた。

マウスは一匹二百円ほどした。それが一袋に五匹入っているので千円。二、三日に一匹あげるとしたらもう一袋くらい買っておいた方がいいか。私が追加で一袋手に取ると、店員さんがそれをそっと冷凍庫の中に戻した。

「小学生のおこづかいには結構きびしいでしょ。食べるかわからないからとりあえず一袋にしておいて、なくなったら買いに来たらいいと思いますよ」

それもそうだ。私が頷くと、彼女はニッと歯を見せて笑う。

「生き物を飼うってお金がいるんだよね」

会計を済ませて店を出ると、外でゆきちゃんたちが待っていた。自転車の近くでアイスを食べている。

「ミソノ遅いよ。何買ったの？」

冷凍マウス、と買い物袋をぶら下げて見せる。キャーと女の子たちは悲鳴を上げた。マウスは保冷剤と一緒に新聞紙に包まれているので、姿が見えているわけではないけれど。

「いや、キモすぎるわ。早くしまって」

私は言われた通り、リュックにマウスを入れる。言われなくても入れていたが。汚らわしいものを見るような態度が嫌だった。彼女たちがかわいいと叫んでいた猫だって、野生であればネズミもハトも食べる。虫も。それを言おうとしたけれど、ゆきちゃんがかまわずに話し出す。

「てかさ、今日はミソノに会わせたい人がいるんだよね」

「そうそう、ミソノに話があるんだって」

大事な話、とみんなはニヤニヤと笑っている。なんだろう。思い当たることはないし、マウスが解けるので早く帰りたい。しかし大事な話なのだと何度も言われると断るのも難しかった。

私は学校の近くの公園に連れてこられた。遊具がたくさんあるわけでも、きれいに整えられているわけでもない小さい公園だ。周囲には木が茂っている。土曜だというのに遊んでいる子は一人もいなかった。

「じゃあ、わたしらはこの辺で待ってるからね」

公園の前で自転車にまたがったまま、ゆきちゃんがそう宣言する。人通りがないといっても道路だ。せめて公園に入っていればいいのに。ゆきちゃんとほーちゃんと幹部二人、四人とも道路に広がって動こうとしない。私は言われるまま、仕方なく公園に入った。駐輪場はないので、入口脇に自転車を停《と》める。会わせたい人物というのはすぐにわかった。公園の中ほど、道からは見えないあたりに男の子が一人立っている。他には誰もいない。

歩いているとリュックが背中で跳ねる。中のマウスが気がかりだった。近づいてみるけれど、男の子は気づいていなさそうに向こうを見ている。トイレがある辺りだ。

「あの」

声をかけるとようやく、彼はこちらを向いた。どこを見ているのか、視線が泳ぐ。おう、とその子は声を出した。

「なんか話があるって聞いたんですけど」

私がじれて話を振ると、ようやくその子は私を見た。

「いや、八口こそ、話あるんじゃないの？」

「ない」

え、と彼は絶句している。おでこや頰のあたりに汗が浮かんでいた。私は少し苛立っていた。早く話を終わらせて帰りたい。そもそも誰だ。思い出せないけれど、呼び捨てにされるほど親しい仲じゃないことは確かだ。

彼は顔を真っ赤にしている。そこでやっと私は思い至った。ゆきちゃんたちが言っていた、私のことが好きな子とは彼のことではないだろうか。そういえば誤解を解いていなかった。彼女たちは良かれと思って私と彼を会わせてくれたのだろうか。いや、面白がってか。にやけた顔を思い出す。

名前はなんだったっけ。二組の子だったはずだ。戦国武将みたいな名前だと思ったではないか。

「サナダクン！」

しばらく考えて、とうとつに思い出した。つい大声を出してしまう。

真田君はびくりと体をこわばらせた。

「な、なに？」

やはり真田君だったか。思い出せた満足感でつい表情をゆるめてしまう。なんだよ、と彼も笑った。嬉しそうだ。

私の何が好きなのだろう。話をするのも多分これが初めてなのに。心の中で思ったはずの疑問は、そのまま口から出てしまっていたらしい。真田君はますます顔を赤らめている。

「それは、あの、顔とか……。てか、八口も俺のこと好きって聞いたんだけど」

どうしよう。私は完全にかたまっていた。彼には大変悪いことをしてしまった。誤解を解いていなかった私も悪い。彼に恥をかかせたくないのだが、何と言えばこの場がおさまるのかわからない。しばらく考えたけれど、あきらめて正直に言うことにした。

「ごめん、誤解させてしまったけど」

ひゃあ、と彼が妙な声をあげて飛び上がった。予想していない反応に驚く。

「蛇だ！」

見ると彼の近くの木に蛇がいる。小ぶりなシマヘビだ。珍しくはない。蛇は木の枝に巻き付いて移動しているところだった。かわいい。私は自分がちょっとにやけているのを感じる。

「気持ちわる！　この！」

真田君はかがんだと思ったら、蛇に向かって何か投げた。石だ。それは蛇のすぐ近くの木に当たった。おしい、と真田君の声。蛇は驚いて木から落ちる。茂みの中で必死に体をくねらせて、私たちから逃げようとしていた。

「ちょっと、何するの！」

「え、何って」

真田君は続けて石を投げようとしていた。その姿勢のままかたまる。私は彼をできるだけ強くにらみつけた。怒ったときの母上の真似だ。私の怒りが伝わったのか、彼は腕を下ろす。

「石投げただけだろ」

「なんで？」

「なんでって、危ないじゃん。蛇だし」

「蛇はただ移動してただけでしょ。威嚇もしてなかった。危なくないよ。犬や猫にもそうするの？」

そんな、と真田君は言葉を探している。手にはまだ石が握られたままだ。眉毛は力なく八の字に下がっているけれど、石を握る手には強い力がこもっていた。

「いやキモイから。キモイから石投げたんだよ」

彼はやけくそな感じで言い放つ。視線はもう私には向いていない。

私は足元にあった石を拾った。それを彼の方へ投げつける。ぶつけてはいない。ただ足元の地面に当てただけだ。

「うわ、危な！　なにするんだよ」

「キモイから投げた！」

私は背中を向けて歩き出す。彼が後ろから石を投げてきてもおかしくないと思ったけれど、ここで走って逃げるのは恥だ。できるだけ普通に歩く。結局石は飛んでこなかった。ただなんだよ、とかクソッと毒づく声が聞こえただけ。

どうだった？　と色めき立つゆきちゃんたちに適当に返事をして、私は帰路についた。彼女たちの相手をするのも嫌だった。めいっぱい力を込めてペダルをこぐ。苛立ちを振り切るみたいに。ゆきちゃんたちも公園も、どんどん遠ざかっていく。

アトリエの冷凍庫に急いでマウスを移す。炎天下を移動したわりには、ネズミたちは無事だった。保冷剤をしっかり入れておいてもらってよかった。

なんだか気が抜けた。縁側があるリビングの床に、思いっきり手足を広げて転がってみる。大の字というやつだ。顔や脇の下に嫌な汗をかいていた。それが窓から入る風で乾いていくのを感じる。

『大丈夫？』

「なんとかね」

とっさに返事をしたけれど、それが父の声ではなかったことに気づいて飛び起きる。父は今日は応接室からちょうど反対の角にある書斎にいた。ノートが机に散らばっていて、よくわからない機器が足元にまで転がっていた。私の急な動きが気になったのか、父も視線を上げる。

「あ、美苑。いつ帰ってたの？　おかえり」

「お父さん、さっき何かしゃべった？」

「え？　まあずっとしゃべってはいたけど……」

父は手に持ったレコーダーを軽く持ち上げて見せる。小さいマイクがついた箱みたいな機械だ。それでなにか録音していたということだろう。

蛇だ。キッチンをかけ抜けて、勝手口に飛びつく。キッチンの奥のその扉からは、直接納屋に下りられるようになっているのだ。

蛇は私が置いたタライにゆったりと寝そべっていた。彼女のすぐそばに座り込む。しばらく待っていたら、蛇がゆっくりと頭を上げた。目が合う。

『なんだ、元気そうだ』

「心配してくれたの？」

『様子がおかしかったから』

蛇の声は頭の中でひびいているみたいでもあったし、彼女の方から聞こえてきているようでもあった。ものすごく近くに彼女を感じる。自分の内側に彼女がいるみたい。

『お腹すいた』

私は困惑する父をキッチンに引っ張ってきて、マウスの解凍を手伝ってもらった。鍋に湯をわかして、袋に入れたマウスを湯煎するのだ。加熱しすぎてはいけない。体を解凍して、彼らが生きていた頃の体温、つまり三十七度くらいに温める。

「これちょっと気持ち悪いよ」

父は少し怖がりながら手伝ってくれる。正直に言うと今日はもう気持ち悪いという言葉を聞きたくなかったが、一人で火を使うのは不安だったので仕方ない。でも次からは一人でできそうだ。

袋から出したマウスは、冷凍されていたときよりも毛が乱れて生々しくなっていた。そっと触ってみる。自分の体温より温かいくらい。ちょうどいい。

冷めないうちに急いで蛇のもとへ運ぶ。足の方を持って彼女の目の前に差し出した。チロリと舌を出した彼女は、あっと言う間にマウスにかぶりついた。マウスを私の手から抜き取って、口の中に収めていく。

私は目をうばわれていた。

「おいしい？」

マウスが完全に蛇の体の中に消えてから、そっと声をかけてみる。

蛇はしばらく何か考えているみたいだった。蛇が考えているのか、私が考えているのかわからなくなりそうだった。私の中、心とか脳とか、そのあたりに蛇がいるから。

『前のよりいい。これがおいしいってこと？』

蛇はしきりに舌を出して、空気をなめている。おいしい、の言葉自体を味わっているみたいに。それからゆっくり頭を下げた。首の力が抜けて、視線はぼんやりとしている。

「どうしたの？　調子悪い？」

『眠い』

蛇は眠ったらしかった。蛇の言葉が聞こえていなくても、私の中に蛇がいる感じはずっとある。その感覚に集中していると、彼女が満足しているらしいことが伝わってきた。ただ満足して、穏やかに眠っている。

普通に話をしている。私はだんだん実感がわいてきて、脈が速くなるのを感じていた。すごい、と叫びそうになる。心の中ではとっくに叫んでいるけれど。

『うるさい』

「え、あ、ごめん！」

私の心の声は蛇に伝わっているらしい。私は忍び足で納屋を出る。できるだけ心も静かにして。

学校には徒歩で通っている。今までは車で送ってもらうことも多かったけれど、最近は全然だ。歩けば歩くほど体が強くなっていくのも感じる。今まで私に足りなかったのは外で体を動かすことだったのかもしれない。アトリエに毎日通っているのも効いていると思う。上り下りのある道を毎日往復三十分歩いているとなると、結構な運動量ではないだろうか。

私は学校に向かいながら昨日のことを考えていた。つまり、蛇がしゃべったことについてだ。今は彼女を感じない。アトリエの前の坂を下り始めたあたりで、彼女とつながっている感じが消えた。ろうそくの火が消えたみたいに、すうっと。戻るとまたつながる。距離が離れるとだめらしい。

昨夜アトリエから帰りながら、父にも蛇と話したことについて説明した。父はしばらく私には聞き取れない声で呟いていたけれど、お屋敷のすぐ目の前で立ち止まった。

「美苑の脳を一時的に使用してるんじゃないかな。つながっている感じっていうのが難しいんだけど、記憶を全部読まれていたり、脳を乗っ取られたりしたわけじゃないよね。脳の中で美苑と蛇がすみ分けられていて、それぞれが脳を使ってる感じかな」

「蛇とつながっている間、私の脳は半分になってるってこと?」

「人は日頃から脳を百パーセント使って思考しているわけじゃないと言われているんだよ。脳がアパートだとしたら、美苑が使っているのはそのうちの一〇一号室。蛇が一〇二号室に入ってきたってことだと、父さんはイメージしたけど」

父は私でもわかるようにできるだけ簡単に話してくれていたと思う。そのときは何となく理解できた気がしたのに、今思い返すとわけがわからない。

「私がアパート？」

考え事をしながら歩いていたら、気づいたときには教室だった。近くにいたほーちゃんにおはようとあいさつして、ランドセルから教科書を取り出す。

「ほーちゃん？」

返事が返ってこない。もしかして人違いだっただろうか。口元のほくろが見えて、間違いなくほーちゃんであると確信する。

彼女は私を見て何か言いたそうな顔をしたと思ったけれど、ふいと離れて行ってしまった。

気づけばクラス中の子が私のことを見ていた。しかし私が目を向けると、みんな一様に顔をそらす。

「キモイって言って石投げたらしいよ」

「真田君泣いてたって」

声をひそめた話し声。それが教室のあちこちで起こっている。

「ひどすぎ」

どういうことかはすぐにわかった。昨日のことがみんなの耳に入っているのだ。蛇のことがあってすっかり忘れていた。確かに私の対応はひどかったけれど。

私はゆっくりと振り向く。ゆきちゃんの席だ。教室の一番後ろ、彼女の席の周りに集まるのが私たちのお決まりだった。

冷ややかな目をしたゆきちゃんや幹部たち。なに見てんの、とゆきちゃんがよく通る声で言った。

「なに？　文句あるの？　ほんとのことでしょ」

「そうだけど」

私は口ごもる。本当だとしても、言いふらすようなことでもないのではないだろうか。

本当なんだ、とまたクラス中がざわめいた。

「あんまりだと思うよ。ミソノって前から空気読めないって思ってたけど、昨日のは正直引いたわ」

「空気読めない？」

「え？　そうでしょ。自分の話はしないし、人の話は聞いてないし。話せる話題を考えて振ってあげてるのに、盛り下げるようなことばっか言うじゃん。あんた」

彼女が言っていることは正しい。でも私にだって言い分はある。そう思うのに、私はなにも言い返すことができなかった。なにかに押さえつけられているみたいに、喉がふさがってしまっていたから。

空気読めない。その言葉が重くのしかかってきた。私はとんだかんちがいをしていたらしい。正しい反応や面白い会話、気のきいた返事。結局私は、何も免除されてなんていなかったのだ。

それから帰宅するまで、誰も私に話しかけてはこなかった。学校を出る前にバイバイと口に出してみたけれど、ゆきちゃんたちは聞こえてもいないみたいに、楽しそうにしゃべり続けている。

『泣いている？』

「え、どうだろう」

自分の頬や目を触ってみる。ぬれてはいなかった。

「これは泣いているとは言わないと思うけど」

蛇は理解したのかどうか、私の顔をしげしげと見ている。大きくて黒い瞳。よく見ると私が映っていた。

「蛇は泣くことあるの？」

『泣かない』

「すごく悲しくなることは？」

『君たちよりはない』

自分が悲しいと思っているのか、正直わからなかった。確かにショックは受けている。裏切られたショック。いや、裏切られたわけではない。私が彼女たちを友達だとかんちがいしていただけだ。そのことに対する恥ずかしさや、くやしさ。それがこの感情を表すのに一番近い言葉だろうか。

「友達だって思わなきゃよかった。お金を出したら一緒にいられる関係。それでよかったのに」

蛇が頭を私の方に伸ばしてきたので、手のひらで支えてみる。彼女はそのまま、私の腕を登ってきた。

「わ、すごい」

蛇は私の体を這い上がって、肩の辺りに巻き付いた。頭を私の頭に乗せている。マフラーとフードみたい。

『外行きたい』

蛇に命じられて、言われた通り立ち上がる。納屋の外に出た。

夕焼けにはまだ早いけれど、昼というには遅い時間だった。西日で薄められた空の青。父の花畑を歩く。蛇は八重咲のタチアオイの花に顔を伸ばして、不思議そうに匂いをかいでいる。

『きれい』

「蛇もきれいだと思うんだね」

『いつもは思わない。けど、今は思う。思わないのか？』

「花？　どうだろう。きれいだとわかってはいるけど、感動はしないかな。私にとっての花はただお父さんの研究対象であって、母上の仕事道具でもあるって感じ」

『よくわからない』

私たちは花畑を一周見て回ると、今度は畑の向こうの茂みと、池のあたりを歩いた。蛇が花や景色を美しいと感じているのが伝わってくる。彼女は私よりずっと豊かな感性をもっているらしい。同じ脳を使っているというのが不思議だ。私はまだ私の脳を、うまく使いこなせていないということか。

「でも、蛇のことはきれいだと思う」

蛇は自分の胴を少し持ち上げて、しげしげと見た。夜みたいな黒に縁どられた、深い緑の鱗が規則正しく並んでいる。少し厚くなってきた傷口の皮膚。痛々しいけれど、うすく肉のすけるその部分まで美しいと私は思う。

『たしかにきれい』

蛇は満足そうに言う。それから空や花に目を戻した。

「美苑っていうの、私の名前」

『名前？』

「うーん……。その人を表す音、かな？　みんなもってるよ」

へえ、と蛇はしばらく考えていた。

「蛇にも名前を付けてもいい？」

『だめ』

蛇は蛇でいい、と彼女は言った。

他の蛇と区別がつかないと言ってみたが、蛇はそれでもいいと言う。

『他の蛇はいないから』

そうかもしれない。彼女は私にとって、すでに特別な存在だった。自分の内側に自分以外の生き物がいる感覚。温かく、心が支えられているみたいだ。私が友達だと思っていたゆきちゃんたちと話していて、こんな気持ちになったことはない。

『友達ってなに？』

また匂いをかぐようなしぐさをしながら、蛇が尋ねてくる。

彼女は私の独り言みたいな考えまで聞きとれるらしい。蛇が警戒を解いていっていることと関係しているかもしれない。恐る恐る触れてきていた彼女の心が、今はのびのびとして、より一層深く踏み込んできているのを感じるから。

「いたことがないからわからないや」

『それが欲しい？』

「どうだろう。一緒にいたくて、気を許せる相手……なら欲しいかな。お互いに」

なんだ、と蛇はちょっと呆れたみたいに言った。

『じゃあ、蛇と美苑は友達じゃないか』

友達。頭の上に巨大な石が落ちてきたみたいな衝撃があった。ゴーン、と音が鳴りひびく。

「一緒にいたいって思ってくれているってこと？　だから話しかけてくれたの？」

『ちょっとうるさすぎる』

「ごめん」

私の頭の中ではずっとゴーンゴーンという音が鳴りひびいていた。鳴りやませることは難しかった。仕方ない。初めて友達ができたのだから。


夏休みまであと一週間。教室にはどこか開放的な空気がただよい始めていた。家族で遊びに行く予定を話す人や、友達同士で出かける約束を交わしている人。

私に話しかけてくる人はいない。幸いにも嫌がらせを受けているわけではなかった。無視を嫌がらせとするならそうかもしれないが、そもそも私から話しかけることはないので困ることはない。四年生になったばかりの頃に戻っただけだ。友達を作ろうという気負いがなくなったので、むしろ気楽に学校生活を送れている。

さみしさはない。それどころか私はみんなが少しかわいそうに思えていた。彼らの関係は表面的だ。いくら笑顔で話していても、大人数で笑いあっていても、決して心ではつながっていない。私と蛇のような関係を築けている人は一人もいないのだ。それがさみしいことだと気づくことさえできない。体験したことがないのだから。

私はにぎやかな教室で、そっと目を閉じる。夏の日差しが降り注ぐアトリエ。実際よりきらめいた風景が頭に浮かぶのを止められない。私だって夏休みは楽しみだ。蛇とより長く一緒に過ごせるのだから。

まずは冷凍マウスを追加で買いに行かなくては。会話ができるようになってから、食べ物を用意するのがより楽しくなった。食べ物であると伝えられるので、目新しいものであっても蛇が怖がらずに口にしてくれるのだ。最近はウズラの卵も食べてくれた。ショップにあった冷凍ヒヨコも買ってみようか。

「今週末買い物行くよ、ミソノ」

一瞬、私が話しかけられているとは思わなかった。名前を呼ばれなければ聞き過ごしていたかもしれない。

「え?」

ゆきちゃんだった。幹部たち二人も。彼女たちはとってつけたような笑みを浮かべている。

「だから、買い物。来週ほーちゃんの誕生日でしょ? プレゼント買いに行こうよ。あんた、ほーちゃんと仲いいでしょ?」

「どうだろ。最近は全然話してないから」

いつまで根に持ってんのよ、とゆきちゃんは私の肩を叩く。根に持っているのはそっちだ。しかしゆきちゃんは引き下がるそぶりを見せない。

「じゃあ、土曜の十時に駅ね」

一緒に行くのは決定らしい。じゃあね、とゆきちゃんたちは手を振って去って行った。土曜と言えば、夏休み初日だ。はあ、とため息がもれる。蛇と過ごすと決めていたが、仕方ない。今から彼女を追いかけて断るのが正直めんどうくさい。すっぽかして後からあれこれ言われるのも嫌だ。気乗りしないが、ショッピングモールに入っているペットショップにも行ってみたいと思っていたのだ。そのついでだと思って、さっさと終わらせてしまえばいい。

私はまた無意識にため息を吐いていた。


「また仲良くなったってわけじゃない。それくらいはわかる」

『仲良かったことがあったのか？』

蛇はなかなか鋭いところを突く。

「確かにないかも。でも無視はされてなかった。つまり最低限の関係はあったのではないかな」

『人間は友達にならなくても会話ができるからややこしい』

その通りだ。私は蛇を頭に乗せて歩きながら、危うく頷くところだった。蛇が落ちてしまう。

『落ちない』

食事をしっかりとるようになってから、彼女の体はますますきれいになっていた。深い緑色の鱗は夏の日差しを反射して、水面みたいにきらめいている。私たちはレモンの木の間を歩き回っていた。アトリエの北側は山頂に向けて緩やかな坂になっていて、父はその一部を階段みたいにならしてレモンやミカンの木を植えているのだ。一番上の段まで登ると、アトリエの屋根も町も見下ろすことができる。

私は木にもたれるようにして座った。やわらかい風が吹き抜けて、レモンの葉をカサカサと鳴らす。

『そろそろ出ないと。十時に駅でしょ』

蛇に言われなければそのまままいつまでも流れる雲を見ていたかもしれない。日向《ひなた》ぼっこをするには少し暑すぎるけれど、木陰で過ごすのにはちょうどいい天気だった。行きたくないなとぼやいたけれど、約束は守るようにと蛇に言われてしまった。

蛇は私と話すうちにどんどん使える言葉を増やしていった。会話も自然になっているし、数字や時間までわかるようになっている。私と一緒なら時計も読めるらしい。

「私と離れている間は、蛇は蛇なんだよね？」

『こうして考えることができないってこと？　それはそう。ただの蛇に戻っている』

私は彼女を納屋のタライの中に降ろした。

「私と離れているときも、私のこと覚えてる？」

少し間が空いて、そうだな、と蛇は呟く。

『名前は忘れている。ただそういう存在がいることは何となく覚えている』

「ここから出て行こうって思わない？」

『今はない。ここはいい場所だと思う。早く行け』

蛇にせっつかれて、しぶしぶアトリエを後にする。自転車で行くと駐輪場代がよけいに必要になるので、今日は徒歩だ。私はすっかり健脚になっていた。駅まで四十分くらい。余裕で歩くことができる。

これもかわいい、と言いながらゆきちゃんたちは次々と文具を買い物カゴに入れていく。私たちは文具屋に来ていた。ただの文具ではない。かわいい文具がある店だ。

私は彼女たちと友達でいる必要がなくなっていたので、かわいいとも何とも言わず後ろについて歩いていた。

「このシャーペンも超かわいい。これにしよ」

ゆきちゃんが星のチャームがついたシャーペンをみんなに見せた。

「学校はシャーペン禁止だから使えないよ」

私が言うと、はあ？　とゆきちゃんは呆れかえったみたいな目で見てきた。

「家で使えばいいじゃん。みんな筆箱にシャーペン入れてるでしょ。知らないの？」

知らない。返事をする前に、ゆきちゃんはもう歩き出していた。

「この筆箱めっちゃいいじゃん」

ゆきちゃんが持っているのは、エナメル調の布でできたポーチみたいなデザインの筆箱だ。筆箱というより、お化粧品が入っていそう。ツヤツヤした黒。どちらかというとゆきちゃんに似合いそうだけれど、彼女が選ぶものなのでいいか、とだまっていた。

一通り見て回った頃には、カゴの中にはペンや消しゴムみたいな細々《こまごま》としたものがたくさんはいっていた。

「プレゼント用のラッピングおねがいしまーす」

ゆきちゃんがカゴをレジに置く。レジに表示されている金額は上がっていく。それぞれは大した金額じゃないけれど、集まると結構なものだ。特に筆箱は友達へのプレゼントにしては高すぎるんじゃないかというくらいの金額だった。合計で六千円くらいになる。

「あ、結構高くなっちゃったね」

じゃ、と言ってゆきちゃんは私にレジ前をゆずろうとする。

「私たち千円ずつで、ミソノ三千円ってことで」

「え?」

「どうかした?」

何を言っているのかと首をかしげる私に、ゆきちゃんたちもとまどいの表情を浮かべている。

「ミソノ、ほーちゃんの友達じゃん。ちょっと多めに出してくれると思ってたんだけど」

「ほーちゃんの友達はみんなの方でしょ? それに私はこれを贈ろうと思ってるけど」

私はずっと手に持っていたメモ帳を持ち上げて見せる。

「何? 今まで一緒に選んでたじゃん。一緒に買うってことじゃないの」

「私は一つも選んでないけど」

なにそれ、とゆきちゃんは吐き捨てるみたいに言った。ぞっとするくらい冷たい声だ。

「それにワリカンするにしても私だけ多すぎる。そんなお金ないよ」

蛇のためのお金なら進んで出したいと思うけれど、ゆきちゃんたちのために使いたいという気持ちにはなれない。

ゆきちゃんは目に見えて苛立っているし、幹部たち二人は青ざめていた。

「嘘《うそ》でしょ」

嘘じゃない、と首を振る。

「もういいよ」

店を後にしても、ゆきちゃんたちはしばらくは一言もしゃべらなかった。ゆきちゃんは半ば走っている。何かを振り払うみたいに。

「ミソノのせいで筆箱は買えなかったし、恥はかいたし」

ゆきちゃんは立ち止まると、怒りがこもる声でそう言った。細い背中がふるえている。みんなは結局筆箱をあきらめて、それ以外をワリカンして買ったのだ。振り向いた彼女の目は、怒りのせいか涙ぐんでいる。

「お金出さないミソノなんて、なんの価値もないよね」

ゆきちゃんは付いてこないでと言い残し、パッと背中を向けて歩き出した。カツカツとかたいヒールの音が遠ざかっていく。幹部の一人は慌てて追いかけて行ったけれど、もう一人はなかなか歩き出さない。

「えっと」

その子は唇をキュッと固く結び、私をじっと見つめている。にらんでいるというほどの剣幕ではないけれど。

「何?」

「あのさ、私たちがミソノにお金出してもらおうとしてるって、ホントに少しも気づかなかったの?」

私は頷く。

「それはさ、おかしいよ。私たちの会話とか聞いてたり、雰囲気を読んだり、ちょっと見聞きしてたらわかったことじゃん」

本当にわからなかった。お金を出していたのは友達だったからだ。関係を絶つようなことをしてきておきながらお金を期待するなんて考えも及ばなかった。

彼女はしばらく私を見つめていた。何か言おうか悩んでいるみたいにも見えたし、呆れているみたいにも、悲しんでいるみたいにも見えた。あやまらせたいのだろうか。恥をかかせたくて気づかないふりをしていたわけでもないのに。私はうんざりしてきた。

もういい？　と口にしかけたとき、「関心」と彼女は呟いた。

「ミソノ冷たいよ。関心が全然ないんでしょ？　ミソノはさ、私たちの誰かのことで自分のことみたいに心配したり、喜んだり、そういうこと一度もなかったよね。仲間に入ってる感じが少しもなかった。あんた、いまだに私とユウちゃんの区別もついてないんじゃない？」

そんなことない、と言うことはできなかった。とっさに彼女の名前が出てこない。私は彼女をなんと呼んでいたんだっけ。

「さみしいやつ」

私が口を開く前に、そう言って彼女は背中を向けた。彼女の姿は人ごみにまぎれて、すぐにわからなくなってしまう。

モールの通路で立ち止まっているのは私だけだ。似たような人々が、また似たような人々と会話しながら私の周りを歩いていく。魚の群れみたいだ。彼らを横目に見ながら、ペットショップに向かって歩きだす。魚の群れに入れなくて、どうしてさみしいと思うだろう。入りたいとも思わないのに。

ゆきちゃんたちのこともそうだ。お金をまいたら寄ってきた魚たちが、お金がなくなったから去って行っただけ。また呼び寄せたいとも思わない。それが本当にさみしいことだろうか。彼女の言葉が頭の中で繰り返されている。傷ついたと言いたげな顔。無視されて、お金を出さないなら価値がないと言われて、傷つけられたのは私の方ではないのだろうか。

私は頭を振って、彼女たちのことを脳内から追い出す。なんにせよ終わったのだ。もう近づくこともないのだから、傷つけたり傷つけられたりすることもない。

足を動かすこと、人を避けることに集中する。早く蛇のもとに帰らなくては。

今日も出かけるのですか、と背後から声がかかって縮み上がる。母上だ。玄関口で恐る恐る振り返る。

「母上。教室の準備はいいのですか？」

「つばめちゃんが済ませてくれています」

つばめちゃんはそんなことまでできるようになったのか。ただ見学をしているだけだと思っていたので舌を巻く。

「少し近くで遊んできます。お昼には戻りますので」

頭を下げて、できるだけ真面目ないい子に見えるように努める。近く、と母上は繰り返した。表情がいつにも増してかたい。私がアトリエに向かおうとしていることは見透かされているらしい。

「宿題は終わらせていますし、朝早く起きて勉強もしました。部屋も片づけています！」

どうか解放されますように。母上は私が一人で出歩くことをあまりこころよく思っていないのだ。父がいれば上手く私を連れ出してくれるのに。あいにく今日は別の用で出かけてしまっている。

ふう、と母上は小さく息を吐く。ちょっと待っていなさい、と言い残して奥へ歩いて行った。戻ってきた母の後ろには、制服姿のつばめちゃんが立っている。

「今日はつばめちゃんと一緒に行ってきなさい。つばめちゃん、悪いけど教室の方はいいですから、子守をお願いします。お昼には戻ってください」

はい、とつばめちゃんは細い声で答えた。少し困っているみたいな目で、私に向き直る。

「よろしくお願いします。荷物を持ってきますので少々お待ちください」

私は別に子守が必要な歳ではない。ふてくされて歩いている私の少しだけ後ろを、つばめちゃんはおだやかに歩く。私たちは無言だったけれど、そんなに気にならなかった。近くで流れる沢の音や、木々のざわめき、鳥たちの鳴き声があったから。

つばめちゃんを父に無断でアトリエに連れて行っていいものか悩んだけれど、蛇に会いたい気持ちが勝った。

つばめちゃんは夏休みの間、二週間ほどうちに泊まりに来るらしい。住み込みで働く予行演習というやつだ。いずれはずっとつばめちゃんと過ごすことになるのか。そう思うとよけいに落ち着かない。

「すごい」

足音さえ立てずにいたつばめちゃんが、アトリエに着くと歓声を上げた。父の花畑に小走りで近づく。

「お花、好きなんですか?」

「はい、すごくきれいです」

つばめちゃんは少し照れたみたいに笑った。恐る恐る手を伸ばして、ヒマワリの花びらに軽く触れる。やっぱり、すごく背の高い人だ。ちぢこまっていない彼女は初めて見た気がする。

誰かいる、と蛇の声。

(危ない人じゃないから気にしないで)

声には出さずに蛇に返事をする。蛇とは頭の中だけで会話することもできるのだ。短い言葉なら。口に出さずにしゃべるというのは意外と難しい。長いメッセージだと途中で違う考えやイメージが混じって、何を言っているのかわからなくなってしまう。

蛇とつながっている感覚にしばらくひたる。心が安らいでいくのを感じた。真冬に凍えながら帰宅して、コタツに潜り込んだときに似ているかもしれない。

『冬ね』

「冬がどうかした?」と蛇に答えたつもりが、うっかり口に出してしまった。つばめちゃんが振り向く。

「今何かおっしゃいましたか?」

「あ、ええっと……お花が好きだから、うちに来ることにしたんですか?」

「それもあるんですけど」

彼女は自分の手をこすり合わせる。私の方に視線を向けているけれど、私ではなくて後ろの木立でも見ている感じだった。

「初めて誘ってもらえたから。私、人より得意なこともなくて、やりたいことも決まっていなくて。いろんな仕事の説明会に行ったんですけど、私が役に立てることなんて、何もないんじゃないかって思えてきて」

　つばめちゃんはふがいなさそうに視線を下げる。

「そんなとき、紫雨先生が私に声をかけてくれたんです。人づてに聞いたとかでわざわざ施設に来てくれて、私にうちで働かないかって。それが本当に嬉しかったから、お仕事の内容もよく聞かないままに決めちゃったんです。誰かにそうやって必要としてもらえたこと、なかったから」

　だからお花の知識はまるでありません、とつばめちゃんはまた恥ずかしそうに笑った。彼女はきっと、いつもそうやって笑う人なのだ。

「ここは、別荘ですか？」

　父のアトリエだと話して、彼女を室内に案内する。私は父にアトリエのスペアキーを作ってもらっていた。

「教授のアトリエなんて、初めて見ました。不思議な建物ですね」

　つばめちゃんは遠慮がちだけれど、興味深そうに部屋を見回した。彼女は何というか、いつもよりリラックスしているみたいだった。お屋敷から離れて緊張が少し解けたのだろうか。

　彼女の真似をして私もアトリエを見回してみる。確かにここは変わっている。これが普通のアトリエだと思うのは誤解だ。

　まず間取りがちょっと変。玄関から入ってすぐ、せまい廊下をはさんで三畳程度の中庭があって、山桜が生えている。周りはガラスで囲まれているから、家の真ん中に木が生えているみたいだ。アトリエの中は壁があんまりない代わりに、この中庭で何となく区切られている。

　玄関は南に面していて、入ってすぐ右側に、応接室と呼んでいる部屋がある。一辺が百五十センチくらいしかない正方形の小部屋だ。東がキッチン付きのダイニングで、応接室の窓やダイニングの出窓からは畑が見える。北にはトイレやお風呂、北西の方は書斎兼寝室になっていて、西から南はリビング。どこも二畳とか三畳ずつくらいしかないと思う。扉も廊下も、部屋も何もかも小さくまとまって、お人形の家みたいだ。お屋敷が広すぎるから、そう感じるのかもしれないけれど。

見た目は和風とも、洋風ともいいきれない感じ。私の小学校は古い木造建てだけれど、それと雰囲気が少し似ているかもしれない。天井は低い。平屋建て。壁はしっくいで、キッチンや洗面所にはタイルが貼ってある。柱や窓の枠、床、棚なんかは木でできている。つばめちゃんが色ガラスが入った扉を見て、かわいいですねとため息を吐いた。

「紫雨先生もこちらによく来られるんでしょうか？」

「え？　母上？　母上はこのアトリエを嫌ってるから、来ないですよ」

「嫌う？　どうしてですか？」

どうしてだろう。考えたこともなかった。首をかしげる私につられてか、つばめちゃんの頭も少しかたむいている。

「とにかく、母上の前でこの場所のことを口にすると怒るので気を付けてください」

つばめちゃんにはアトリエや庭で自由に過ごしてもらうように伝えて、私は早速マウスの解凍に取りかかる。もう何度もしているので慣れたものだ。アトリエの冷蔵庫はとても小さい。日頃はほとんど使わないから。ちょっとした調味料と、飲み物が入っているくらい。あとは父が釣った魚を一時的に入れておくこともある。今のところ冷凍庫にはうどんと、私のマウスが入っているだけだ。

チチチ、と音がしてコンロに火が点《つ》く。水を入れた小鍋を火の上に載せた。泡がいくつも上がってきたら、袋に入れたマウスをつける。マウスに火が入らないように、お湯の温度を少し下げる。もうできあがりというところで、ひゅっと空気が通り抜けた音がした。悲鳴だ。つばめちゃんが近くに立って、口を押さえている。

「あの、なにをされているんでしょうか」

つばめちゃんはマウスを見ていられなかったのか、シンクの方に視線を泳がせている。私は正直、説明するのがおっくうになっていた。気持ち悪いとか怖いとか、そういう反応はもうたくさんだ。ちょっと心が痛んだけれど、つばめちゃんには返事をせずにマウスをお湯からあげる。指でお腹を軽く押した。中までちゃんとあたたまっているみたい。それを手に持ったまま、彼女の横を抜けて納屋に出た。

つばめちゃんは意外にも後からついて来た。勝手口には靴が一足しかなかったから、彼女はソックスのまま出てきている。私が蛇のそばに座ると、彼女もその近くにしゃがみ込んだ。目のはしで、つばめちゃんがじっと蛇を見つめているのがわかる。

『いいにおい』

蛇が舌を出したり引っ込めたりする。マウスを差し出すと、顔よりも大きいそれをガブッとくわえて飲み込んでいった。

マウスが喉元を過ぎたくらいに、蛇は視線をつばめちゃんに移した。

「きれいですね」

つばめちゃんはそうつぶやいた。花を見たときと同じように。

「え？」

「この子のご飯だったんですね。ごめんなさい、ちょっと驚きすぎました」

「怖くないの？」

まさか、とつばめちゃんは少し驚いたように私を見た。

「アオダイショウですよね。毒はありませんし、落ち着いているみたいです。施設の木立にもよくいますよ。でもこの子は何て言うか……今まで見たことがないくらい立派です」

つばめちゃんは人、つまり私や両親の前にいるときよりずっと落ち着いて見えた。おだやかで、優しい視線を蛇に向けている。

「怪我、しているんですか？」

蛇の体に走る傷あとに目を留めて、彼女は表情をくもらせる。本当に心配してくれているのだ。私は怪我をした蛇を助けて、世話をしていることを少しずつ彼女に話す。

「そうだったんですね。元気になって、よかったね」

つばめちゃんはそう言って、そっと指先を蛇の顔の横辺りに近づけた。蛇は嫌がらず、鼻先を彼女の指に触れさせる。

『花の匂いがするな』

「え、今日はお花の教室出てないのに？」

それに彼女は見学だけで、お花にはまだ触っていないはずだ。え？　と不思議そうにつばめちゃんが私を見る。しまった。蛇への返事をまた口に出していた。

「蛇が、指から花の匂いがするって」

つばめちゃんは、自分の指の匂いをかいだ。私にはわからないです、と目を丸くする。

「蛇はとても鼻がいいんですね。実は少しですけど自分でお花を買って、活ける真似事みたいなことをしているんです」

つばめちゃんは顔をちょっと赤くしている。家でも練習しているなんて真面目だ。恥ずかしいことではないと思うけれど。私は首をかしげる。

「蛇と話せること、つっこまないの？」

アトリエを後にして歩きながら、つばめちゃんに訊いてみる。彼女はあれからじゃまにならないようにと、私たちを二人きりにしてくれていた。庭を歩いたり、アトリエの縁側に座ったりしていたと思う。

「変だって思わないの？」

「驚きはしました。でも、変だなんて思わないです。素敵だなって思うくらい」

つばめちゃんは足元を見ながら歩く。彼女のソックスが裏返っているのに気づいた。土がついてしまった面を内側にしてはき直したということか。足が痛くならないのだろうか。納屋の土は外よりも細かくて、サラサラしてはいるけれど。

私はちょっとゆっくり歩いて、彼女の横に並ぶ。

「私なんて、知らないことだらけです。人様のことで普通とか、そうじゃないとか、判断できるわけがないんです。美苑様が蛇とお話しできると言われるなら、美苑様の普通はそうなのだと思うだけです。私が蛇と話せないのが、私自身にとっての普通であるのと同じように」

私はつばめちゃんの横顔をじっと見つめる。静かな表情だった。

「あっ私の話し方、変ですよね。ごめんなさい。施設の子たちにもよく言われるんです」

「変じゃないです」

意味も伝わっています、と小さく付け加える。つばめちゃんはよかった、と笑ってくれた。

「あの蛇、お名前はあるんですか？」

「ううん。蛇は蛇なんだって」

「飼っているわけではないんですね」

「そう。でも、ほんとはちゃんと飼いたいって思ってる。ずっと一緒にいたいから。でもおこづかいが足りなくて」

「じゃあ、できるだけ早く貯めないとですね」

冬が来る前に、とつばめちゃんは言う。冬というひびきにひやりとする。今は夏の真昼で、少しも寒いことなんてないのに。

冬が来れば蛇は冬眠しなくてはいけない。でもヒーターや、室内で飼える道具があればその必要もないのだ。もし彼女を飼うなら用意をしておかないといけない。しかしおこづかいは一カ月に一回だ。急いで増やせるものでもない。

「つばめちゃんはそういうとき、どうするの？」

「私は……あまりそういうことがなくて。聞きかじった話ですが、お手伝いをしてボーナスのおこづかいをもらうというのはどうでしょうか？」

お手伝いとは、と眉をひそめる。そんなことはしたことがない。母上の教室の手伝いとかだろうか。つばめちゃんがしているみたいな。そう言うとつばめちゃんは小さくほほえんで、家事の方ですよ、と続けた。

「ご飯作りや、食器洗い。お風呂やお手洗いをきれいにしたり、床を掃いたり。お庭の草取りとか」

どれもしたことがない。自分の表情がますます沈むのがわかる。

「私は甘やかされているのかな」

「そういうわけではないと思いますよ。お家の方針ですから。そのぶんお勉強や読書をがんばってこられたのでは？」

私が家にいる間、ほとんどの時間を勉強と読書に使っていることをつばめちゃんに指摘される。見られているとは思っていなかったので、ちょっと恥ずかしくなった。

「つばめちゃんは、よく見てるんですね」

関心がある、ということだろうか。私が小さい生き物にしているように、彼女は八口家を観察しているのかもしれない。

妙にくすぐったいけれど、確かに冷たい感じはしない。こうして仲間になっていくのだろうか。私は上手くできなかったけれど、つばめちゃんはちゃんと八口家の一員になろうとしているのだ。

「勉強時間を減らすのはよくないでしょうから、夏休みの間だけ、家事のお手伝いをしてみてはどうでしょうか。私も宿泊研修の間は家事を手伝うように言われていますので、もしよければ美苑様には私のアシスタントをしていただけると助かります」

つばめちゃんははげますみたいにほほえむ。

「つばめちゃんが家事、教えてくれるってこと？」

「はい。よろしければ、ですが」

蛇と過ごす時間が減ってしまうのが気にかかる。でもこれからずっと蛇と過ごしていくために、必要なことなのだ。私はぎゅっとこぶしを握る。

「よろしくお願いします！」

私が急に大きな声を出したので、つばめちゃんはちょっと驚いたらしかった。目をまんまるにしている。そんな顔もするのだなと見つめていると、彼女はまた照れたみたいに笑って、小さく何度も頷いた。

「あと、私のことは美苑でいいよ。様っていうの、落ち着かなくて」

ちょっとつばめちゃんをまぶしく感じて、足元に視線を落とす。私のソックスにもぬい目が出ていた。裏返したわけではない。最初から裏返しにはいていたようだ。母上が気づかなかったとは。いつもなら一目で気づかれて怒られていたはずだ。

こんなことで家事なんてできるようになるのだろうか。ちょっと先行きが不安であるけれど、笑顔のつばめちゃんにつられて笑ってしまう。

「一緒にがんばりましょう。美苑さん」

ボーナスの件に関しては、母上のゆるしを得られた。何に使うかはっきり言わない私にしぶっていた母上だったが、つばめちゃんが一緒に頼んでくれたのもあって折れてくれたのだ。

「いいでしょう。ただし金額は成果に応じて都度決めさせていただきます。出納帳もちゃんと書きなさい。あと、つばめちゃんのじゃまはしないように」

ははっと畳に頭をすり付ける。もちろん正座で。隣に座ったつばめちゃんが困っている気配を感じる。

「下がってよろしい」

もう一度お辞儀をして、するすると退散する。つばめちゃんも後に続いた。彼女は慣れない着物でぎこちなく歩く。着物は宿泊研修に来る彼女のために母上が用意したものだ。動きやすい短めの袖、簡単に手入れできる生地。旅館の人が着てそうな感じだ。お花の教室や発表会では着物を着ることもあるし、慣れておくようにということらしい。

今日から二週間、つまり夏休みの終わりまで、彼女はお屋敷に寝泊まりする。

つばめちゃんは料理もそうじも私よりずっと上手だった。それでも母上の求める家事をこなすのは相当大変だったらしい。

特に台所は戦場だった。つばめちゃんは私に卵の割り方を教えながら蒸し器を用意して、カツオ節の量や入れるタイミングを母上に直されつつ二種類くらいの出汁《だし》をとり、サバをグリルに入れたり出したりした。私は途中から自分が何を作るために何をしているのかもわからなくなってしまった。じゃまにならないようにウロウロし、ひたすら鍋やフライパンを洗った。そうしているうちに気づいたら茶碗蒸しとサバの塩焼き、インゲン豆と里芋の煮物、お吸い物、マイタケの炊き込みご飯ができあがっていた。

大量の食器を洗った後は、廊下のそうじだった。古い日本家屋のそうじは、洋式の建物や学校でのやり方とは少し違うらしい。板張りの廊下はフローリングと違ってコーティングされていないから、洗剤はもちろん、水もあまり使わない方がいいのだとか。茶殻をまいてからほうきがけすると埃《ほこり》がとりやすかったり、洗剤の代わりに米のとぎ汁を使うとツヤがでたり。つばめちゃんもよくは知らなかったようで、二人で母上に叱られながら走り回った。

初日から張り切りすぎたかもしれない。私たちは夕方にはヘトヘトになっていた。母上に見つからないように、つばめちゃんの部屋で二人寝っ転がる。

しかし今日一日ふり返ってみると、食事の用意とお屋敷の床そうじくらいしかやっていない。三食食事を用意するのは想像以上の大変さだった。そうじも床だけで力尽きるなんて。

「お花は急《せ》くものではありませんからゆっくり少しずついきますが」

タスキがけ姿の母上が頭から離れない。

「家事に関しては厳しくいきます。覚悟して励みなさい」

家事を仕込む母上の手には竹刀が握られていなかったか。幻覚だとはわかっているのだけれど、思い返すと本当の記憶みたいに思えてくる。

「一日三食って、大変じゃない？」

「お料理だけで一日終わっていくみたいでしたね」

つばめちゃんはぐったり転がりながら、意外にも笑っている。

「でもいつもはああいう献立じゃないですよね？　私たちに料理を教えるために、毎食手がかかるものをしっかり作ってくださったんだと思います」

確かに今日はいつもよりはるかに品数が多かったし、食後のデザートまであった。フルーツ牛乳かんてんを作ったのだ。いつもはもらいものの桃とかスイカをカットしたものが出るくらいなのに。

「つばめちゃんがいるから、母上が見栄《みえ》をはったんじゃないのかな」

つばめちゃんから返事がない。頭を起こして振り向く。彼女は眠っていた。少し困ったみたいな眉で、おだやかな寝息を立てている。

お風呂に入らないと、と思うのだけれど起こしづらい。あまりに気持ちよさそうに眠っているから。私もそっと、頬を畳に付ける。つばめちゃんの寝息が耳に優しくひびく。自分の呼吸の音も重なって、もうどちらの音かもわからない。


つばめちゃんが言った通り、初日は特に料理に力を入れた日であったらしい。二日、三日経つにつれて品数は少なくなった。出汁パックを使ってもよくなったし、作り置きのやり方も教えてもらった。台所のどこに何があるかを覚えてからはよりテキパキと用意や片づけができるようにもなった。冷蔵庫にあるものを見て献立を考えるという課題はとても難しかったけれど、つばめちゃんとあれこれ言いながら料理を決めたり、追加の食材を買いに行ったりするのは少し楽しくもあった。

昼の遅い時間から夕飯の用意が始まる時間までは、自由にできるようにもなった。私はその時間を使ってアトリエに行く。少しでも長く蛇といるため、ジョギングで移動した。私の体はもう虚弱とはほど遠い。何となく足に筋肉がついたのもわかる。

「や、美苑君。ちょっとぶり」

児玉先生が応接室の窓から手を振っている。蛇のテープが外れてから先生がここに来たのは初めてだ。おでこに流れる汗をぬぐいながら先生に近づく。

「聞いたぞ、蛇と完璧に話せるようになったって」

先生はニッと笑う。

「今日はそれを聞いて駆けつけたのだ」

父が話したのだろう。リビングに移動した先生の背後に、お茶を運ぶ父の姿が見えていた。蛇を肩に乗せて、リビングにあるテーブルの前に座る。おお、と父と先生から声が上がった。彼らはテーブルをはさんで反対側のソファーに腰かけている。

「蛇よ、元気になってよかったな」

先生が蛇に話しかける。

「傷を治してくれた先生だよ」

蛇はゆっくり首を上げて、先生を見つめる。

『ありがとう。助けてくれて』

お礼を言っていますと先生に伝える。先生が伸ばした手に、蛇が鼻先を触れさせた。

先生は面白そうに笑っている。やっぱり、先生は私が蛇と話せることをうたがいはしなかった。

「美苑君はそんな嘘はつかないだろう。それに、見ていたらわかるよ。ところで蛇よ、君はやはり、人間に助けられてよかったと思うかね？」

チロチロと蛇は舌を出す。質問の意味を考えているようだ。私は通訳の仕事はこんな感じなのだろうかと思いながら、蛇の言葉をそのまま先生に伝える。

『生きたいと思わない生き物がいるのか？』

「野生の蛇としての君は死んでいるのではないかな？」

『蛇は蛇だ。ずっと』

それから蛇は言葉を探しているのかしばらくだまっていたが、あきらめたみたいにシュッと息を吐いた。

『今は確かに……蛇らしくはない』

父と私で先生を夕食に誘ってみたけれど、汚い服だからと断られてしまった。家事を手伝いはじめた話をすると、先生は興味深そうに笑う。

「美苑君の料理が食べられないのは残念だ。ちゃんと食べ物になっているのかね？　かなり気になる。またそのうち誘ってくれ」

先生はまたあの軽トラに乗り込む。相変わらずデコボコで、座席の足元にはワラや乾いた泥が散らばっていた。

「蛇にどうしたいか、ちゃんと訊けたかい？」

まだだ。私は口ごもる。

「ちゃんと訊いておいた方がいい。彼女がどうしたいのか」

私は蛇に聞こえないように、少しアトリエから離れる。坂道の方へ。先生もゆっくりと車を動かした。父は私のすぐ後ろを歩いている。

「ちゃんと飼うための用意ができていないし、お金もないんです。今はまだ責任をもって彼女を飼えるとは言えない。せめてお金が貯まってから言いたいんです」

「その考え方は間違っていないね。しかしそもそも子どものこづかいで生き物を飼うのは無理があることも理解しておかないといかん。お母さんに相談して、金銭的な援助を得た方がいい。大学にわしが個人的に買ったペットヒーターや水槽がいくつかあるから、余っているものを貸してあげることもできる。なんにせよ、一人では決行できないことじゃないかね？　まずは自分ががんばるという姿勢はいいが、あらかじめ相談をしておいた方がいいこともあるぞ」

ホウレンソウというやつだと先生は笑う。

「ほうれん草？」

野菜だ。不思議そうな顔をしている私の肩に、父が手を置く。

「報告・連絡・相談の略だよ。仕事をする上では一緒に働く人や上司に早めにホウレンソウするのが大切だって言われているんだ。児玉先生も苦手なやつじゃあないですか」

先生は大口を開けて笑っている。まあね、と頭をかいた。

「でもお父さんも、紫苑さんにちゃんと話した方がいいと思うよ。お金のこと以前に、ペットを飼うとなると家族が増えるということだからね。それに色々、相談してみるといいよ」

んんー、とうなるみたいに答える。母上に許可してもらえるならそうしたいけど、今はまだ反対される気しかしない。家事を手伝っているのはボーナスのためだけではない。せめて自分の世話くらいはできるようになって、生き物を飼いたいと申し出たいのだ。蛇のことも母上のことも、責任を持ちたいと思えば思うほど、後回しにしてしまう。


つばめちゃんとの家事練習期間はあっという間に過ぎてしまった。ずっと走っていた気がする。そんなはずはないのだけれど。気づけば私たちは食事の用意と家全体のはきそうじ、ふきそうじ、風呂とトイレのそうじを毎日できるようになっていた。

私は沈んでいく夕陽を、蛇と一緒に眺める。そういえば、日が暮れるのもずいぶん早くなってきた。

「きれいだね」

昼と夜の境目、と空を指さしてみる。そこはもう夜じゃないかと蛇が言う。

彼女は私の体を降りていく。腹の横の方に小さいかぎ爪みたいな鱗があって、そこを服にひっかけて降りるのだ。私はしゃがみ、彼女が地面に伸びるのを手伝う。

「傷、もうほとんどわからないよね」

蛇は少し前に脱皮をしていた。薄い皮を脱ぎ捨てた彼女は生まれ変わったみたいに美しい。鱗は夕陽を吸い込んでしまいそうなくらいつやめいている。鏡のようだ。古い皮は捨てろと言われたけれどもったいなくて、こっそりアトリエの中に隠した。あんまりにきれいだったし、傷あとの残ったその皮が、私たちが一緒に過ごした時間そのものみたいに思えたから。

『冬の匂いがする』

蛇は顔を上げて、空気の匂いをかいでいる。その匂いは私にはわからない。蛇は鼻がいいんだねと答えて、つばめちゃんが同じことを言っていたと思い出した。一緒に暮らすなんて想像もできないと思っていたのに、つばめちゃんが去った後の家は何かが欠けたみたいだった。私はたぶん、早く彼女が戻ってくることを望んでいる。

蛇はしばらく夕陽を見ていたけれど、ゆっくり地面を進み始めた。西に向かって。アトリエの縁側がある庭をつっきって行く。どうしてだろう、夕陽を追いかけて行っているみたいに見えた。私も彼女の後に続く。

『時間の感覚というのは不思議だな。私たちにわかるのは目の前の季節だけだから』

蛇は庭にたどり着くと、その眼下に広がる田舎町を見渡した。

『春に目覚めて、おそわれて怪我をした。そのころ美苑に出会って、雨の季節があって、夏が来た。これから冬が来るんだろ』

「秋があるよ」

私はなんだか必死になって言った。蛇の言う冬が、なんだかとてもさみしいひびきをしていたから。

『それは、蛇にとっては冬の準備をするための季節だ。君たちにとってはとてもきれいなものなんだろうな』

「そうだよ。この夕陽みたいに、山が真っ赤になる」

一緒に見ようと言ったけれど、蛇は返事をしてくれない。視線さえ、ずっと木立の方に向けたままだ。どうしたの、と私は小さく尋ねる。

『美しい秋も、あたたかい冬も蛇にはないものだ』

蛇は木立の中に体を滑り込ませていく。

私は慌てて蛇を追いかけた。

「どこに行くの？」

『来るな』

蛇の尾がするりと茂みの中に吸い込まれていく。

「行っちゃうの？」

返事はない。けれどそうに違いないことはわかっていた。とうとつに訪れた別れに、頭の中が真っ白になる。いつかそんな日が来てしまうのかもしれないと思っていたけれど、もっと先だと思っていた。

「お願い、私と一緒にいてほしい。完璧ではないかもしれないけれど、あたたかく過ごせる場所も用意する。お腹を減らすことも、怪我をさせることもないって約束する。あなたとずっと友達でいたい」

蛇から返事はない。蛇の深い緑の体は夕暮れの茂みの中に完全に消えてしまっていたけれど、まだ近くにいるのはわかる。

『怪我は治った。もう隠れる必要はない。私は蛇に戻りたい』

心の中にひびく声に、もう何も言うことができない。

『蛇は蛇でいることが大切だ。同じくらい美苑を大切に思っている。それは、友達じゃなくなるってことか?』

違う。私は心の中で答える。

『さようなら、美苑。ありがとう』

私は気づけばその場に座り込んでいた。足に力が入らない。そのまま蛇の気配が私の中から完全に消えるまで、木立の暗闇を見つめ続けた。


日はすっかり暮れた。早く家に戻らないといけないのに、足はアトリエの中に向かう。キッチンまで行って、蛇にあげようと思って解凍していたマウスを冷凍庫に戻した。冷凍庫にはマウスと、新しく買ったヒヨコが入っている。ヒヨコは近いうちにあげようと思っていたのに、結局一匹も食べてもらうことはできなかった。どちらも取っておいても仕方ないのにと思いつつ、どうしたらいいのかわからない。頭がうまく働かない感じがする。

暗くなっても帰らない私を、とうとう父が迎えに来た。抜け殻を握りしめて立つ私を見て、父は彼女が行ってしまったことを察したらしい。

「蛇に戻りたいって」

父は黙ってうなずく。

「もし、もっと早く相談していたらどうだったんだろう。先生が言ったみたいに」

「蛇が蛇であることをあきらめて、美苑と一緒にいることを選んでくれたかもしれないって？」

「私と一緒にいても、蛇は蛇だって思ってくれたかもしれない」

どうだろうね、と父は天井を見た。首筋と鎖骨が浮いている。そんなはずはないのだけれど、父をまっすぐ見つめたのが久しぶりな気がする。

ゆきちゃんたちと遊ばなくなったことを、父は気づいているみたいだった。何か言いたげな気配はあったのだけれど、私が避けていたのだ。失望させたくなかったし、楽しい話でもないのだから。父も無理には聞き出そうとしなかった。踏み込み方がわからなかったのかもしれない。彼自身の仕事も、最近は特に忙しそうだった。

「父さんはやっぱり、紫苑さんに相談してみたらよかったと思うけど」

「なんで？　母上には話したって伝わらないし、何にもなんないよ」

「紫苑さんは美苑が思っているよりずっと美苑のこと考えているよ」

わからない。私は首を振る。

「そんなこと、お父さんにわかるわけないよ」

蛇が残した抜け殻を、アトリエの照明にかざしてみた。それは完璧な抜け殻だった。彫刻みたいに鱗や鼻のあな、目のおうとつを残しているけれど、中身はない。

「自分が抜け殻になったみたい」

「美苑は美苑だよ。君は一〇一号室だ。言っただろ？　一〇二号室が空き部屋になったからって、美苑が空っぽになったわけじゃない」

「でもさみしいよ」

「ああ、さみしいね」

父は私を抱きしめた。ぎこちない動き。体が父の腕の中にすっぽりと納まる。抱きしめられたのなんて、記憶にある限り初めてだ。父の腕はこんなに細かっただろうか。居心地が悪くて、私はそっと父の腕から逃れる。

父は私を車に乗せて、家に連れて帰った。その間、父は何か話をしてくれていたと思うのだけれど、思い出せない。「さみしいね」が私にとって、父が最後に言った言葉になった。


まだ日が昇る前、誰かが遠くで叫んだ気がして目を覚ました。家の中を人が走る音。変だ。この家で走る人なんていない。母上に怒られるから。

美苑、と母上が呼んでいる。また何か怒らせることをしただろうか。覚めきっていない頭で、なんとか布団から出る。朝の空気がすんでいた。なぜか体がゆっくりとしか動かない。薄青い家の中、水中を歩くように私は進む。目にたまった涙に、池の鯉たちが反射して映り込んでいた。彼らが目の前に迫ってきているみたい。

ふすまに手をかけて、そっと引く。灯りを点けているはずなのに暗い部屋。布団の上で動かない父。寝具は足元でぐちゃぐちゃになっていた。母上が父をゆすっている。父の体は柔らかく、物みたいに揺れる。

ドタドタと人が上がってくる音。救急車が来たのだ。たくさんの人に押しやられ、もまれ、私は気づいたら病院にいた。医者が、母上に父の死を告げている。


父は「キョケツセイシンシッカン」のために死んだらしい。それがどういう漢字を書く言葉なのかわからなかったけれど、私は勝手に理解していた。突然、心臓が止まってしまったのだ。

お通夜も葬儀も火葬場でも納骨のときも、私は自分がここではないどこかにいるような気がしていた。遠く離れた場所から、動く自分をただ見ている。

出されたものを食べて、言われた場所に動いた。指示されるままに。何も指示がないときには、ひたすら座ってじっとしていた。

つばめちゃんの姿を見ることがあった。話しかけようと思ったけれど、母上のそばに立つ彼女を見てあきらめた。今は母上の方が、つばめちゃんを必要としているのだと感じたから。

葬儀の間、母上はいつもと少しも変わらないように見えた。しゃんとして、物静かにお客さんたちに受け答えしている。でも家に帰ると違った。花瓶にさされた花みたいに静かに、少しうつむいて座り込む。そうして何時間もじっとしていた。

ひと月ほど経った頃、母上は復活した。今まで通り家事もこなし、土曜にはお花の教室を開いた。

つばめちゃんが手伝ってくれているのも、母上の支えになったのではないだろうか。彼女は土曜だけじゃなく、できるだけの時間を家で過ごしてくれた。電車で来ないといけないのに、学校が終わった後にも寄ってくれている。

少しも動けないのは私だけだった。小学校に行かなくてはいけないのに、外に出ることもできない。

体調は悪くない。行きたくないというわけでもない。朝起きて、用意をして、ランドセルを背負って玄関まで行く。何も問題ない。なのにドアに手をかけたとたん、足から力が抜けてしゃがみ込んでしまうのだ。糸が切れたあやつり人形みたい。私はやっぱり少し離れたところから、その様子を見ている。

父が死んでしまったことがそんなに悲しいのかと言われると、実はよくわからない。感情がとても遠くにあるのだ。手が届いたと思ったら、煙のように消えてしまう。小さい生き物たちの観察にも集中することができない。私はほとんどの時間を、中庭にただ座って過ごした。

「美苑君、大学に来て欲しい」

児玉先生は大粒の汗をかいている。髪のない丸い頭を、みがくようにタオルでぬぐった。先生の背後で開け放たれた玄関からは涼しい風が吹き込んでくる。もうすっかり秋になってしまったのだ。

「外に出ようとすると、動けなくなるんです」

「構わんよ。君に行く気があるなら、おぶって連れて行ってやろう」

君なら二人くらい背負える、と笑う先生。先生の笑顔は変わらないな、と安心する。つばめちゃんやお花の教室の生徒さんたち、訪ねてきた担任の先生が私に向けるほほえみには、薄い影がにじんで見えるのだ。母上の表情にも。母上は私が学校に行かないことについて何も言わなかった。彼女が中庭にいる私を、廊下からじっと見つめていることがあるのには気づいていた。何か声をかけてきそうな気配はあるのに、何も言わない。私もそんな母上に、何を話していいかわからなかった。

「植物園だ。久しぶりに行こうじゃないか。見せたいものもあるんだ」

先生と父が共同で管理していた植物園。色とりどりのインコたちの姿を思い出す。おだやかに流れる小川や、優しいこもれびも。

「な？　行こう！　生きた宝石を見せてあげよう」

「生きた宝石……？」

先生の軽トラに乗り込む。つばめちゃんが玄関から見送ってくれていた。心配そうな表情。私はちゃんと自分の足で歩いて、先生の車までたどり着いていた。

ブロロ、とかガタ、とか心配な音を上げながら、軽トラは走り出す。私は窓からつばめちゃんに手を振ってみた。彼女はやっぱり心配そうに、小さく手を振り返す。

植物園はビニールハウスの中みたいにいつもあたたかい。むっと湿った感じもする。草や土の匂い、動物や虫たちの匂いを胸いっぱいに吸い込んだ。なんとなく前に来たときとは違って見えた。植物たちがより生い茂っているというか、お行儀よく整った感じが崩れてきているのだ。

ヤシやヘゴの木のトゲトゲした葉っぱが頭の上に広がっている。大きなガジュマルのひげみたいな根をなでて、食虫植物たちの蜜が体につかないように気を付けて歩いた。魔法使いの杖《つえ》みたいに先が曲がったシダの芽があちこちから飛び出してきていて、そのせいでレンガも一部浮いてきている。

児玉先生がズンズンと木々の中に入っていく。その後ろ姿を見失わないように必死に追いかけた。通路から少しでも離れると、植物園は急にジャングルに姿を変える。一度迷子になったら、たぶん一人では戻れない。

どこを見ても緑だ。植物園の中には紅《あか》く色づいている葉っぱはない。頭の上から足の下まで、おぼれそうなくらい濃くて、あざやかな緑にあふれている。

両脇から伸びる大きな葉が、私をなめるみたいに大きく揺れる。油断すると植物の中にからめとられてしまいそうだった。もしかしたら私は今、ジャングルに食べられている途中なのかも。

「ついた。見てごらん」

突然あたりが開けて、明るい日差しが降り注いだ。先生が黒い指で指す先には、透明な箱。縦長のプラスチックケースだ。先生が示してくれなかったら、そこにケースがあることに気づかなかったかもしれない。ケースはとても透明で、中には木が茂らせてあるから。

側面には小さい穴がたくさん開いている。正面は一枚の板。小さな植物園といったところだろうか。私はそれにゆっくりと近づく。

顔を近づけて、中をのぞき込む。その生き物と目が合った瞬間に、光がはじけた。ものすごくまぶしいのに、少しも目を閉じることができない。瞼《まぶた》がなくなってしまったみたいだ。あざやかなグリーン。この植物園の緑に溶け込んでいるようで、どの葉よりも美しく発色している。小さい体に、さらに小さい鱗やトゲトゲ。細い指、芸術的な瞼。そのすべてが宝石でできたみたいに輝いている。

長いしっぽを入れても、二十センチくらいしかない。それなのにどっしりとした存在感を放っている。その生き物は二体いた。けれど私は枝の上に登って、私を見つめる子から目を離すことができなくなっていた。明るい瞳。降り注ぐ光で、金色に輝いて見える。

「イグアナという。まだほんの子どもだ。大人になれば今の美苑君より大きくなる」

後ろの方から、先生の声がする。この子が大きくなったら、どんなに美しいだろう。見上げるほど大きいその子がふと頭に浮かんで、私はおがみたいような気持ちになった。無意識に手を胸の前であわせていた。自分の心臓の音が伝わってくる。それはふるえるくらい、強く大きく脈打っていた。

すとん、と何かが私の中に戻る感覚があった。ずっと遠くから見ていた自分だ。自分が正しく、自分の体の中にいる。感情も感動も、すべて自分のものとして感じ取れる。

「帰りました」

なんだね？　と先生が聞き返す。なんでもないです、と私は笑った。先生も銀色の歯をのぞかせる。

「美苑君、どうだろう。この子の世話をしてみないかい？」

三、イグアナの花園

春の風は思いのほか強く吹く。春が滞ることを許さないとでもいうように。冬眠から目覚めたばかりの生き物たちの眠気、暖かくゆるんだ空気。そういったものをかき混ぜながら、風は上に下にと吹きすさぶ。大きな手のひらが空を舞っているみたいだ。手のひらに招かれて、山桜の花が飛び立っていく。

麦わら帽子が風にあおられて、背中の方に落ちた。昇りきった太陽がまぶしい。私は握っていた鍬《くわ》を傍らに置いて腰を伸ばした。早朝から畑仕事をしていたのだ。

汗がこめかみから喉に伝う。そのまましばらく花びらを見送った。それは随分と高くまでさらわれていった。白い煌《きら》めきが薄青い空に広がり、ふもとの町に流れていく。大学がある方角だ。

これで今年の花見も終わりだ。視線を山桜の木に戻す。アトリエに抱きかかえられるように立つ山桜。もう新芽が吹き始めている。

この山桜を見ると、いつもほんの少しだけ寂しくなる。こうして花が散ってしまったときだけじゃなくて、満開に咲き誇っているときでさえ。その寂しさは線香の煙に似ている。細く立ち上り、ふわりと心を撫《な》でる感じ。父を思い出すからだろうか。

しかしあの人が死んだのも、もう十四年も前のことだ。私も二十四歳。父がいなくなってからの人生の方が長いし、父の不在はとっくの昔に私の日常になっていた。いなくて寂しいと思うこともない。

「寂しいね」のせいかもしれない。彼の最後の言葉だ。他の言葉や声はもう思い出せないのに、最後の言葉だけが消えない。それがこの山桜に紐づいてしまったから、山桜を見るたびに、寂しさを思い出してしまうのだ。だとしたら、ちょっとした呪いみたい。

「正直、ちょっと邪魔なんだよね。花びらとか枯れ葉が屋根に落ちるし、中庭の窓開けてると入ってくるし」

　山桜を見たまま、伐《き》っちゃおうかなと続ける。山桜に言葉が通じていたら震えあがっていると思うのだけれど、桜はびくともしない。枝を屋根の上に鷹揚《おうよう》に広げて、目にまぶしいほどの新緑を見せびらかしている。この枝に鋸《のこぎり》を入れたら緑の血が噴き出すんじゃないだろうか。それくらい、これから葉を茂らせようという力が満ちて見えるのだ。

『その桜は伐っちゃダメ』

　頭の中に、ソノの声が響く。彼女の存在に意識を向けると、ほんのわずかな寂しさなど一瞬でかき消えてしまう。彼女はアトリエの壁際に設置したベンチに寝そべって、春の日向ぼっこを楽しんでいた。アジサイもね、とソノは言い添える。

「大丈夫だよ。冗談で言っただけ。伐りたいのは本当だけど、伐れないんだから仕方ない」

『美苑のお父さんが大切にしてたからでしょ？』

「そう。なんだか妙に頭に残っているんだよね」

　忘れちゃってたら都合がよかったのに。私は肩を落としたけれど、ソノはどこか愉快そうに首を伸ばした。

「でもアジサイはほんとに食べちゃダメだからね。毒があるものもあるんだから」

　それ、とソノの隣に茂っているアジサイを指さす。アトリエの壁際と、南の縁側がある庭にたくさんのアジサイがある。自然に枯れていくことを期待して放置しているのに、どんどん増えていくから手に負えない。

　食べない、とソノはアジサイから顔をそむける。

『何度も言わなくてもわかってるってば。心配しなくても、そこまで食い意地張ってない』

このアトリエで一人暮らしをする許可が下りたのは、私が中学三年生になるときだった。実際に暮らし始めたのは高校生になってすぐくらい。間隔が空いたのはリフォームする必要があったからだ。ソノが快適に、安全に暮らせるように。お金はあった。父の遺産が私にも遺《のこ》されていたから。

ソノは出会ってからずっと植物園で暮らしていた。私は暇さえあれば植物園に通い、彼女の世話をしたり話しかけたりしていた。蛇としていたような会話はできなかったけれど、それを不満に思ったことはない。私はソノの傍《そば》に居て、世話ができるだけで十分に満足していたから。

ただ一緒に暮らし始めるためには、返事をしてもらう必要があった。準備が完璧にできていることは当然として、ソノが一緒に暮らしたいと言ってくれるまでは彼女を引き取ることはしないと決めていた。私はリフォームを進めながら、ソノに一緒に暮らして欲しいと伝え続けた。

食べ物や住居には決して不自由させない。ソノの健康は何より大切にするし、意思も尊重すると約束する。もし私のもとを去りたいと思ったら、そのときはソノが行きたいところに行けるようにする。閉じ込めたり、自由を奪ったりはしない。

返事があるまで何年だって待つつもりだったけど、リフォームが完成して間もなくして、ソノは私に応えてくれた。『一緒に暮らすことにした』と。出会ってから五年、初めて会話ができた瞬間だった。

『随分懐かしいこと思い出してるのね』

ソノは大あくびをした後、採ってあげたばかりの桑の葉を口に入れる。

彼女の体長はしっぽを入れると百二十センチ。イグアナの中では小さく、成長期に比べるとだんだん減ってはきたが、普通のイグアナや私よりたくさん食べる。

私は傍らに置いていた鍬を握り直す。ソノがいくら食べてもいいように、しっかり野菜を育てないと。

父の花畑はソノのための野菜畑に作り直した。畑の広さはバドミントンのコートくらいだろうか。子どもの頃は畑にしては小さい土地だと思っていたけれど、自分で管理を始めてすぐに手に負えない広さだと実感した。草を抜いたり水をやったりするだけでも、決して楽には終わらない。私は一応大学院生なので、本分は学業だ。空いた時間で必要な畑仕事をこなそうとすると、休んでいる暇もない。

鍬を振り上げて、その重みに任せて振り下ろす。土の表面は冬の間に、すっかり白く硬くなってしまっている。古い皮膚みたいに。そこに深く鍬を突き立てて、程よい力を加えて引きはがすのだ。強すぎてはいけない。力まず、体が自然に起き上がる力を利用する。腰を痛めないためのコツだ。

硬い土の層がぼろりと崩れていく感触が、鍬の柄を通じて伝わってくる。暴かれた黒く新しい土。濃い匂いが辺りに迸《ほとばし》る。命の基の匂いだ、と畑を始めてからわかるようになった。死んだ生き物や草は土に還《かえ》って、次の命を生み出す基となる。正直、少し臭い。でもありがたい。そんな感じの。

『美苑、そろそろ帰る』

どれくらい畑にいただろうか。ソノのいる辺りは日陰になってしまっていた。太陽がアトリエの上を越えて西に傾いたのだ。鍬を片付けて、彼女のもとに近付く。

「寒い？」

少しだけ、と言いながら彼女は目を閉じた。

『昼寝したい気分』

目元を撫でると、ソノはそっと片目だけ開けた。優しい灯火に似た琥珀《こはく》色の瞳が私を見上げる。彼女の体はやはり宝石としか譬《たと》えようがない。幼い頃はグリーンイグアナの名前の通りエメラルドグリーン一色だった体色は、大人になって多彩で深みのある色合いに変化を遂げた。

ぱっと見は慎み深い灰褐色の体には、よく見るとときどき神秘的な青色が混ざる。鼓膜の下には大きくて丸いオパールみたいな鱗があって、その周辺は真珠で囲まれている。手足やお腹の一部はエメラルド。

それから背中には大理石みたいなタテガミ状の突起がある。淡く桃色がかったそれは触ると見た目よりずっと柔らかい。長く優雅なしっぽには、エキゾチックな黒と灰緑色の縞《しま》模様。屋根から落ちたのだろうか、たくさんの花びらが彼女の上に散っていた。桜模様の薄衣《うすぎぬ》を羽織っているみたい。

私は土で汚れた軍手を置いて、彼女を抱き上げた。花びらがひらひらと零《こぼ》れ落ちる。ベンチの上には花びらがソノの形を避けて積もっていた。逆の足跡みたいと言うと、なにそれとソノが首をひねる。

歩き出そうとしたところで、足元から『さえぎってる』と声が聞こえた。ベンチの暗がりに長いしっぽが逃げ込んでいく。多分カナヘビだろう。失礼、と一応声をかける。

『そういえば午後には大学に行くんじゃなかったの？　先生に呼ばれてるって言ってた』

「忘れてた」

ソノが呆れた、とでもいうように鼻をふくらませる。約束の時間があるわけではないけれど、そろそろ出なくてはいけない。

「あんまり気が進まないな。このままだと児玉先生みたいになりそう」

『休日もずっと大学にいるってこと？　研究者ってそうなんじゃない？　美苑もっと大学に行った方がいい』

「ええ、やだよ。それに研究者がみんなそうってわけじゃないよ」

私はできるだけ長い時間ソノと一緒に過ごしたいのだ。大学や外に出て行くのは正直あまり好きではない。実験や論文を読んでいる時は集中しているからいいけれど、休憩時間や移動時間は苦痛でしかない。


児玉先生は生物資源学部の教授だ。行動生態研究室で動物の生態について、とくに群れの中での行動や、コミュニケーション方法についての研究を行っている。研究室は大学の生物理工学部棟の一階の隅。カタカナのコの字形の建物の、コの書き始めの辺りだ。

植物園を挟んで反対側には植物環境研究室がある。通称植環ゼミ。父の研究室だ。いや、今は違うけれど。

ちなみに二階は獣医学部で、さらに三階は理工学部の領分だ。

正直理工学部は少し毛色が違う気がするが、理数系ということでひとまとめにされているのだ。不憫《ふびん》な感じがしなくもない。

植物園は大きなビニールハウスみたいなもので、コの字形の校舎の中にすっぽり入り込んでいる。鳥たちが衝突したり逃げ出したりしないよう出入口や開閉窓はネットで覆ってあるが、それが見えないくらいツタや木々が茂っている。整備された植物園というよりは、うっそうとした原生林に近い状態だ。あえてそうしているのだと植物学者の卵たちは言うけれど、管理が追い付いていないだけだと思う。

父がいた頃、そこはもっと美しい場所だった。整えられた植物の間から光が差し込み、道にはモザイク模様にレンガが敷かれていて、綺麗《きれい》な小川と噴水まであった。大学のパンフレットに載っている、花に囲まれた白いテラス。それがこの植物園にあったと知っている学生なんて、もういないのではないだろうか。

研究室の扉を開くと、何人かの学生と目が合った。軽く会釈をして、すぐに目を逸らす。生き物がいる学部ではどこもそうだが、休校日でも世話係が登校してくる必要がある。学部生が交代でその役を務めるのだ。

私たちの研究室には、アランというオスのヨウムがいる。灰色の体に、鮮やかな赤い尾羽をもつ大型インコだ。彼は私に気付いてコンニチハと声を出した。私もしっかり挨拶を返す。彼は私たちの研究対象でもあり、この研究室の王様でもある。彼の機嫌を損ねてしまうと部屋に留まることさえ難しい。

私たちは彼に言葉を教えている。音を真似するというのではない。日本語を理解して、会話できるようにトレーニングしているのだ。それを通じて鳥類の言語能力、発話するメカニズムなんかを解明したり、言語学習の有効なプロセスを編みだそうと試みたりしている。

アランは本当に賢い。既に八までの数字を使いこなせるし、ゼロの概念を理解しているような発言をしたこともある。素材や色、名詞を五十以上覚えていて、動詞も十程度使いこなせる。例えば赤色に塗った木製の四角い積み木を見せる。彼にこれは何ですかと訊くと「アカ、キ、ヨン、カク」と返事が返ってくるのだ。何色ですかと訊くと「アカ」、素材は何ですかと訊くと「キ」、形は何ですかと訊くと「ヨン、カク」といった具合に答えることもできる。

卒業していった先輩たちが残してくれた成果もあるし、私たちが新しく教えたこともある。アランは行動生態研究室、児玉ゼミの花形研究だ。そして一番手がかかる。ゼミに所属した学生は、基本的にはアランの研究を引き継いでいた。私もその例に漏《も》れない。

研究室を見渡す。準備室と言われる大きめの給湯室みたいな部屋や資料庫の方も見てみたけれど、児玉先生の姿はなかった。先生の個室にあたる研究室も留守。となると植物園の方か。あのジャングルで人、特に児玉先生を見つけるのは至難の業だ。

とりあえずいつもの席に座って、研究ノートを開く。研究室には全員が座れる席はないけれど、学年ごとに何となくエリア分けされている。院生ともなると人数が少ないので、座れなくて困ることはない。

「八口先輩、ここいいですか？」

明るい声が降ってきた。この研究室で人間に向かってこうハキハキ喋る人は極めて少ない。しかも女性で、なんというかキャピキャピした感じの子は一人だけだ。

顔を上げると、案の定思い浮かべていた子が立っていた。名前は何だったたか。

「木下《きのした》ですよ。木下キキ」

名前なんだっけ、と顔に出ているのだろう私に向かって、彼女は平然と名乗る。断りたかったのに、彼女はすっと私のはす向かいに座った。

アランがキキチャン、と喋った。彼女はこの春で学部二回生になった。ゼミに所属したばかりだけれど、一回生の頃からここに出入りしていたのでアランにすっかり覚えられている。

「ああそう、キキちゃんね」

「アランの方がちゃんと覚えてます」

キキちゃんはアランにハーイとあいさつしながら、手を振った。手のひらを向けて、指だけヒラヒラさせる振り方だ。アランも片脚を上げて、指を握ったり開いたりして見せる。ピューウ、と口笛の鳴きまねまで返していた。アランはキキちゃんみたいな女の子が好きらしい。私ではなく。ゼミに所属して以来ずっと彼の研究を進めているが、私はいまだにそこまで懐かれていない。

「他の新入生の名前はもう覚えたんですか？」

私は正直に首を振る。ゼミに所属するのはだいたい学年で五、六人だ。同じ研究をするチームなので名字くらいは覚えているのだが、今年の新入生に関しては日が浅いのでまだ覚えきれていない。

「研究を本格的に始めたら覚えると思う」

「アランの方が物覚えいいですよ」

キキちゃんは細い肩をすくめて見せる。肩口が開いた黄色いブラウスがふわりと浮いた。下着が見えそうで心配になる。

私は正直居心地が悪かったけれど、ここは院生の席だからと彼女を追い出すのもはばかられた。だいたいそういう規則があるわけではないのだ。その恩恵に与《あずか》っておきながら言うのもなんだが、私はそういう暗黙の了解みたいなものは嫌いだ。自分がそれを振りかざすようなことは絶対にしたくない。

ちょっとため息を吐きそうになって我慢する。

「先輩はあれ、参加してくれないんですか？」

彼女を無視してノートに目を落としていたのに、キキちゃんは気にせず会話を続ける。あれ、と指さした手を下げないので、仕方なくそちらに視線を向けてみた。

「新歓コンパ開催」

出席の可否を問う用紙が置かれている。新入ゼミ生の歓迎飲み会をするということらしい。そういった飲み会がときどきあることは知っていたけれど、参加したことはない。最近は呼ばれもしないし、こういった用紙に院生は基本的にリストアップされないようになっているのだ。今回はどういう風の吹きまわしか、私の名前が印字されている。手を伸ばし、不参加の欄に丸を付けた。

「ええー」

キキちゃんが不満そうな声を出す。

「その日は用事があるんですか？」

「ないよ」

キキちゃんが何か言いそうなのを、片手を上げて軽く遮る。

「人と会ったり食事したりするのが苦手なの。だからどんな会にも参加しないことにしてる。歓迎してないわけじゃない。気を悪くしないで」

ソノと出会ってから、私はソノと過ごす時間を少しでも長く取るように努めてきた。放課後や休日を束縛してくる相手はいないほうがいい。となると他人とは仲良くなり過ぎず、争わない程度に接するのが重要だった。私は観察や実践を繰り返して、少しずつその方法を学んできたつもりだ。使う頻度が高いフレーズは完成度があがっていると思う。今回みたいな誘いを断るときに使う文句は、なかなかの出来ではないだろうか。

私は机の上を片付けにかかる。この子に絡まれていては研究ノートどころではないので、諦めて先生を探しに行くのだ。

「誰にも誘われなくなっちゃいますよ」

キキちゃんが諦めずに会話を続けてきたことに少なからず動揺した。あの断り方で食い下がってこられたのは初めてだ。

「そうなったら、断らなくて済むから気が楽だよ」

言い捨てて、足早に研究室を去る。

寂しいですよ、とキキちゃんは言っただろうか。閉まる扉の隙間から、すうっとついてくるような音だった。


児玉先生はやはり植物園にいた。研究室の窓から、インコの水を入れ替えているのが見えたのだ。噴水があった頃はそこで水を飲んだり水浴びをしていたインコたちも、今では児玉先生が用意した浅いプラスチック桶を使用している。管理は楽だが、見た目に美しいとは言い難い。

先生のイグアナがホースににじり寄り、豪快に水浴びを始めた。彼はソノと同じ時にこの植物園に来た。ソノと出会ったあの日、同じケースの中に入っていた子だ。

あんなに小さい頃があったなんて嘘みたいだ。今の彼はソノよりもずっと大きい。彼はほとんど植物園の中で放し飼いにされているが、先生がいないときは植物園内のケージに入れないといけないことになっている。一応。

オスのイグアナには珍しくないことだが、彼は発情期になると人に飛び掛かることがある。植物園の陰で逢瀬《おうせ》を楽しむ無知なカップルが、何組彼の餌食になってきたことか。二メートルの巨体でのしかかられたら、大抵の学生は押し倒される。幸いにも彼は噛みはしないので大怪我をする心配はないのだが、植環ゼミ生からはかなり恐れられている。

あとは木々の新芽を食べてしまうのもよくない。植環ゼミからの正式な抗議を受け、さすがの児玉先生も無視できなくなったらしい。出勤時に彼をケージから出し、帰宅時には入れて帰るようになった。しかし日中はずっと外に出ているので、植環ゼミ生たちの希望に沿っているとは言い難い。

ちなみに私は彼からソノを奪った者として嫌われているので、飛び掛かられることはない。飛び掛かるのは彼の愛情表現なのだ。迷惑な話だが、本能なので仕方ない。嫌いな相手には尾を叩きつけたり、威嚇したりする。私は辛《かろ》うじて、その憂き目には遭わずにすんでいるが。

植物園には四方に一つずつ出入り口がある。私たちの研究室から出てすぐのところに一つあるのだけれど、私はあえて廊下を回り、向かいの植環ゼミ室前のドアを使った。

「いらっしゃい」

ビニールのすだれを手で避けながら入る私に、先生がふざけて声をかける。

私は警戒して辺りを見回していた。イグアナはどこかに行ったらしい。

「なんだね、研究室から逃げ出している姿が見えたぞ」

先生は頰の辺りを作業服の袖で拭った。もともとはベージュだった作業服も鳥の糞や植物の汁、泥なんかで汚れてもはや何色とも言い難い。

新入生に追い出されたと言うと、どうせ君が悪いんだろと返される。酷《ひど》い言いようだ。私が無言で不満をぶつけていると、はて、と先生は首をかしげた。

「あ、すみません。遅くなって」

呼ばれた件で来ましたと続ける。

忘れてた、と先生は頭をかいた。特に悪びれる様子もなく歩き出す先生に続く。先生が時間や約束を忘れるのはよくあることだ。そういう私もソノがいなければここに来ていなかったかもしれない。

児玉先生に招かれるままに、彼の研究室の奥へ進む。慎重に。部屋は暗く、床には水槽やバケツなど、外に置いておけばいいような物が溢《あふ》れ返っている。電気を点けたかったのだが、壁に掛けられたホースのせいでスイッチが押せなくなっていた。

「これこれ。ちょっと見てごらんなさいよ」

先生はそう言って一枚のプリントを渡してくれた。インターンシップ募集と英語で書かれている。

「ただの留学じゃないぞ」

国はメキシコだった。そこで絶滅危惧種の動物たちを保護したり、繁殖をめざしたりしている研究チームがインターンを募集している。

「ほれ、ここ」

先生が指さす先には、研究対象の動物たちの名前があった。

「iguana だよ美苑君」

「イグアナ」

だから？　という私の訝《いぶか》し気な視線を、先生は気にしない。ブラインドから漏れる光が逆光になって、先生の表情はよく見えなかった。部屋中に舞う埃が白く照らされている。

「行ってみたらいい。アランの研究は一旦置いておいても腐りはしないだろう。時間をかけてトレーニングしていく必要もある」

焦っても仕方がないと言われているようで、却《かえ》って焦る気持ちが湧いてくる。

私はアランに助詞を教えるプロジェクトを担当している。この春で修士二年になったので修士論文をまとめないといけないのだが、かなり難航していた。アランのトレーニングは教える役の人と、アランと一緒に学ぶ役の人で人間が二人は必要だ。協力してくれる人の都合がつかないこともあるし、アランの集中の度合いや進捗も日によって違う。私一人ががんばればなんとかなるというものでもないのだ。しかし院試に向けて結果を急がなくてはいけない。その遅れはすなわち、卒業の遅れに繋《つな》がるのだから。学生生活を長く続けられるほどの金銭的余裕は私にはない。

「なんにせよ無理ですよ、留学なんて。ソノの世話もありますし」

先生は私の返事を聞いてもいない様子で、あれこれと資料を取り出している。それは先生のデスクの下に積まれていたり、脇の書架に詰め込んであったりした。

「君は今の研究がさ、どうしてもやりたいってわけじゃないんだろ」

先生の姿は書架の向こうに隠れてしまって見えない。薄暗い洞窟みたいな研究室の中で、声だけが低く響いている。

「熱意ってことですか」

いつもそうだ。前回もその前も、研究発表のたびに指摘されている。児玉先生ではなく、生物資源学部の他の先生たちからだ。私の研究には熱意というものが足りないらしい。

確かに私はアランの研究をやりたくて始めたわけではない。前任者が卒業することになり、そのとき引き継げる人が私しかいなかった。それだけだ。でも研究の意義については理解しているつもりだし、真剣に取り組んでいる。手を抜いたつもりもないから、熱意うんぬんがいったいどのような悪影響を与えているのか理解できない。

その旨を伝えたけれど、先生はふーんと気のない様子だ。熱意について、アドバイスしてくれるわけではないらしい。

先生がさらにたくさんの資料を持って戻ってきた。読んでみなさい、と言いながら机の上に置いていく。論文のコピーみたいだ。

「動物に人間の言葉を教えるのもいいが、彼ら自身の言語、まああるいは非言語的コミュニケーションを理解することの方が君には向いておる。野生の生き物のことを理解しないと保護は無理だ。まして繁殖なんてね。君の観察力はこういう場所でこそ活かされる。まずはこの研究チームの論文を読んでみなさいよ」

でも、と口ごもる私に、先生は有無を言わさず論文を手渡す。とにかく読んでみないことには、私の意見は聞いてもらえないらしい。

「ここが海外に募集を出したのは初めてだ。次はないものと思ったほうがよい。それに博士課程に進むにしろ、外に出て行く日は必ずくる」

まあ考えてみなさい、と先生に部屋を追い出される。論文はリュックサックに入りきらないほどあった。残りは仕方ないので研究室に落ちていたポリ袋を頂戴して、左右の手に提げる。

研究のテーマについて先生に指示されたのは初めてだった。向いているだの、向いていないだのとはっきり言われたのも。先生はそういうことについては、学生の自主性に任せる主義なのだと思う。つまるところ私の研究は、看過できない程に酷い進み具合だということか。

資料は次第に重くなる。袋の持ち手が細く、深く指に食い込んできていた。


気にかけてもらえるのはありがたいとは思うけれど、いくら何でも資料が多すぎる。

私はアトリエの前の坂を汗だくになって登らなくてはならなかった。

『おかえり。大荷物ね』

「先生に渡されちゃって」

自転車から降ろした資料を、とりあえず応接室の机に積んでおいた。入ってすぐ右手側の小さな部屋だ。深く息を吸って、吐く。家に帰ると、今まで息苦しい思いをしていたことに気付く。

ソノを連れて海外に行くなんて考えられなかった。移動も海外生活も、ソノにとって大きなストレスになってしまう。ましてやソノを置いて行くなんてことは絶対にありえない。私の方がストレスで耐えきれないだろう。

やはり留学なんて無理だ。うまい断りの言葉を考えなくてはいけない。

『なにかあったの?』

「うーん。いや、大したことはなかったかもしれない。資料渡されただけ」

私の考えていることや気分は大抵ソノに伝わってしまうけれど、すべてを伝えない方法も今では身につけていた。ソノと共有している脳内に私専用の小箱みたいなものがあって、そこに入れておけばいいのだ。なんとなく不安な気持ちは、箱の中に追いやる。

研究のことや将来の不安は、ソノにはあまり知られたくない。

私は卒業後は、研究に関わる仕事をするつもりだ。というよりそれしかできないだろう。書類仕事、電話対応、営業、接客。思いつく限りで得意なことが一つもないから。唯一、人並みかそれ以上にできると思うのが研究や観察なのだ。となると博士課程は修了しておきたい。近場で研究職の募集がほとんどないことは気鬱だけれど、今はできることをやるしかない。

博士課程に進むにはお金の問題も控えている。

一人暮らしに必要な費用や大学院の学費は私が払わなくてはいけない。それが八口家の方針なのだ。私は今、父の遺産で生計を立てている。リフォームのために使ったこともあって、余裕があるとは言い難い。

自分の食事や衣類などの費用をかなり削っても、生活費はこのあたりで下宿している学生の平均をはるかに超える。ほぼ年中稼働させているエアコンや加湿器、紫外線ライトの電気代は相当なものだ。イグアナ用のフードや野菜、医療関係の費用も欠かせない。

このまま博士課程に進むと、最短でも大学院生活があと四年続く。国立とはいえ、学費は決して安いわけではない。学費を払ってしまうと途中で生活費が足りなくなる計算なのだ。奨学金も借りているがそれも十分とは言い難いし、膨らんでいく借金というのは精神的に大きな負担にもなっている。

落ち込みそうになる気持ちを、ソノの存在に集中することで持ち直す。そう遠くない将来のことを考えると気が重くなっていけない。もちろん、ソノのためにならなんだってするつもりだけれど。

ソノは縁側のサンルームにいた。彼女のお気に入りの場所だ。ただの縁側だったそこには上から下まで枝を張り巡らせてある。ソノの止まり木だ。保温ランプと紫外線ライトがいくつか設置してあるし、日向ぼっこもできる。人間が歩く隙間はない。止まり木は家の天井付近にもある。キャットウォークもとい、イグアナウォークといったところだろうか。

縁側には黄金色の西日が降り注いでいる。ソノの体も金色に輝いていた。リビングと縁側を仕切るガラス戸には青の色ガラスが散らしてある。それが夕焼けの橙《だいだい》色と混ざって深緑の影を部屋に落としていた。ソノの体色に似ている。

彼女の近くに腰かけて、空の色が変わっていくのを見送る。縁側からは小さく大学が見えていた。その方角に日が沈むのは冬の時期だけだ。

『そういえば、少し前につばめちゃんが来たんだった』

ソノが長いしっぽを揺らして、濡《ぬ》れ縁《えん》の辺りを指す。気付かなかったけれど、風呂敷包みが二つほど置いてあった。花瓶も一つ。小さい紫の花が活けてあった。まっすぐで針みたいな葉が茂っている。カキツバタだったか。

私はそれを花置き場と呼んでいる窪《くぼ》みに飾った。キッチン奥の勝手口と、トイレの間にある柱にポツンと彫られた四角い窪みだ。小さい花瓶を置くくらいしか使い道がない。一度トイレットペーパーを置いてみたこともあったけれど、すぐにやめた。二つしか置けない上に、トイレからいくら手を伸ばしても届かない位置だったから。

『ここにトイレットペーパー置くなんて、風情がないにも程があるよね』

ソノが思い出したのか、面白そうに息を吐く。彼女は天井の止まり木を伝って花を見に来ていた。私と違ってソノは花が好きだし、インテリアや装飾品に対する美的センスも優れていると思う。そういえば蛇も、花を綺麗だと言っていたっけ。

『そっちの包みは？』

「お惣菜《そうざい》」

タッパーに入ったおかずを冷蔵庫に入れていく。つばめちゃんが作ってくれたのだろう。久しぶりのお肉だ。

『もう一つあるじゃない』

ソノが紫色の風呂敷包みを不思議そうに見る。彼女が近くに降りてきたので、抱きかかえて一緒にソファーに座った。風呂敷はしっとりと重い。硬い布が入っている気配に嫌な予感がする。

中身は果たして着物だった。母上からだ。彼女は大切な話をするとき、私にも着物を着せるのだ。つまりこうして着物を渡されたときは、大事な用があるから必ず出向くようにと言われているに等しい。

チラリと外を見る。西の空にわずかに赤い光が残っているけれど、空のほとんどは群青色に染まっていた。今からお屋敷に向かうのはやめておいた方がいいだろう。

私ももう子どもではない。昔ほど母上を怖がっているわけではないし、彼女のルールのすべてに従っているわけでもない。そもそも大人になってから、母上に指示されるということは滅多になくなった。自分のことは自分で決めて、責任も自分で果たせということだと思う。とはいえこうして呼ばれたら、出向かないわけにもいかないのだが。

『いいじゃない。たまにはお屋敷にも顔を出した方がいいわ』

ソノが着物に鼻を近づける。着物からはお屋敷の匂いがしていた。畳と防虫剤と、古ダンスと花の匂い。

ちょっと畑仕事をしてから行こうと後回しにしているうちに、気付けばお昼を過ぎていた。

『ねえ、朝のうちに行くつもりじゃなかったの？』

ソノが応接室の窓から顔を出す。ごめんごめん、と汗を拭った。

「早すぎてもいけないし、かといってお昼前に行くと昼食に引き留められちゃうかもしれないし、結構難しいんだから」

『お昼食べて帰ればいいじゃない』

仕方ないんだから、とソノは顔を引っ込めた。

一体、何の用事なのだろう。着物を渡されるほどの用事となると、よほどの重大事だ。前に着物を着たのは、父の遺産を使ってもいいことや、このアトリエで一人暮らしをしてもいいとお達しがあったときだった。あの時はある程度予想ができていたけれど、今回は心当たりが一つもない。何を言われるかと思うと気が重くて、なかなか腰が上がらないのだ。

『それを知るために、行かなきゃいけないんでしょ。グダグダ言ってないで行くわよ。ついて行ってあげるから』

ほらほら、と急かすソノの声。ソノが一緒ならかなり心強い。

お迎えも来たみたい、とソノが言うのでアトリエの玄関付近を見る。つばめちゃんが坂を上がってきたところだった。

つばめちゃんは着物姿だった。極めて薄い鼠《ねずみ》色に、滲《にじ》んだみたいに白い小花が散った柄。袖口が風に吹かれて、涼し気に膨れている。とてもよく似合っているし、着慣れている感じだ。着物に着られていた頃があったなんて、今考えると不思議なくらい。そういえばあの頃のつばめちゃんは細くて、直線的な体をしていた。今は少しだけ肉付きがよくなって、体にも少し厚みがある。襟元の曲線がよくなじむ程度に。

「母上、怒ってた？」

いいえ、とつばめちゃんは笑う。少し照れたみたいな笑い方は昔から変わらない。

「紫雨先生が呼んでるって言うと、決まってそう言いますよね。子どもの頃から」

成長してないんじゃない？　とソノが追い打ちをかけてくる。

私はつばめちゃんに促されるままシャワーを浴びた。畑で付いた泥や埃を洗い流す。つばめちゃんはさっと私に着物を着付けた。手慣れたものだ。私も一人で着られるけれど、こんなに素早くはできない。私を座らせると、櫛《くし》を手に取る。

「美苑さん、櫛くらいはちゃんと通してくださいよ。毎日です。あとたまには美容院にも行って。これじゃ前が見えないでしょう」

穏やかにしゃべりながらも、つばめちゃんの手はせわしなく動き続ける。

十四年前の彼女は拾われてきた子猫みたいに怯えていたのに、今では八口家の二番目のお母さんといったところだろうか。母上が母親として規格外すぎるのもあって、つばめちゃんの親しみやすさと頼りがいは際立っている。お花の方でも立派に母上のサポートをこなしているみたいだ。

長すぎる前髪はどうしようもないので、結局すべて後ろに回されて、後ろ髪と合わせて一つにまとめられた。ここまでは私が畑仕事をしているときと同じスタイルだが、つばめちゃんはその毛束をくるりとまとめて、簪《かんざし》で仕上げた。

彼女はポーチを取り出して、薄くお化粧もしてくれた。着物になじむようにということらしい。少し眉を描いて紅を点《さ》しただけで、かなり仕上がって見える。日頃なにもしていないから、露骨に変わって見えるだけかもしれないけれど。

「馬子にも衣装だよね」

「ご自身で言うことでは……」

つばめちゃんがそっと目元に手を伸ばしてくる。垂れてきた一筋の髪を耳の方に避けてくれた。

「美苑さん、目が紫雨先生に似ていますよね。お鼻とか口元の感じはお父さん似でしょうか」

そうだろうか。母上の鋭い眼光を思い出す。自分はあんなに強い目はしていないと思うのだけれど。

玄関にある正方形に仕切られただけの下駄箱のなかから、草履を取り出す。あと着物用の鞄も。それは下駄箱に置かなくても、と言いたげな視線は感じたけれど気付かないふりをする。私の持っている靴は作業用の長靴を除けば、スニーカーとローファーとこの草履だけ。下駄箱は空いているのだ。それなら着物で外出するときにしか使わないものは、草履と一緒に置いておけばいい。

「ソノも来てくれるんだよね？」

はいはい、と近くに来てくれた彼女を抱き上げる。足を帯にかけて、そのまま乗り上げるみたいに上半身を肩に乗せてもらうと収まりがいい。彼女の上から大判のストールを巻いた。頭巾を被ったみたいになる。ちなみにストールの保管場所も下駄箱だ。

『そんなに寒いかしら』

「一応巻いといて、暑かったら取ればいいよ」

先に外に出ていたつばめちゃんが振り返って、納得したように微笑《ほほえ》む。自分に話しかけられているのではないと確認してくれたのだろう。

ソノの声は私の脳内で響いている。ソノが口を動かして喋るというわけでもない。はたから見たら私は突然独り言を言う人だ。気を付けなくてはと思っているけれど、全然上手くいっていない。

ソノと会話できることが大学でばれたのも、これと獣医学部生のせいだ。

私は獣医学部生に頼んで、月に一回ソノの健康診断をしてもらっている。それを担当してくれた学部生が、私たちが話せているみたいだと吹聴《ふいちょう》して回ったらしい。

私がソノに話しかけているのを見た児玉ゼミ生に、イグアナと会話できるという噂《うわさ》は本当だったのかと訊かれた。動揺した私はとっさに、「ソノとだけ話せる」と嘘を吐いてしまったのだ。

「変に嘘吐かなきゃよかったのかな。もしくはどうせ嘘吐くなら、話せないことにしたらよかったかも」

『まあ、どっちにしろ美苑が嘘を吐き通すのは難しかったと思うわよ』

一部のゼミ生には変な目で見られたけれど、ゼミや共同研究を追い出されるまでには至らなかった。理解してもらうために何かしたわけではない。私のことが嫌いな人は別のゼミや研究に移ったか、卒業した。それだけ。

私たちは汗をかかないようにゆっくりと歩いた。ソノを連れて歩くのは好きだが、着物だと歩きづらい。

「すみません、車でお迎えに上がれたらいいんですけど」

申し訳なさそうに言うつばめちゃんに、母上が許可しないんでしょ、と返す。

『それより、電話で呼んでくれたらいいのに。つばめちゃんが歩かなくて済むわ』

ソノが言うので、私はこればかりは、集中して脳内で返事した。

(我が家をチェックされているんだよ)

『ちゃんと片付けしているかってこと?』

(そんな感じ。ちゃんと暮らしているか、つばめちゃんに訪問チェックさせてるわけ)

『心配なのね』

(さてね)


私は母上の前に正座し、お久しぶりです、と頭を下げる。私たちは庭に面した広座敷に通されていた。母上がお花の教室をするのに使っている部屋だ。ソノは私の傍を離れて、日に当たりながら庭を見ている。常緑の庭木、白い砂利に、険しく整った庭石。立派な日本庭園だ。そこには緑と白と黒しかない。一年中。だから部屋に活けた花が、彩りと季節のすべてになるということらしい。

『美苑もお花を活けられるの?』

ソノが訊いてくる。ううん、と頭の中で返事を返した。

(花のことはさっぱりわかってないよ)

『血筋ってやつは関係ないのね』

たぶんそう、とソノに返す。やってみたこともないけど、まず興味が全然ないから駄目だろうと思う。

それに八口家が華道の家系というわけでもないのだ。学者であったり、政治家であったり、華道家であったり。そのときどきでそれなりに成功する人がいたというだけ。

よく言えば多彩な血筋だ。辿れる範囲で言うなら芸術方面に優れた人とか、学術関係で成功した人が多いような気もする。母上を見るに、戦国武将の血も流れているのではないだろうか。とはいえ私みたいにパッとしない人物だって生まれている。全員が成功しているというわけでもない。

「少し寄りなさい」

言われた通り近付いて座る。折り紙みたいな座り方は少しも変わっていないけれど、まとめ上げた髪には白髪が増えていた。離れてみると薄い灰色に見えるほどに。後れ毛が緩やかにカーブしながら首筋に垂れていた。花瓶に沿う葉に似ている。

まっすぐな視線に射すくめられて、つい目を逸らしてしまう。母上の背後には床の間がある。繊細な桜の枝が活けてあった。でもその花よりも、壁に掛けられた薙刀《なぎなた》の方が母上には似合っている。

「今日は大事な話をするために呼びました。心して聞きなさい」

はっ、とそれこそ戦国武将みたいに頷きたいところだけれど、大人しく頷くにとどめた。

鹿威しの音が響く。中庭からだ。母上はしかし、表の庭に目をやった。水のないこちらの庭にも、ふと水が流れる気配がした。

庭を見ていたソノが頭を上げる。何か話しかけてくるかと思ったけれど、彼女は沈黙していた。

「ソノ？」

つい声に出してしまった。ソノは静かに目を閉じる。母上の話を聞けということかもしれない。

「つばめちゃん、紅茶を淹《い》れてきてちょうだい」

母上がつばめちゃんに声をかける。わずかに緊張が解けて、私はゆっくり息を吐いた。つばめちゃんが声なく浅いお辞儀をして、次の間に下がって行った気配があった。彼女がすぐ後ろに座っていたことに、私は気付いていなかった。母上が武将だとしたら、つばめちゃんは忍者だろうか。

首筋に汗が伝う。どうしてこんなに緊張しているのだろう。

母上が視線を下げて、また上げる。輪郭のはっきりした瞳がかすかに揺れて、私は気付いた。母上は緊張しているのだ。にわかには信じ難いことだけれど、彼女は迷っている。その不安定さが、この場に緊張をもたらしているのだ。

しかしその迷いも一瞬だった。再び私の目を見つめた母上の視線は、真剣を構えた武士のものだった。斬る、という意志が宿った強い瞳。彼女の背後の薙刀の、刀身の輝きとかぶる。

「美苑。あなた、結婚しなさい」

は、と口に出してしまっただろうか。思いもよらない言葉に、理解が追い付かない。

「結婚ですか」

「そうです」

いきなり何を？　とか絶対にしません、という言葉が喉まで上がってきているのに、どうしてもでてこない。そこに壁でもあるみたいに。

母上に口答えしてはいけない、というかしても意味がないという意識がそうさせたのかもしれない。子どもの頃に染みついた考えは大人になったからといってすぐに消えるわけではないということか。

何にせよ、まずは母上がどういう意図でこんなことを言っているのか確認しなくては。でも、何をどう言えばいいのだろう。

「お見合いってことですか？」

結局大して知りたくもないことから訊いてしまった。いいえ、と母上は首を振る。

「自力で、あなたと結婚してもいいという人を見つけてきなさい。お互いの合意の上で結婚して、一緒に暮らせる人を探すのです。半年以内に母の前に連れてきなさい」

私は頭を振った。母上だってわかっているはずだ。それは私には絶対にできないことだ。やりたいとも思わない。それに母上であれ誰であれ、私にそんなことを強要することはできない。

いいえ、と母上はまた言った。私が断りの言葉を探して、口を開いた瞬間のことだった。相変わらず鋭い視線。

「そうしないと、あなたはあのアトリエを失うことになります。いいですか。今あそこは私の所有する不動産のうちの一つです。私が亡き後は、私が指定する人に譲られることになるでしょう」

「亡き後？」

「癌《がん》が見つかりました。今のままだと、半年後には私はこの世を去ることになります」

パン、と何かが弾《はじ》けた気がした。脳内で。

私はただ単純に驚いているのだった。頭がまっしろになり、無意識のうちに「ウソ……」と口から音がこぼれ出る。

「母は嘘を吐きません」

そんなことはわかっている。母上は決して嘘を吐かない。訊くべきことを私はまた間違えている。

「だって、そんな急に」

「死は一晩で訪れるものです。それが半年前からわかっているなんて、むしろ長いくらいですよ」

父のことを思う。本当に突然だった。朝になったら昨日まで生きていた人が死んでいる。

私たちはしばらく無言だった。もう、何を訊くべきか一言も思いつかない。

「あなたは昔から、質問が苦手ですね」

「人間の言葉が苦手なんです」

咄嗟《とっさ》にそう言ってしまって、すぐに後悔する。言わなくてもいいことだった。混乱して、少し感情的になっているかもしれない。そうでしょうね、と母上は封筒を取り出した。

「人間の言葉は簡単で、軽く、そして鋭すぎる。そうでしょう？　ここですぐに言葉を選ばなくてもよろしい。これを読んで、ゆっくり考えなさい。しかし半年の期限は忘れないように」

以上、と母上は立ち上がる。

淡い緑色の畳の上に、白い封筒がポツンと残された。私はただじっとそれを見つめる。意識が吸い込まれていくようだった。ソノがすり寄ってきてくれなければ、動き出すこともできなかったかもしれない。

つばめちゃんに見送られて、私とソノはお屋敷を出る。私はまだ少し呆然《ぼうぜん》としているけれど、ソノと話して少しは落ち着いてきていた。

「そういえば、紅茶はよかったの？」

私の問いかけに、つばめちゃんはふっと笑って見せる。

「うちに紅茶はありません。あれはただ、席を外してという合図ですよ」

いたずらが見つかったときの少女のように、つばめちゃんは肩をすくめて見せる。母上と彼女の親密さを垣間見《かいまみ》た気がした。あの母上のどこがいいのか。

「母上の余命のこと、知ってる？」

知らなかったらまずいな、と言ってから気付いた。幸いにも、彼女は知っていますと小さく頷く。

「癌って、治らない病気ってわけじゃないよね？　ほんとに半年後には死んじゃうの？　よくわからないけど、見つかるのが遅すぎたってことかな」

つばめちゃんは首を振る。

「先生がおっしゃらなかったなら、私からはお伝えできません」

それもそうだ。私は母上からの封筒をキュッと握る。多分こっちに書いてあるのだろう。

「結構前から知ってた？」

「少し前に。実は一緒に病院にも行ってるんです。もしものことがあったら、私が一番に対応することになりますから」

つばめちゃんがそこまでする必要はない。それにそういうことは本来、娘である私がした方がいいのではないだろうか。上手くできる気はしないけれど。そう言うと、いいんですと彼女は笑った。

「もし私が力になれるなら、そうしたいんです」

つばめちゃんが微笑む。いつものあの、困ったような顔ではなかった。目に薄く涙が浮かんで見えるけれど、瞳はまっすぐ私を見つめる。力強く、迷いのない笑顔。動揺しているのは私だけなのだろうか。

「アトリエのことは聞いた？　あの、私のことも」

「はい。この山と、あのアトリエは私のものになるそうです。美苑さんが結婚されない限り」

つばめちゃんが耐えかねたように軽く笑う。すみません、と彼女は謝ったけれど、目元には笑いを堪《こら》えたときの涙が浮かんだままだ。私も自分が笑いだしていることに気付いていた。母上が死んでしまうことと、戸惑いと、そんな中に響く結婚という言葉の不揃《ふぞろ》いさが、妙にくすぐったいのだ。特にそう、他でもない私が結婚する必要があるとは。

「あの、でも私、山とか家が欲しいわけではないんです。もちろんお金も……。そんなものが欲しくて今まで先生と一緒にいたわけじゃないですから」

つばめちゃんは肩を落とした。納得いかないと言いたげに口をとがらせている。

『相当強く母上に説得されたみたいね』ソノが話しかけてきたので、小さく頷いて返す。

「つばめちゃんのものになった後で、買い戻させてもらえない？　もしくは家賃を払うから住まわせて欲しい」

「売ってはいけないそうです。お貸しするのはかまいませんが、その額については紫雨先生から指定されています。失礼ながら、美苑さんの持ち合わせではすぐに底を突いてしまいますよ」

先手を打たれていたか。そこをなんとか、と食い下がってみたけれど、つばめちゃんは決して首を縦には振らなかった。物腰は柔らかいけれど、彼女もなかなか意志が強いところがある。

やはり手紙を読んで、作戦を考えるしかないらしい。結婚する以外で、何か抜け道があるといいのだけれど。

結局手紙には、病気のことについて細かくは書いていなかった。ただ膵臓《すいぞう》に癌が見つかったということと、緩和ケアというものをしていくつもりであること。それでいくと半年後には生存率が五十パーセント程度であるので、今のうちに後のことを整理しておきたいと前置きに書かれていただけ。

死後の手続きから財産の分与のこと、不動産のことなどはボリュームがあった。几帳面《きちょうめん》な文字で、淀《よど》みなく綴《つづ》られている。預貯金の分与についてはさっと読み飛ばした。預貯金だけなら一定の割合は受け取りが保証されているのであまり気にしなくていい。問題は不動産だ。

私が父のアトリエとその周辺の山を譲り受ける条件は「結婚」だとはっきり書いてあった。結婚といっても、届を出せばいいというわけではないらしい。どちらかというと同居が肝心とのことだ。つまり届だけ出して、別々に暮らすというのは認められない。結婚の要件は三つ。

ひとつ、相手は人間であること。

ふたつ、共に暮らすこと。

みっつ、秘密。

「この秘密ってどういうこと？　条件が秘密？」

私は母上の手紙を読み上げながら、リビングを歩き回っていた。リビングの真ん中にはソノが水浴びをするための池がある。浅いバスタブを床に埋め込んで作ったものだ。加湿効果もあるし気に入っているけれど、あまり母上には知られたくない。もし見たら閉口するに違いないからだ。あるいは先に見てもらっておけばよかったかもしれない。そうすればこのアトリエを、つばめちゃんに譲るなんて考えもしなかったかも。

「どういうことだろう。なんていうか、母上らしくない」

ソノはリビングの止まり木にいる。歩き回る私を目で追っていた。

『大丈夫？』

「わからない」

手を伸ばして、ソノの頬を撫でる。アトリエは天井が低い。私の身長はあまり高くないけれど、下の方の止まり木であればこうしてソノに触ることもできるのだ。

そういえば父は背が高かった。こうも低いと不便ではなかったのだろうか。

父の山桜を見る。アトリエには部屋を区切る壁がほとんどない。部屋のどこにいてもこの山桜を見ることができた。

「でも、母上が本気なのは間違いない」

『悲しい？』

どうだろう。私はすぐに返事をすることができなかった。悲しいかどうか、わからないのではない。それを口に出すのが一瞬はばかられただけ。

「変だよね。どうして悲しくないんだろう」

大丈夫よ、とソノが私の手のひらに鼻を押しあてた。

『見つからないだけで、ちゃんとあるわ』

今日はもう休んだら、とソノはさらに私の手を押す。私はソファーに体を横たえた。

「わからないよ」

『そういう時は、わかるところから取り掛かってみるとかどう？』

寝るならベッドに行きなさいよ、というソノの声がぼやけて聞こえる。思ったより疲れているみたいだ。すぐにでも眠ってしまいそうになる。

母上の目的は何なのだろう。やはり後継者だろうか。孫の顔が見たいとか。でも人の子は生まれてくるのに十カ月は必要だったはずだ。

半年。父の死が一晩で訪れたことを思えば、死に備えるには十分に長い時間なのだろうか。人間を作るのには短すぎるけど。

じゃあ、結婚するのには？

「私が結婚なんて、まず無理だよ。何年かけたって無理。友達も作れないのに」

『でも、結婚って制度でしょ。友達関係よりも、もしかして簡単なんじゃないの？』

なるほど。そう言われればそうかもしれない。制度には目的がある。目的があるなら、交渉や取引が可能だ。例えばお金が必要だから結婚したいという人には、お金を用意するだけでいい。

「ソノは本当に賢いね」

『とりあえず、始めてみたらいいんじゃない？　婚活』

「結婚できさえすれば、母上の裏をかく必要もなくなるわけだ」

瞼の重さに耐えきれずに、私は目を閉じる。

この家は私たちにとって理想の家だ。お金があれば他の場所で生きることもできるだろう。しかしここ以上の場所はもう見つからないのではないか。最高の日当たりと気温。山そのものが私有地だから、人が入ってくる心配もない。大きさもちょうどいいし、大学や町に歩いて行くこともできる。蛇と出会った場所でもあり、ソノと暮らしてきた思い出に溢れているのだ。簡単に失いたくはない。

「失敗したときの計画も練りつつ、婚活も進める感じでやっていこうかな」

やるべきことが見えてくると安心感がある。私はなんとか体を起こして、自分のベッドにもぐりこんだ。ソノにおやすみを言う。

眠りに落ちる瞬間、ふと誰もいないお屋敷が脳裏に浮かんだ。冷たく静まり返った畳、乾いてよそよそしい廊下。巨大な鯉たちが泳ぎ回る気配や、振り子時計の気だるげな音。外では雨が降り続いている。子どもの頃の記憶かもしれない。熱を出し、一人で留守番をしているときだ。母上は多分買い物に出ている。私はあのとき、母上に早く帰ってきてほしいと思っていなかったか。

母上が永遠に不在になる。半年後と本人は言っていた。もう少し先かもしれない。でも、そう遠くない未来には……。悲しさはまだ見つからないけれど、寂しさはどうだろう。あるいはこの気持ちがそうなのか。

私は気付けばお屋敷に立っていた。夢を見はじめたのだと何となくわかる。隣には小さい女の子。私だと思った。私たちは雨に濡れる中庭を並んで見ている。

母上はもう帰らないよ。私は女の子にささやく。彼女は聞こえているのかどうか、こちらを向くことはなかった。横顔はうまく認識できない。白い頬と、濡れた瞳だけよく見える。黒目がちの瞳に、庭の緑が映り込んでいた。水色や、紫色の反射も見える。

ああ、アジサイが咲いているのだ。

私は彼女が見ている景色を探して、また中庭に視線を戻す。

四、花束のリビング

テーブルに置いたノートパソコンを睨《にら》みつける。「婚活　サイト」でヒットしたページを開いていた。

外は薄い青色に染まっている。朝日が昇るよりも少しだけ前の時間なのだ。畑に面した背後の出窓からは、密やかな冷気が伝わってくる。霧が降りてくるからか、山の朝は町よりも寒い。甲高い鳥の声が時折響いていた。静謐《せいひつ》な朝。

サイトのトップ画面では、ウエディングドレスの女性が満面の笑みを浮かべている。日に焼けたことなんてなさそうな真っ白い肌。結婚式の一幕なのだろう。スーツやドレスを着たたくさんの人が二人を祝福している。

見ているだけで居心地が悪い。この明るすぎる画面を閉じて、すぐにでも畑仕事に出たいくらい。それでも我慢して画面をスクロールしていくと、今度は料金の洗礼を受けることになる。

やっぱり無理かもと漏らすと、ソノの眠たそうな返事が返ってきた。

『昨日の今日で諦めるなんて早すぎるでしょ』

彼女はリビングでうとうとしているところらしかった。リビングはソノの池を設置した関係でテーブルがない。ダイニングの小さいテーブルは食事をする以外にも、こうしてパソコンを使ったり、ちょっとした書き物をしたりするのにも使われている。

「でもこれ見てよ。入会金とか初期費用とかいうので十万近くかかって、毎月一万円も会費が必要で、成婚したらまた二十万だって。結婚ってこんなにお金かかるの？」

サイトによって成婚料が不要であったり、金額にバラつきがあったりするけれど、どこも十万円以上は必要だった。さらになかなか成婚できなかった場合は月会費がかさんでいくわけだ。

それとも結婚できるなら数十万円なんて安いものなのだろうか。いくら払えば半年以内に確実に結婚できるのだろう。母上のタイムリミットのことを考えると、迷っている暇なんてないと思えてくる。

「こういうサービスに頼らずにさ、お金を払えば結婚してくれる人を自力で探せないかな？　離婚するのを前提に結婚するとか」

話しながら、たぶん駄目だろうという気になってくる。母上のことだから。案外、三つ目の条件というのもそういう小細工を防止するためのものかもしれない。それにしばらくは一緒に暮らすわけだから、誰でもいいというわけでもない。そんな人を探し出す能力が自分にあるとは思えなかった。

『ねえ、焦る気持ちもわかるけど、そういうときこそよく考えなきゃ』

ソノが止まり木を伝って、私の背後までやってくる。リビングから山桜がある中庭を避けてこっちまで来るのに四メートルほどだろうか。

どれどれ、とソノは私の肩越しにパソコンの画面を覗き込んだ。彼女は私と一緒なら文字を読むことだってできる。

『結婚相談所のサイトを見てるわけね。ふーん……。なんかどこも三冠を取ったって書いてない？』

「そうかも」

ふふ、と笑いが漏れる。マッチングの信頼度、女性満足度、成婚率、真剣交際発展率。たまたまかもしれないけれど、私は何かしらの項目でナンバーワンに選ばれたとアピールしているサイトばかり開いていた。どういう基準なんだろう、とソノと喋りながらサイトを見比べる。

肩の力を抜いて見ると、それぞれの違いなんかもわかるようになってきた。オンラインでのやり取りが基本というところもあれば、お見合いみたいな形式で進めるところもある。

『どういうのがやりやすいと思う？』

「やっぱりこの、担当のコンシェルジュに合いそうな人を選んでもらって、会う準備までしてもらうってのが確実で早そうだけど……」

しかしまずコンシェルジュと意思の疎通を図る必要があるわけだ。

『オンラインでマッチングする人を探したり、メールでやり取りしたりってところから始める方が美苑には合ってると思う。そういうのなら無料でできるのがあるんじゃない？』

ソノが言う通りに検索する。いわゆるマッチングアプリの名前がいくつか画面に並んだ。

「スマホアプリかあ。スマホで文字打つの苦手」

『ほら、デスクトップ版と共有のがある。これに登録したらいいじゃない。アプリもダウンロードして』

それ、とソノが示したサイトを開く。

無期限で無料。アプリ内課金あり。課金しなくても使えそうではあった。

「なんでソノの方が詳しいの？」

『美苑が調べるのヘタクソすぎるだけだと思う』

登録ボタンにカーソルを合わせて、しばし考える。ほんとに婚活なんて始めて大丈夫なんだろうか。

『とりあえずやってみるんでしょ？　登録したからって、すぐにどうこうなるわけじゃないんだから。まずはこの無料のアプリでやってみて、駄目だったらさっき見てた結婚相談所みたいなところを利用するとか』

物は試し、とソノが背中を押してくれる。意を決してボタンをクリックした。

ソノがふふん、と鼻を鳴らす。彼女が喜んでくれるので妙に満足感がある。その勢いのまま必要事項を入力していった。

『やればできるじゃない』

「訊かれたことにさ、正直に答えるだけってのは得意なんだよね」

みんなそうじゃない？　と首をかしげるソノ。

しかし順調に入力できたのは名前、年齢、住所の辺りまでだった。指がキーボードの上を彷徨《さまよ》う。相手に希望する条件や、好みのタイプ。これはどう書いたものか。

困惑してソノを見る。ソノもじっと私を見つめ返してきた。

『どういう人となら一緒に暮らせる？』

「ソノとの時間を邪魔しない人ってのは外せない。話したり近づいてきたりしない人。できれば視界にも入らないで欲しいけど、この家じゃさすがに難しいか」

私は考えた内容をプロフィールや希望条件に入力していく。これじゃダメかな、とソノに視線を送ってみるけれど、彼女は細かいことは教えてくれなかった。思うようにやってみたら、とあくび交じりで返される。

なんとか最後まで入力して、画面が朱色に照らされていることに気付いた。体をひねって窓の外を見る。朝日が昇ってきたところだった。

最初の講義が終わって研究室に戻る。アランのトレーニングの時間だ。

「アランに、犬養君《いぬかい》が、渡す」

アランと、学部三回生の犬養君、私の三人が小さいテーブルを挟んで座っている。

置いてある積み木を、犬養君がアランの前に動かした。今日は彼がアランと一緒に学ぶ役なのだ。アランのお手本でもあり、ライバルでもあり、ときに生徒でもある。同級生みたいなものだ。この役がいることでアランの覚えはかなり早くなる。

「上手、犬養君」

アランに「に」と「が」を理解してもらう実験である。しかしアランは気が散っているみたいだ。換羽中《かんう》で苛立っているのかもしれない。

「アランが、犬養君に、渡す」

アランはフイ、と顔をそむけてしまった。ご褒美のリンゴをチラつかせてみても見向きもしない。

「違う、アラン」

このバカ鳥、と内心ののしってみる。ソノと違って彼には伝わらないので言いたい放題だ。

アランが研究に協力してくれないと、修士論文もまとめることができない。それなのに、どうして助詞の練習はこうも進まないのか。発話のトレーニングや計算実験の方は進捗があるように見えるから余計に腹が立つ。

私の苛立ちを感じたのか、アランはますますトレーニングに非協力的になっていった。

「ニイー、ガアー」

私の口調を真似している。怒るな、と言われているみたいだ。

「先輩、アランの集中力も切れてますし、そんな風に言っても逆効果ですよ」

犬養君も呆れ顔だ。彼は先ほどから時計を何度か見ていた。次の講義に出席する予定なのだろう。

私は頭を振って、アランにトレーニング終了を言い渡した。

「アラン、お家帰ろう」

犬養君がアランに手を差し出す。アランはおとなしく彼の腕に移動した。

「アランガ、オウチニ、カエルー」

本当はわかっていますけど、とでも言いたげな視線でアランがこちらを見てくる。怒る気もしなかった。呆れとか疲労感がどっと押し寄せる。

研究が進まないストレスは、私たち大学院生特有の持病みたいなものかもしれない。それに蝕《むしば》まれた人が急に怒鳴りだすなんてよくあることだし、退学してしまう人だって少なくない。

私が学部二回生の頃の先輩もそうだった。健診を担当している獣医学部生からソノのことを聞いた彼女は、アランが協力してくれなくなったのは私がアランに何か吹き込んだからだと怒り、アランに協力するよう伝えてと泣いた。私はアランとは話せないのだと説明したけれど、聞く耳を持ってはもらえなかった。

研究ノートに実験の結果をまとめる。進捗はなし。

ノートをパラパラとめくってみたけれど、どのページも似たようなものだった。アランが非協力的であることが恨みがましく書いてある。アランだけではない。他の学生たちも進捗のないこの研究にはあまり興味を持ってくれなかった。私が彼らの研究を手伝っているので、仕方なく付き合ってくれているという感じ。

「時間がないのに」

憂鬱になって、研究ノートを机の上に投げだした。部屋を出ようとしていた犬養君が振り向く。同情と呆れがないまぜになった視線。覚えがあった。私もたぶんそんな目で先輩を見ていたのだ。自分は大丈夫、あんな風にアランや物にあたるなんて絶対しない。そんなところだろう。


アプローチが来たよ、とソノにスマホ画面を向ける。

マッチングアプリだ。登録して家を出てからは放っておいたのだが、お風呂上がりに確認したら通知が届いていたのだ。

相手のアプローチに対して、「ＯＫ」をタップすればマッチングが成立ということらしい。

「これって、マッチング成立したら結婚ってこと？」

まさか、とソノが噴き出す。彼女は鼻先を器用に画面に触れさせた。相手のプロフィール画面が開く。

同じ市内に住んでいる人だった。職業の欄には公務員とある。真剣に結婚を望んでいるらしい。

顔写真もアップされていた。端的に言うと平均的な顔。市役所とか水道局とか、どんな場所の窓口にも彼なら違和感なく座ることができるだろう。このアトリエに座っている姿は想像できないけど。

「悪い人じゃなさそうだよね」

とりあえずやってみる、とソノと言い交わし、OKをタップする。マッチング成立の文字の下に、「さっそくメッセージを送る」の表示が現れた。マッチングが成立するとメッセージのやり取りができるようになるということらしい。

しばらく待ってみたけれど、相手から何か送られてくるということはなかった。まだマッチングしたことに気付いていないかもしれないないと思い至る。

「はじめまして、八口美苑と申します。よろしくお願いします、って感じでいいかな」

プロフィールの名前の欄は「美苑」と下の名前だけを登録していたけれど、一応フルネームを伝えた方がいい気がしたのだ。

『いいんじゃない』

私は軽く緊張しながら、送信をタップする。

ここだよね、と窓から店内を覗き込む。

池のほとり、住宅街から少しだけ離れたところにある喫茶店の前で、折り畳み式のペットキャリーを持ち上げた。古いけど雰囲気はいい、と店内を覗いたソノが感想を漏らす。ペットキャリーはソノには少し窮屈そうだ。長いしっぽの収まりがよくないらしい。

初めてマッチングした相手と一日一回か二回程度のメッセージのやり取りを三日間続け、喫茶店で会ってみようという話になった。相手の仕事が終わる時間に合わせて、五時半に現地集合。

『もう少しおしゃれして来た方がよかったんじゃない？』

ソノが心配そうに私を見る。私は研究発表のときに着る白いブラウスと黒いスーツのスカート、ローファーという格好だった。

「そう？　あとはよれたシャツとジーンズしか持ってないから、これが一番まともな格好なんだけど……」

私は周辺を見回し、窓の近くに立っている街路樹の根元にソノを降ろした。キャリーは畳んで植え込みに隠す。本当は店内まで一緒に来て欲しかったのだが、ソノが絶対駄目だと言うのだ。イグアナ連れで来たと知ったら相手がひいてしまうかららしい。

『うん、ここなら中の様子も見える。こうやって隠れて覗けば、中の人からは見えないんじゃない？』

ソノはするすると木を登り細い枝や葉っぱで体を隠した。彼女の美しい体色は新緑の木々や木漏れ日の中では慎み深く、落ち着いた色彩に見える。

なんだか探偵気分、と盛り上がるソノに励まされて店内に入った。少しは緊張してきたけれど、思ったよりは冷静に動ける。ソノが声の届く範囲にいてくれるおかげだ。

彼は約束の五分前に店内に現れた。イメージ通りね、とソノの声。同感だった。服装は思ったよりもラフだったけれど。あと思ったより年上かも。

私たちは何となくぎこちない挨拶を交わして、席についた。私がアイスコーヒーとナポリタンを注文すると、彼も同じものを頼んだ。

「あの、ドラマってご覧になってますか？　昨日の『魚笛』とか」

「テレビは観ないんです」

「あ、そうですか。じゃあ、好きな俳優とかは……？」

「いないです」

彼はしばらく考えて、音楽は？　と呟いた。

「ポップミュージックとか、どうですか？　最近は韓国のアイドルなんかも人気ですよね。お好きじゃないですか？」

「ごめんなさい。聞かないです。好きなんですか？」

「え？」

「韓国のアイドル」

いいえ、と彼は小さく呟いた。話題を探しているみたいに目を泳がせ、口を開きかけて、また閉じてしまった。もう思いつくものがないのかもしれない。

ソノに助けを求めたけれど、返事はない。彼女は見守りに徹するつもりらしい。私がソノへの返事を口に出したり、何かへまをしないか心配しているのだ。

「あの、どうして結婚したいと思ったんですか？」

意を決して口に出してみる。緊張のせいか、声が硬くなってしまった。責めているみたいに聞こえたかもしれない。

「え、それは……。自分もいい歳ですし、親が高齢ですから。そろそろ家庭を持って両親を安心させたいというか。孫も見せてあげなくてはいけませんし、介護のこともありますし」

私は子どもが欲しいとは思いません、と言うと彼はまた困惑した表情になる。

「それにどうして介護に結婚が必要なんですか？」

彼はえっと、と口ごもり、そのまますみませんと頭を下げた。

「責めているわけではないので謝らないでください」

彼はまたすみません、と謝る。本当にただ考えを聞きたいだけだったのに。

私たちはそれからは何も喋らなかった。沈黙をごまかすために二人して口いっぱいにナポリタンを詰めて、それをアイスコーヒーで流し込むだけ。

彼は喫茶店で軽くコーヒーを飲んで、その後でレストランに移動する予定であったらしい。しかし私は断った。もうこれ以上は痛々しい沈黙に耐えられそうになかったし、お腹もいっぱいになっていたから。

「でも、予約してしまっているんですけど」

彼は怒っているのか困惑しているのかわからない早口でそう言った。

「どうして先にそう言わなかったんですか？　ナポリタンを頼むときに言ってくれたらよかったのに」

彼は途端に傷ついたような瞳になって、視線を足元に彷徨わせた。すみません、とまた謝られる。

「あ、いえ、こっちこそすみません」

またやってしまったと焦るほど、どう言うべきかわからなくなる。こういうときほど落ち着いて、とソノの言葉を思い出す。

「すみません。言い方が悪かったです。少しならまだ食べられます」

「いえ、もういいんです、本当に」

彼は最終的には逃げるように夜道を去って行った。疲労感に比べて、話が進んだという実感はない。

彼が見えなくなるまで待って、隠しておいたキャリーを回収した。

「ソノ、どう思う？」

飽きてしまったのか、ちょっと眠そうなソノがのそのそとキャリーに収まる。最初にしては上出来だった、と返事があった。

「そうかな」

『ちゃんと訊きたいことを訊こうとできたのがよかった。あとはそうね、質問がちょっと淡々としてたから冷たく思われたかも。一旦相手の気持ちを汲《く》んで、それから質問すると尋問じゃなくて会話って感じになる』

練習しながら帰ろうというソノに付き合ってもらって、喋りながら帰路についた。

田んぼの脇道を選んだので、誰ともすれ違わない。月明かりの道をソノと二人、それならいつまでだって喋り続けられる気がするのに、人と話すというのはどうしてこうも難しいのか。

ナポリタンの男性からはメッセージが返ってこなくなった。当然か。

数打って上達していこうとソノが励ましてくれたけれど、あれからアプローチは一件もない。試しに自分から何件かアプローチを送ってみたものの、その返事もまったくなかった。

『プロフィールを見て選んでくるんだから、プロフィールを変更する必要があるってことよ。あとはこのアプリ以外でも出会いを探してみたら？』

ソノの言葉が脳内で再生される。今朝のアドバイスだ。

出会いが重要だというのは身に染みてわかってきた。どの婚活サイトにもその文字は躍っていたし、こうしてアプリを使ってみてもわかる。出会わないことには始まらないのだ。

私は研究室の机に伸びる。そうはいってもどうすればいいのか。研究室を見回してみる。私の交友関係は狭い。同じゼミに所属している学生でさえ、まだ話したことがない人もいるくらいだ。

新入ゼミ生歓迎会の用紙はまだ卓上にあった。何となく手に取ってみる。

出欠記入をしたのは私が最後だった。もしかして、私が幹事にこれを渡すべきだっただろうか。

私以外にも欠席に丸をしている学生は何人かいる。毎回必ず欠席の人だっていないわけではない。例えば田中《たなか》さん。彼女は私と同じ学年だ。研究が別でほとんど話したことはないけれど、こういった飲み会に一切参加しないという点で密かに親近感を覚えている。

寂しいですよ、とふとあの強気な後輩の言葉を思い出す。みんながみんな、寂しさに弱いわけじゃない。寂しさに取りつかれている人にはわからない。

「また出会いか」

新たな出会いをお祝いしましょう、と用紙に記載されているのだ。

そういえば母上と父が出会ったのもこの大学だったはずだ。大学生同士で恋仲になっている人は珍しくない。あの二人も、植物園を並んで歩いたりしたのだろうか。

思うようにやってみたら、とソノの声がまた蘇《よみがえ》る。この飲み会だって、何か参考になるかもしれない。

不参加の丸を二重線で消し、参加に丸を付ける。

「先輩、参加することにしたんですか！」

「わあっ」

背後からの声に驚いた私に、アランが羽をばたつかせている。静かにしてくださいよ、とアランと遊んでいた学部生に諫《いさ》められた。

「誰のせいでアランの機嫌が悪くなったと思ってるんですか」

「すみません」

今朝のトレーニングでも、私とアランは喧嘩していた。彼が積み木を落として遊ぶのをやめないので、私が彼のバナナを目の前で全部食べてやったのだ。

すみません、と背後のキキちゃんも肩をすぼめて謝った。

「あ、キキです。木下キキ」

「キキちゃんでしょ。さすがに覚えてるよ」

そう言うと、彼女はニッと口角を上げた。

「えー、なんか嬉しいです。私も美苑先輩って呼ばせてください」

彼女は私の向かいに座る。

「他にも席空いているけど」

「でも、他の席には誰もいないじゃないですか」

今日こそはと思って言ってみたけれど、キキちゃんはどこ吹く風だ。通じているようで通じない。

彼女はもう自分の荷物を広げ始めていた。

私が固まっていると、彼女は白い歯を見せて微笑んだ。眩《まぶ》しさに思わず目を細めてしまう。なんというか勝ち目がない。私が少しずつ積み上げたつもりでいるコミュニケーション能力では、彼女を追い払うことは絶対にできないだろう。彼女が飽きるのを待った方が早い。

キキちゃんの明るい髪は軽くウェーブがかかっていて、ハーフアップにまとめられている。毛先が細い肩に垂れていた。今日のブラウスも肩の部分に三角の切り込みが入っている。彼女は肩を出したデザインが好きなのだろうか。ブラウスの色は蛍光黄緑。眩しい色だけれど、キキちゃんにはよく似合っている。服に負けないくらい、明るい肌と雰囲気があるからだろう。

「キキちゃんみたいな子、教育学部か国際学部にしかいないと思ってた」

「なんとなく言いたいことはわかりますけど、偏見ですよ」

彼女は購買で買ってきたらしい弁当を机に載せた。ライス大盛のシールが貼ってある。焼き肉とミックスフライとハンバーグと、白米とチャーハンのお弁当だ。購買で一番大量で高カロリーな弁当である。ラグビー部員たちくらいしか食べないと思っていた。おまけにカップの杏仁豆腐《あんにんどうふ》まで出てきて、つい華奢《きゃしゃ》な体軀《たいく》に目を走らせてしまう。

「美苑先輩は食べないんですか？」

「食べるよ」

私は既に机に出していたお弁当を指さす。タッパーに入れたおにぎりだ。

「小さすぎて気付きませんでした。先輩って、いつもお昼お米だけですよね。栄養足りませんよ」

「いいよ。お金ないんだもん。家では野菜も食べてるよ」

「タンパク質が足りませんよ」

キキちゃんはそう言って、焼き肉の一塊を口に放り込む。満足そうに噛み締めると、白米をかき込んだ。

「タンパク質はほら、ときどき卵もらってるから」

研究室の隅にある冷蔵庫を指さす。こっそり動いたつもりだったけれど、アランが目ざとく声を上げる。

「リンゴ？　リンゴホシイ！」

アランはリンゴリンゴと何度も繰り返し始めた。おやつを出すつもりだと誤解させてしまったらしい。冷蔵庫は基本的にアランのおやつ入れなのだ。

相手をしていた学部生にまた睨まれた。すみません、と小声で謝って、冷蔵庫からカット済みリンゴを取り出し、恭しくアランに差し出す。今朝のバナナのお詫《わ》びも兼ねて。

アランがリンゴを味わっているすきに、冷蔵庫をあさる。ドアポケットに卵がいくつか置いてあった。油性ペンで「八口」と書かれたものを取り出す。

児玉先生が植物園で飼育している鶏の卵だ。世話係の学生が拾って、名前を書いて入れておいてくれる。希望者が交代で持って帰れるように。

「それ、最初カタカナでハロって書いてあると思ってました」

懐かしい響きに、少し頬が緩む。そういえば、父は親しい学生から、ハロ先生とかハロー先生と呼ばれていた。そんな父のことを知っている学生はもういない。

私はタッパーに卵をしまった。食べ終わったおにぎりのラップを丸めて緩衝材代わりにする。

「なんでお金ないんですか？　先輩の家って、お金持ちじゃないですか」

またか、と私は内心舌を巻く。大学ともなると他の土地から来ている学生も多いから、しばらく言われずに済んでいたのに、誰から聞いたのだろう。

「確かに実家は大きいけど、私が使うお金は私が何とかしないといけないから、節約してるの」

正確には父の遺産と奨学金で生きているので、私が自分でお金を何とかしているとは言い難いのだが。説明が面倒なので黙っておく。

「それでもやっぱり、美苑先輩はお金持ちですよ」

彼女のスマホが光っている。さっきから二回は電話がかかってきていた。出なくていいのか訊いてみたが、いいんです、と気にする様子もない。

「今はいいんです。多分食事の誘いですし。ハンバーグ食べているときにパスタに誘われたら嫌じゃないですか？　今は目の前のお弁当に全力で向き合いたいんです」

その理論はよくわからないが、詳しく聞く必要もない。

私は食べ終わった弁当を片す。妙に離れ難かった。彼女の食べっぷりが気持ちいいからだろうか。

「そういえば、キキちゃんって恋人が二人いるって本当？」

少し前にゼミ生たちが話していたのだ。スマホに男性の名前が表示されているのを見て思い出した。

「たぶん本当です」

「たぶん？」

「最近三人になったんで」

「え、そうなの？　そういうのって、浮気ってこと？」

立ち入り過ぎているだろうか。キキちゃんは気にしている様子はないけれど。

「ちゃんと全員に公表して、承諾を得ています」

どこか淡々とした声色。言い慣れたセリフをなぞっているような。

ごめん、とキキちゃんに謝罪する。

「なんで謝るんですか？」

「浮気って、あまりいい意味で使われない言葉を選んでしまったから。聞く前から悪いことだと決めつけてた。誤解だったたから謝罪した」

え、とキキちゃんは一瞬固まる。いつもちょっと上がっている口角からも力が抜けていた。素《す》の表情というのだろうか。

「そんなこと言われたの初めてです」

彼女はもう笑顔に戻っていた。少し恥ずかしそうに顔をそむけているけれど。

いつの間にか杏仁豆腐も空になっていた。キキちゃんは立ち上がると、満足そうに伸びをした。ブラウスがずり上がって腰が出ている。そこにスタミナ弁当と杏仁豆腐が収まっているとは思えない。

「まあ、確かに浮気ではないです。全員に本気ですよ。愛が溢れて仕方ないわけです」

へえ、と私はただもう感心しながら彼女を見上げる。

「じゃあ先輩、土曜日、楽しみにしてますね！」

颯爽《さっそう》と去っていく後輩。明るくて、自由で軽やか。それに細くてかわいい。アイドル性というのだろうか。人を惹《ひ》きつけるものがある気がする。こういう子なら、一度に三人も恋人ができてもおかしくないかも。婚活のコツを訊いておけばよかったか。

土曜とはどういう意味だろう。歓迎会の用紙を手に取る。開催日は今週の土曜日になっていた。予定も確認せず参加の丸を付けてしまっていたが、あと二日しかない。

「これって今から申し込んで間に合うのかな」

「いけますよ」

アランを肩に乗せた学部生に声をかけられる。

「会場、自分のバイト先なんです。というか幹事も自分なんですけど。締め切り過ぎて記入するときは幹事に連絡しますよ普通」

「すみません」

謝ってばかりだ。アランの機嫌を損ねたのも、締め切りを認識していなかったのも、確かに私が悪いのだが。いつものことだけれど、さすがに居心地が悪い。そそくさと研究室を後にする。


奨学金センターは空いていた。新年度が始まってすぐや在籍報告の時期には問い合わせにくる学生で大いに混むのだけれど、それもピークは過ぎたらしい。

事務員から書類を受け取り、センターの一階で書類をコピーしてから出る。壊滅的に書き損じたとき用の予備だ。そういうことは私にとって珍しくない。パソコンで文字が打てるようになってから、一層書類が苦手になってきている。

「あれ、美苑ちゃん？」

聞いたことがあるような声に振り返る。

「久しぶりい」

ヒールだから走りにくいらしく、彼女は甲高い声でチョコチョコと走り寄ってくる。手は小刻みに振っていた。ときどき見る仕草だ。人は久しぶりに知り合いに会うと、手を目の前に伸ばしながら振ってしまうものなのだろうか。気付けば彼女は私の目の前に立っていた。

薄いピンクの華やかなブラウスに、タイトスカート。耳元には長いピアスが揺れていて、手にはピカピカしたエナメルのバッグが握られていた。私でもわかるブランドのロゴ。

「ほーちゃん？」

大きめに開いた胸元に、ダイヤみたいなネックレスが揺れている。

ほーちゃんはこの大学に入学して、院には進まずに卒業したはずだ。学部生の頃に大学で何度かすれ違ったが、会話したのはこれが初めてだ。どうしてそんなに嬉しそうに私に近づいて来るのだろう。昔私が話しかけたときは、あんなに迷惑そうな顔をしていたのに。

「あー、ほーちゃんって呼ぶ人もういないんだよね」

そういえば、彼女の口元のほくろは無くなっていた。お化粧で隠しているようには見えない。切り取ってしまったのだろうか。

「てか久しぶりだよねえ」

ほーちゃんは私の視線から隠すみたいに、口元を手で触った。爪も薄いピンクに塗られていて、ダイヤみたいなストーンが貼り付けてある。

顔に視線を移すと、これまたピンク色の瞼に、テカテカした唇。睫毛《まつげ》は不自然なくらい黒くて長い。腕は細くて、血色があまり良くない。服装はキラキラしていると思うのだけれど、眩しさは感じなかった。さっきまで二回生の輝きを浴びていたからかもしれない。

「どうしたの？　大学になんか用事？」

正直に言うと彼女の本名を思い出せなくて私は焦っていた。

ほーちゃんはもう、ほーちゃんと呼んではいけないのだろうか。

「そうそう、卒業した先輩社会人として、就活生と話しにきたんだよね。私自身も先輩にはお世話になったし、今度は自分が後輩ちゃんたちを励ましてあげないとね」

そういえば就活セミナーの一環としてそういう時間が用意されていた気がする。説明だけ読んで参加はしなかったから、よくはわからないけれど。

ほーちゃんの腕には少し派手な時計が巻かれていた。たぶんこれもブランドのものなのだろう。

「やっぱり、自分で働き始めるとお金も貯まる？」

「ええ？　全然だよ！　美苑ちゃんみたいなお金持ちからしたら想像もできないと思うよ。好きなことに使えるお金とかないし。こういう時計だって、無理して買ってるんだから。ほら、あんまり安物だと会社がなめられちゃうというか、気を遣わないといけないんだよね。社会に出るって大変だよ。美苑ちゃんもさ、がんばってね」

ほーちゃんはじろじろと私の服装を見ている。華やかさの欠片《かけら》もない格好だ。もちろんアクセサリーの類《たぐい》も、時計も何もない。くたびれてパンパンのリュックサック。シワシワのポリ袋を手提げ代わりにして、泥が染みついたスニーカーを履いている。

お金はないと説明しようかと思ったが、なんだかそれも面倒になって黙っていた。別にほーちゃんに真実を伝える必要もない。

彼女がどこに就職したのかは知らない。でもほーちゃんは私が当然知っていると思っているのかもしれない。特に説明のない話に、私のいる業種ってそういうとこあるじゃん？　と突然同意を求められる。

「そっか、すごいね。大変だね」

私はそういったリアクションを適当に繰り返す。私の投げやりな態度に、彼女は気付いていないらしい。しばらく社会に出ることの大変さを話していた。

「まあ、美苑ちゃんにはわからないよね。お嬢様だもん。でも社会に出たらほんとに苦労すると思う。今のうちからいろいろ勉強しておかなきゃだよ」

「そうだね」

ほーちゃんはさっきから、私の手にある書類をチラチラと見ている。奨学金関係の書類だとわかったのだろうか、不思議そうな顔をする。

「ほーちゃんも、がんばってね」

「だから、ほーちゃんって呼ばないでよ」

しまった、と思ったけれど遅い。ほーちゃんはお化粧をしていてもわかるくらい、頬を赤く染めていた。

「美苑ちゃんって、デリカシーないよね。空気読めないとことか、配慮に欠けるとこととかも、社会に出たら嫌われるよ」

何も言い返す気にならなくて、私は黙っていた。

今までも十分嫌われてきた。直そうと思わなくもないけれど、やはり完璧にはできない。でも迷惑をかけたいわけではないのだ。今だってほーちゃんから近づいてこなければ話しかけることはなかった。

彼女は踵を返して歩き出した。後輩たちにも、社会に出たらいかに大変かを語るのだろうか。もう名前も呼び名もわからない子が去っていく。

私は最後まで見送らず、図書館へと歩き出した。

次に何を飲みますか、と訊かれるたびにウーロン茶と答えた。

飲み会の席では自分の周りでドリンクが減っている人がいたら、放っておいてはいけないらしい。特に先輩とか、先生は。飲み会初参加であっても、私は一応先輩扱いされていた。おかげで必要以上にウーロン茶を飲んでいる気がする。

こんなに騒々しいとは思わなかった。声も、動きも。二十人くらいの参加者たちは自分の席から移動して、あちらこちら動き回っている。元の席に座ったままの人なんて数人程度しかいないのではないだろうか。もうどれが誰の皿かもわからない。これでは落ち着いて食事もできない。一食分にしてはありえないくらいの参加費を払っているのに。

私はとりあえず最初にすすめられた席に座ったまま、微動だにしていない。一度でも離れると誰かに席を取られそうだったからお手洗いに行くのも我慢し続けている。

飲み会なんて参加するんじゃなかった。出会いどころか、あまり会話にも参加できていない。私は目の前に出された大皿料理から自分の分だろうという量をよそって、黙々と食べ続けた。

「八口さんが飲み会に来るのなんて、初じゃない？」

私と同じ歳の院生が鍋の向こうから話しかけてくる。

私たちがいる席は先生と院生でまとめられているらしいけれど、彼以外はもうどこかに行ってしまっている。他の人と喋りたかったのかもしれないし、私と同席したくなかったのかもしれない。私が研究を邪魔したと思い込んだ先輩と仲が良かった学生や、同じ研究をしていた学生は今でも私をあまり良く思っていないのだ。そういえば先生さえもどこかに移動している。

「いや、新入生のキキちゃんが誘ったんでしょ？　今まで誰も八口さんを呼べなかったのに、すごいなあ。二人が仲いいの、かなり意外」

キキちゃんと言うとき院生の声は若干裏返った。呼び慣れていない感じ。実際にそうなのだろうと思う。日頃は名字で呼んでいるけれど、こういう場だから思い切って名前で呼んでみた、という雰囲気がものすごく伝わってくる。

別にそういうわけではないんだけど、という私の言葉は彼には届いていないようだ。もしかして私は言葉を口に出すのを忘れていないだろうか。

わからなくなって、口に手を当ててみる。動いているし、ちゃんと発話していると思うのだが。

「私今、頭の中で話してた？」

「はあ？」

今度はちゃんと返事があった。なんだそれ、と彼は大口を開けて笑っている。ちょっと声が大きすぎはしないだろうか。案の定、なんですか、と近くにいた新入生たちがこちらを向く。

「俺はイグアナじゃないんだよ」

「え、どういうことですか？」

気付けば隣にキキちゃんが座っていた。急に席が華やかになる。さっきまで一番地味なテーブルだったのに。

「あれ、キキちゃん知らないの？　八口さん、飼ってるイグアナと会話できるんだよ」

院生の顔が赤い。酔っているのだろうか。キキちゃんがいるからかもしれない。

「面白い」

別の新入生が笑う。冗談だと思っているのだろう。見慣れた反応だ。大抵みんな、最初はこういう愛想笑いをしてくれる。

「いや、それがマジなのよ。健診でたまに大学に連れて来てるからさ、見せてもらいなよ」

だよね、と院生は私に声をかける。新入生に囲まれて動転しているのかもしれないが、彼は先輩のことを忘れたのだろうか。私がソノと話せることを教えたって、揉《も》め事《ごと》の種にしかならないのに。

――いや、そういう細かいことを気にしない性格だから、私とソノのことも受け入れてくれているのかもしれないが。

「じゃあ、先生のイグアナとも話せるんですか？」

キキちゃんが訊いてくる。彼女は笑っていなかった。

私は話せるのはソノだけであることを説明する。話すにはまず深い信頼関係を築かなくてはいけないこと、脳内で話すとはどういうことか。キキちゃんに訊かれるままに答える。

「それって、アランとも話せるってことですか？」

ビールジョッキ越しの新入生の質問。幼い顔立ちの子だった。新入生と言っても学部で言うと二回生だし成人しているのだろうが、何となく未成年者飲酒の現場にいるみたいで落ち着かない。

「鳥類の言葉がわかったことはない」

「ふうん。でもそれって、証明できないですよね」

「そう」

そんな人が研究にいていいんですか、と数年前言われた言葉が蘇る。目の前の彼女は、そこまで言わなかったけれど、その問いに対する正しい答えを私はまだ見つけていない。ただ何と言われようと研究には居座るつもりだ。つまり強いて言うなら「嫌なら追い出してみろ」が私の答えだ。

「もしアランと話せるならさあ、もっとちゃんと日本語を覚えろって言ってくれよお。俺の研究が進まないいんだよ」

大分ろれつの回らなくなった院生がビールをこぼした。ああーと言いながら隣の子がおしぼりを渡す。

「まあ確かに、八口先輩が鳥語も話せるならアランはもっと上手に助詞を使えますよね」

童顔の新入生が言う。これまたおっしゃる通りだ。すこし嫌味っぽい言い方に、他の学生からは笑いが起きる。私にとっては笑い事ではない。進まない研究を思い出すと胃が痛み、私はウーロン茶を一気に飲み干す。

院生の彼と新入生たちは気付けば私の知らない話を始めていた。多分お笑いの話。院生が芸人の真似をしているのだと思うが、私には何のことかわからない。

テーブルの上では鍋が沸騰し続けていた。つゆは煮詰まっている。コンロのツマミは私の反対側にあった。酔った院生が気付いてくれる気配はない。他のテーブルには締めの麺が置いてあるのが見えるけれど、私たちの席にはなかった。とはいえ、店員を呼ぶほど食べたいわけでもない。

大声で交わされるあらゆる会話、鍋の煮立つ音、グラスや皿のぶつかる音。ものすごくうるさいのに、私の周りだけシンと静まりかえっているように錯覚した。夜のアトリエで、大雨の降りしきる音を聞いている。そんな幻を見るほどに。

「美苑先輩、なにぼうっとしているんですか？　ウーロンハイばっかりじゃなくて他のも飲みましょうよ。飲み放題なのにそれじゃ、絶対元が取れませんよ」

急に周りの音が戻ってきた。キキちゃんがメニュー表を私の前にかざす。文字が滲んで全然読めない。

カクテル系は安いだとか、ビールとか日本酒がおすすめだとか。キキちゃんの声が耳に入ってくるのはわかるのに、頭が鈍って何も考えられなかった。じゃあそれ、と何かを注文してはみたのだが、何を頼んだのかはわからない。


美苑、と誰かに呼ばれた気がした。

目を開けると、心配そうに見おろすソノと目が合う。体を起こそうとして、あまりの頭痛に諦める。背中や腰がこわばっていた。私はリビングの床に横になっているらしい。ソノの池の真横だ。

朝になっていた。時計を見るまでもない。山桜の咲いている中庭に面した窓にはカーテンがないから、日が昇ると室内は問答無用で明るくなるのだ。眩しいくらい。さっきまで薄暗い居酒屋の畳の上にいた気がするのに。

「何時？」

『八時』

「ウーロンハイって何だろう?」

『お酒よ』

間違えて注文して、気付かずに飲んでしまったということだろうか。昨日あったことを思い出そうと試みる。

キキちゃんの声や匂いが記憶をよぎった。彼女がぴったりと私にくっついて喋っていたこと、ときどき誰かの、少し品のない視線を感じたことなど。断片的でどうでもいいことしか浮かばない。私はどうやってここまで帰ってきたのだろう。

『一応自分で歩いてたわよ。何人か学生が付き添ってくれてた』

「ええ……」

頭痛を堪えて、慎重に体を起こす。見回すと玄関からリビングまで、点々と服が脱ぎ散らかされていた。かろうじて下着は身につけている。

『大丈夫よ、みんなが帰ってから脱いでたから。美苑ってお酒弱かったのね』

「うん。初めて飲んだけど、もう二度と飲まないよ……。そういえばソノは大丈夫だった? 私の脳がおかしくなってたらソノにも影響があったんじゃ」

『なんか変だったから昨日は入らないようにしてた』

ソノにまで迷惑をかけるなんて最悪だ。自己嫌悪に陥って、なんとなく視界まで暗くなったように感じる。

『大したことじゃないわ。それより出会いはあった? 婚活の糸口は?』

まさか、と首を振って頭痛に顔をしかめることになった。

婚活のことなんて早々に忘れてしまっていた。何も得られたものなんてない。強いて言うならお酒の飲み方もわかっていないと明らかになっただけだ。二十代も半ばだというのに。これで婚活なんてできるのだろうか。

『飲み会で出会うのが向いてなかっただけよ。別の手段も試してみなきゃ』

そうだね、と返事はしてみたものの、他の手を私は知らない。いよいよアプリも諦めて、コンシエルジュの力を借りた方がいいのかも。

シャワーを浴びてソファーに横になり、気付けば昼過ぎまで寝てしまっていた。ポーン、と妙に間延びした呼び鈴の音で目が覚める。誰か来たのだ。いや、この家に来るのなんて一人しかいないけど。重たい体を起こしていると、思った通りつばめちゃんの明るい声が聞こえてきた。

「美苑さんが畑にいないなんて珍しいですね。体調が悪いんですか？」

二日酔いで、と言いつつ玄関脇に避けて、入ってきた彼女を通す。一度寝たのがよかったのか、もう頭痛は治まっていた。少し体がだるい気がするけれど他におかしいところはない。

「ええ？　もっと珍しいですね。お酒お飲みにならないのかと思ってました」

飲まない。しかしそれを説明するよりも、彼女の荷物が気になった。

両手でやっと持てる大きさの段ボール箱だ。よいしょっと声をかけて、つばめちゃんはそれを玄関に降ろす。

『なあに？』

ソノが廊下を歩いて、箱に近づく。鼻を近づけているが、覚えのない匂いがするらしい。不思議そうに首をかしげた。

「ソノちゃん、ちょっと離れてて。埃が立つかも」

ソノはおとなしく下がる。応接室の手前から止まり木に上がって行った。

つばめちゃんがそっと箱を開ける。埃が舞うことはなかった。けれど確かに古さを感じる黒いプラスチックが目に入る。

「カセットテープ？　すんごい久しぶりに見た」

お屋敷の父の本棚にあったものをつばめちゃんが箱に入れ直したのだろう。箱の半分は機械と緩衝材で埋まっていて、あとはカセットが行儀よく並んでいる。五十本程度はあるように見えた。

「実は紫雨先生が捨ててしまいそうだったので、こっそり持ってきたんです」

つばめちゃんが申し訳なさそうに視線を落とす。身辺整理、という言葉が頭に浮かんだ。母上が父の物を捨てるなんて、死を意識しているとしか考えられない。つばめちゃんも言葉にはしなかったけれど、同じことを考えているみたいだった。

「たしかにいつかは捨てなくちゃいけない」

でも、とつばめちゃんは譲らない。

「お父様の音声が入ってるって聞いたんです」

「お父さんの声？」

私はテープを一つ手に取ってみるが、ケースには何のラベルも貼っていなかった。音楽でも入っているのだろうと思っていた。父が若い頃に聞いていたような。

『それで聞けないの？』

ソノが言っているのは、箱に一緒に入っている機械のことだった。カセットを入れられるようになっている。たぶんレコーダーだ。再生もできるはずだけど。つばめちゃんに訊いてみる。

「いえ、これは使えないんです。壊れてしまっているみたいで。でもラジカセとか、カセットテープを再生できる機械はまだ簡単に手に入りますから」

たとえプレイヤーを手に入れたとして、こんなに大量のテープを今後聞くとは思えない。アトリエは既に父と私の研究資料でいっぱいになっている。下駄箱は空いているけれど、そこではすぐに劣化してしまいそうだ。

捨ててしまえばいい、と思うのは薄情だろうか。

ちらりと山桜を見る。緑の葉っぱが太陽を反射していた。涙が光ったみたいに見えてひやりとする。

寂しいね、がまた脳裏をかすめた。寂しさはふわりと漂う。幽霊みたいに。死の気配ともよく似ている。

『ねえ、ラジカセなら本棚の上にあるわよ』

ソノはいつの間にか、書斎の方に移動していた。書斎兼寝室だ。ベッドを囲むように本棚が置かれている。本棚のうちの一つは机と一体になっていて、天板を手前に倒すと机と椅子が出てくる。よくできているとは思うが、使っていない。リビングに設置したアクリル製のケージ（ソノの寝室）と私のベッドを近付けるために移動させた関係で、机を引き出すスペースがなくなってしまったから。

ほらこれ、とソノが鼻先で示す。下からは見えなかったので、ダイニングの椅子を持ってきて上った。埃をかぶっているが、古いラジカセが置いてある。

「へえ、全然気付かなかった」

「まだ使えますかね」

ひとまずダイニングテーブルの上にラジカセを移した。雑巾で丁寧に埃を拭って、辛うじて備蓄があった電池を入れる。プッと小さい音を立てて電源が入った。ラジオのつまみを回す。ザアザアという音の中に、かすかに人の声が聞こえてきた。大雨の中、誰かが喋っているみたいな。

つばめちゃんがテープを手に取り、ふと私を見る。私は無言で頷いて返した。

とりあえず聞いてみよう。父が何を残しているかわからないし、もしかしたら聞かれたくないものかもしれないけれど。自分で片付けずに死んだのが悪いんだよ、と何となく山桜に向かって念じてみる。彼の死は突然に訪れたから、無理な話かもしれないが。

つばめちゃんからテープを受け取る間に、ソノは私の隣に来ていた。興味深そうに、私の手元をじっと見つめている。

『美苑のお父さんって、どんな人だったの?』

どんな人だっただろうか。しばし頭を傾ける。研究者らしい研究者だったと思うのだけれど、具体的にどうと言われると悩む。

カシャ、と軽い音を立ててテープがラジカセに収まる。再生ボタンを押し込むと小さく何かを弾くような手ごたえがあって、テープが回りだした。

ジーとかコソコソという音の後、ぼそぼそと誰かが喋り始める。

あっ、と思わず声が漏れた。それは間違いなく父の声だった。

上の空みたいな顔をして、独り言ちながらお屋敷を歩き回る父。背が高い父の声は、頭の上から水が滴るみたいに落ちてきた。見上げたときの彼の顔が陰っていて怖かったこと、薬品みたいな匂い、ひょろりと長い体、大きい足なんかを次々と思い出す。

ね、とつばめちゃんは私を見た。彼女が言いたいことはわかった。声というのは記憶と強く結びついているらしい。

つばめちゃんがつまみをひねって、音量を上げた。

『七月二十日、マングローブ再現を試みたビオトープの……気温の調整はやはり……で……もう一度、汽水域……土壌の。夕食は竜田揚《たつたあ》げ、シャツを大学に忘れている……研究室の洗濯機を借りること』

テープの劣化のせいだろうか、ところどころ音が飛んでいるみたいだけれど、音が入っている個《か》所《しょ》はかなりはっきりと聞き取ることができた。実際の父の独り言は全然聞き取ることができなかったのに。

「なにかしら。日記の音声版ってこと？」

竜田揚げ？　とソノが首を伸ばした。

「研究のことと、夕飯とシャツ。結構自由に喋ってる。ホントに頭の中がそのまま出てるみたいだよね」

『メモ代わりにしてたのね。文字でまとめた方が簡単な気もするけど』

そういえば、父は思考するために喋るタイプの人だった。こうして録音していくのが、彼にとっては考えをまとめるのに一番いい方法だったのかもしれない。

「文字とか図とか音声とか、処理が得意な分野は人によって違うからね」

なるほど、とつばめちゃんは頷く。ソノの声は彼女には聞こえていないけれど、私の言っていることから何となく把握してくれたらしい。

『あ、美苑。いつ帰ってたの？　おかえり』

つい書斎の方に目が向く。そこに座って、顔を上げた父が見えた気がした。思わずお父さん、と口にしたとき、テープから少女の声が聞こえてきた。

『お父さん、さっき何かしゃべった？』

プツリと音が途絶えた。父がいったん録音を止めたのだ。

今のって、美苑の声よねとソノに訊かれる。そのはずだけれど、今と全然違うからよくわからなかった。いつのことだったか思い出すこともできない。

また次の録音が流れ始めた。カセットの父は喋り続けている。ほとんど研究のことみたいだ。子どもの頃よりも話の内容が理解できる。

「……でもやっぱり、全部取っておいてもね」

呟いた私に、つばめちゃんはわかりやすく落胆している。

つばめちゃんは結構力持ちだ。しかしこれだけのテープすべてを持ってくるのは大変だっただろう。よほど捨てたくなかったのだと思うと心が痛む。それに先ほどから山桜の緑が妙に視界に入ってきていた。やはり後ろめたいことがあると気になってしまう。

「じゃあ、一つだけ取っておこうかな」

目についたカセットテープを手に取る。これ、とつばめちゃんに見せると、渋々といった様子で頷いた。

「わかりました。取っておくのは一つでもいいです。その代わり、ちゃんと選んでください。カセットを全部聞いて、その中から一つ選びましょう。お父さんのこと、思い出せるだけ思い出して、記憶に残しておくんです。聞きもしないで捨てちゃうなんて駄目です」

「全部」

カセットはたくさんある。どれくらい時間がかかるか知れない。

つばめちゃんがお願いします、と頭を下げた。彼女にお願いされたことなんて、今まで一度もなかった気がする。それも彼女自身のことではなく亡き父のためのお願いだなんて。

とりあえずテープとラジカセは応接室に置いた。教授から持たされていた論文を端によせて。急に応接室がごちゃごちゃした感じになった。

つばめちゃんはカセットテープがすべてちゃんとそこに収まったのを確認すると、ほっとした表情でお屋敷に戻って行った。

『ほんとに全部聞く？』

「この家にいるときに流し続けておけば、そのうち終わるよ」

きちんと詰められて、黒い一枚の板みたいになったカセットを二人で眺める。

父はどうしてこんなにカセットを残していたのだろう。ボイスメモとして使っていたなら、何度も上書きして使えば数本で済んでいたのに。

『研究の記録として見直したかったんじゃない？』

「それなら見出しとかタイトルを書いてるはずだよ。これじゃどのテープに何が入ってるかわからないし」

『ふうん』

私は少しボリュームを下げて、父の声を再生した。懐かしいけれど、特に残しておかないといけない内容でもない。それはあくまで父の独り言だった。誰かに届けるための言葉ではなくて、父の中でだけ紡がれた言葉。

『死んだ人の声がずっと聞こえてるって、なんか変な感じ』

ソノは聞き取ろうとしているのだろう、目を閉じて音に集中している。

私は彼女のタテガミを撫でた。白くなってはがれかけた皮をそっと取る。そういえば彼女はしばらく脱皮をしていない。

『ねえ美苑、私の声は録音できないけど、忘れない？』

「忘れるわけないよ」

父より、自分の声より聞いたのが彼女の声だ。耳から聞こえているわけではないので不思議な感覚だが、私の脳内で響くそれは確かに彼女の声だった。

私は応接室に座り、ソノを膝に乗せてしばらくテープを聞いた。少し眠くなる。しかし穏やかな時間はそう長く続かなかった。

ガンガン、とガラスの揺れる音。ソノが驚いてパッと顔を上げる。玄関の引き戸は建付けが悪くなっていて、軽くノックしただけでも大きな音を出す。

「つばめちゃん？　忘れ物かな」

どうぞ、と返事をしつつソノを応接室の椅子に降ろす。ガラガラガラ、と開けられる戸。

つばめちゃんではない、という衝撃で一瞬頭が働かなくなる。女の子だ。自分の身長くらいのリュックを背負っている。彼女の後ろにはつばめちゃんがいた。

「先輩、来ました。遅くなっちゃってすみません」

「え、キキちゃん？」

私はハトが豆鉄砲をくらった表情になっているだろうけど、たぶんキキちゃんは気付いていない。外が明るすぎて、応接室の私は陰になっているのだ。

「これからしばらく、お世話になります」


もう絶対出て行きませんから、とキキちゃんは玄関に座り込む。

「しばらく住まわせてくれるって言ったじゃないですか」

キキちゃんの鞄を一つ持ってあげたらしいつばめちゃんが私を見る。約束したなら仕方がないという顔だろうか。そんなことしてないと首を振って見せる。

「言いました！　私が寮も友達のところも追い出されて、住むところに困ってるって話して……」

「ねえ待って、それって昨日の歓迎会のときだよね？　私飲みすぎちゃったみたいで、全然覚えてないよ」

「昨日の先輩、すごい面白かったですよ」

訊いたらなんでも話してくれるので、つい訊きすぎてしまったとキキちゃんは上目遣いで私を見る。私は何をどこまで話したのだろう。

『訊いたらなんでも話すのはいつものことよね』

「嘘を吐いたり、隠しごとをしたりが下手ってだけだよ」

キキちゃんはちょっと首をかしげ、納得したようにソノに手を伸ばす。

「ソノちゃん、はじめまして」

ソノは床に降りていた。彼女は移動するのに止まり木を使うこともあれば、こうして廊下を歩くこともある。柔らかい白木の床にはいたるところにソノの爪跡が残っていた。

彼女は首を伸ばして、キキちゃんの指先に鼻を触れさせる。

『すごくいい匂いがする。パンね』

ソノはパンが大好きなのだ。体にいいわけではないので滅多にあげないけど。

ほんとに？　とキキちゃんの匂いを嗅いでみる。甘い匂い。パンかどうかはわからない。

「あの、なんですか？」

「パンの匂いがするって」

キキちゃんは私と、ソノを交互に見る。真剣な表情だ。

「話せるのって、本当だったんですね。いえ、絶対嘘じゃないって思ってましたけど。でもやっぱり実際に見ると感動します」

パン屋さんでアルバイトしているんです、とキキちゃんはソノに話しかける。最高ね、とソノの返事。

「美苑先輩は、私が敷金とか家電代を稼いで次の部屋に移れるまで、自分たちの家にいてもいいって言ってましたよ。その代わり婚活に協力してくれって」

「婚活のお話もされてたんですか？」

つばめちゃんは少し笑っている。楽しんでいるみたいだ。私からしたら笑い事ではなくなってきているのだけれど。

キキちゃんはスマホを取り出して何か操作し始めた。私たちに画面を示す。動画だ。

「それなら、しばらくうちに来たらいいよ！　その代わり、婚活のサポートお願いします！」

私が大声で喋っている。普段の私からは考えられないくらい元気な喋り方だった。さらに悪いことに、それを周囲の人も聞いている気配がある。

面白い、とソノが笑う。イグアナは笑わないけれど。笑った気配がしたということだ。

また頭が痛くなってくる。恥よりも混乱の方が大きかった。私はいったいどうしてしまったのだろう。映っているのは自分なのに、全然自分には思えなかった。

「でもやっぱり一緒に暮らすなんて無理だよ。ここは見ての通り狭いし。私はソノと二人で暮らしたい。ほんとに申し訳ないけど……」

「でももう行く場所がないんです。友達の家はルームシェア禁止なのに連泊してるのがばれて追い出されたばっかりだし、今夜ホテルに泊まるお金もないです」

キキちゃんはもう歩けないです、と廊下に伸びた。白い腕の外側が点々とうっ血している。鞄の紐が食い込んだのだろう。

「恋人のところに行ったら？」

「誰か一人を特別扱いすることになるじゃないですか。それはだめなんです」

キキちゃんは頑《かたく》なな態度で言い切る。

「お屋敷の方に泊めてもらうのはどうかな？　実家なんだけどすぐ近くだし、すごく広いし個室もあるよ」

嫌です、とキキちゃんはやはり取り合わない。

助けを求めてつばめちゃんを見る。心配していると思ったのに、彼女はただ微笑んでいた。困憊《こんぱい》しきっているのは私だけらしい。

「先輩の家じゃなきゃ駄目なんです。それに先輩には、絶対私が必要だと思いますよ。美苑先輩はほんとにこのまま一人で婚活して、結婚できると思ってるんですか？」

アプリを見てください、とキキちゃんが言うので、何のことだろうとマッチングアプリを開いてみる。

通知が三十件以上来ていた。全部アプローチの通知だ。

「なんで急に？」

「昨日の夜、先輩に頼まれて私がプロフィールを編集したんです」

本当だった。自分のプロフィールが覚えのない文章に更新されている。私が誰かと笑いながら話している写真もアップされていた。昨日の飲み会の席だ。

「すごい」

そうでしょう、とキキちゃんが私からスマホを取り上げた。何か操作したと思ったら、プロフィールを消してしまっていた。アプローチもいったん全部キャンセルされている。

「ここに住まわせてくれたら、また書き方教えます。デートの仕方とか、付き合い方とか、教えてくれるあてが他にありますか？」

閉口し、ただキキちゃんを凝視することしかできない。キキちゃんとの同居を断る合理的な理由を必死に探したけれど、もう思い付かないのだ。

それに大金を払ってプロのコンシェルジュの力を借りることを思えば、キキちゃんに宿を貸すくらい、安いものなのかも。

『美苑』

ソノが私の袖口を引っ張る。琥珀色の瞳がキラキラと私を見つめていた。大丈夫よ、と彼女は言う。

『部屋が見つかるまでの間でしょ。ずっとじゃないんだから、しばらく一緒に暮らしてみましょうよ。私、そうしてみたい』

おねがい、とソノが頭を擦《こす》り付けてくる。

本当に嫌だけれど、ソノが言うなら仕方ない。私はゆっくり首を縦に振った。キキちゃんが歓声を上げて室内に駆けていく。

父はどんな人だったのだろう。

父の論文が大学に残っている。アトリエの書架にも。そこには私の知る父がいた。研究熱心で、それ以外には無関心な父が。

無関心が悪いことだとは思わない。むしろ私はそれを父の才能だと思っていた。周囲なんて目に入らないくらい研究に没頭する才能。私もまた、彼と同じ道を歩んでいると思っていたのに。

応接室のカセットテープから父の声が漏れてくる。私は朝食の食器を片付けたり洗濯物を畳んだりしながら、彼の言葉を聞いているのだ。

他の研究者に共同研究を持ちかける計画についてや、研究仲間の体調、彼らの子どもの誕生日会に呼ばれた話。彼は無関心どころか社交的で、ときにお節介なほど他者を心配していた。

父の思考はときに父自身が手に負えないくらいの速さになるらしい。そういうとき父はしばし黙って、それが言葉でとらえられるようになるのを待っていた。この調子だと会話は苦手だっただろうと思うけれど、それでも大学の教授や学生たちとはいい関係を築いていたわけだ。本当に、私が知る父とはなんだったのだろう。

キキちゃんはさっきまでリビングのソファーで寝ていた。起きて五分もしないうちに着替えと化粧をして飛び出していったから、ろくに会話もしていない。

彼女が持ってきた掛け布団が応接室の前に落ちていた。たぶん寝ながら蹴り飛ばし、起き出したときにさらにこっちまで引きずってきたのだろう。

『キキちゃんの身支度、すごい速さだったわね』

ソノが眠たそうに、彼女の寝室から出てくる。中に敷き詰めたウッドチップがいくつかこぼれ落ちた。

「おはよう。ちょっとうるさすぎなかった？　せめてアラーム一回で起きたらいいのに」

『夜明け前からカセット再生して、洗濯機回してる美苑も結構うるさいけどね』

ソノは応接室に向かっておはよう、と声をかけている。それと何やら謝っているみたいだ。あなたがうるさいって言いたいわけじゃないからね、とかそんな感じ。ソノもそこに父がいるみたいに感じているのだろう。

私は昔から早起きだった。今も大抵は夜明けより前に起きるから、大学に行く前に畑仕事や家事をする余裕がある。慌てて出て行くことなんてない。

私はソノの食事を用意して、池の掃除もした。バスタブなので、簡単に手入れすることができる。ソファーの周辺にはキキちゃんの荷物が散乱している。整頓が得意ではないのかもしれない。池に落ちそうな物まであった。

「掃除機かけられないんだけど。人の家なのにこんなに散らかす？」

室内に台風が来たようなものだ。これで一緒に暮らせるとは思えない。やっぱり出て行ってもらった方がいいのではと続けると、ソノにちょっと笑われる。

『何言ってるのよ。まだ来て最初の朝じゃない。生活が始まってもいないわ』

「そうなの？」

『これから始めていくのよ』

ソノはどことなく楽しそうだ。足取りも軽い。彼女がこうしてはしゃぐ姿を見ると、私まで気分が明るくなる。

「仕方ない。服くらいは畳んであげようか」

床にある服だけと思いつつ、結局は散らばっている他の物も片付けてしまった。リュックの口を閉じてあげようとしたら、なぜかあらゆる小物が噴き出してきたのだ。歯ブラシを洗面台に持って行き、シャンプーの類を風呂場に置く。生理用品をトイレの棚に入れて、書籍や文具はまとめてリュックの近くに置いた。化粧品や薬は多すぎて何が何やらわからなかったので、すべて洗面台の棚に仕舞った。私は全く使っていなかったけれど、この棚は本来こうして使うべきものだったのかもしれない。化粧水やスプレーを立てて入れても、ちょうどよく収まるようにできていた。

「どんどん出てくる。これどうやってリュックに詰めてたわけ？」

私が持っている物を合わせても、キキちゃんの持ち物の半分にも満たないだろう。彼女の物を収めたアトリエは急に生活感が増して見えた。

『ほんとたくさん入ってる。案外収納上手なのかもね』

ソノは安全な止まり木の上に避難して、面白そうに私を見ていた。

私が四苦八苦している間も、父の声は低くアトリエに流れ続けている。そこに父がいるみたいだけど、彼は確かに違う時間の中にいた。父は今、花畑に何の花を植えるべきかを考えている。


浮かない顔だね、と児玉先生に声をかけられる。

研究室に行くために植物園を通り抜けようとしていたところだった。茂みから出てきた先生の手には死んだインコがのっていた。

「まだ若い……」

「ああ、ここの生活になじめなかったんだ。悪いことをした」

そのインコは先生がもらってきた子だった。体が小さくて、群れにもあまりなじめていないとは聞いていたけれど。

「群れに入れなくても、水も餌も十分にあるのに」

先生は首を振って、私にスコップを手渡した。レンガが敷かれていない辺りを見繕って、深く穴を掘る。少しだけ花を供えて、二人で手を合わせた。ここで死んだインコたちに墓標はない。大抵はどこで死んだのかさえ気付かれない。ひっそりと死んで、すぐに土に還ってしまう。でも見つけたときには、こうしてささやかでもお墓を作ってあげるのだ。

「紫苑さんのことで落ち込んでいるかね」

一瞬考えて、母上の病のことかと納得する。忘れていたわけではないけれど。でも先生はどこでそれを聞いたのだろう。——いや、たぶん自分で話したのだ。歓迎会で婚活の話をしたときにでも。

「気をしっかりもって、やれることをやるしかないぞ」

はい、と頷く。半年後には半分の確率で母上は死んでしまっている。もっと早いかも。それはわかっているのだけれど、焦りも悲しみも実感がない。ただそういうものとして、私はそのまま飲み込んでいた。飲み込みはしたが、まだ少しも消化できていない。そんな感じ。

「こういうとき、何をするものなんでしょうか」

「そりゃあ、思い残すことをできるだけ減らしていくしかないだろう。あとは思い出作りだ。彼女の希望を聞いて、行きたがってた場所に行くとか。あとは言えていないことを言ったり、訊けなかったことを訊いたりだな」

母上に言うべきことも、訊くべきことも思いつかない。母上は何かしたいことがあるのだろうか。あればとっくにしてそうだけれど。反応がない私の肩を、先生が強めに叩いた。

「今は婚活で忙しいわけか」

先生は豪快に笑った。婚活という響きは、どうしてこう笑いを誘うんだろう。笑い事ではないはずなのに。

「母はどうして結婚なんて言い出したんでしょうか」

「そう、それだ。そういうことを訊いてみればいいではないか。じっくり話してごらんなさいよ」

私は唸《うな》る。母上と話すのはそう一筋縄ではいかないのだ。何を訊くかちゃんと考えていかなければいけないと思うと余計に。うまく言語化できない何かを、人はどうやって伝え合っているのだろう。

「そういえば、君の父上と紫苑さんが出会ったのもこの植物園だったな。知っていたかね？」

大学で出会ったということは知っていたが、この場所だとは知らなかった。私は首を振る。

「先生、父ってどんな人でしたっけ」

「八口先生がどんな人か、か。そりゃ君の方がよく知っているだろ」

私はしばらく黙り込んで考えを巡らせた。父のことを思い出すにつれ、自信がなくなってしまう。私は父のほんの一面しか理解できていなかった。それだって、合っているのかどうか。

「研究と花が好きな人、ですかね」

ふふ、と先生が口ひげを吹いて揺らした。

「間違ってはいないが、彼は別に花が好きだったわけではないかもしれないな」

「まさか」

父は花をたくさん育てていた。アトリエでも、この植物園でも。

「ほんとに知らんのか？　彼は古代杉やシダ植物や、マングローブの研究をしていただろう？　緑で、長生きで、なんというか植物の原始的な力強さみたいなものが好きだったのだ。花は彼には繊細すぎる」

先生は変な顔で笑いながら、ちょいちょいと手招きして歩き出した。私は素直に従った。ぬかるみの中を歩かされるが仕方ない。

「花が好きなのは紫苑さんの方だ。彼女に恋して、彼は植物園を花だらけにしたんだ」

先生が内緒話みたいな声で言う。辺りは私たちより背の高い木で囲まれている。そこに道があるのかどうかもわからない。私ははぐれないように、そして声を聞き漏らさないように、先生のすぐ後ろにぴったりついて歩かなくてはならなかった。

「彼女は生物学部生だったね。しかし花が好きで、この植物園をよく散歩していた。彼女を喜ばせるために君の父上はせっせと花を増やしていったわけだ。しかし花の種や苗には研究費が出ない。彼はアルバイト代を全部花の苗に替えたことまであったんだぞ。あれは面白かったなあ。もともと苦学生というやつでろくな食事を取っていなかったのも悪かったんだろうが、最後には植物園で大の字に倒れてな。それから紫苑さんが彼に弁当を作ってくるようになって……」

私は自分がぽかんと口を開けていることに気付く。そんなロマンスが父と母上の間にあったなんて、考えたこともなかった。

先生が身をかがめた。英国庭園にありそうな洒落《しゃれ》たアーチが設置してあるのだ。少しだけ傾いている。何となく既視感があった。私はこれがちゃんと立ち、淡い色のバラを纏《まと》わせているところを見たことがなかっただろうか。アーチはジャングルに沈んでいく途中だった。ツル模様の装飾のほとんどは、本物のツルで覆い隠されている。

「これって、あの」

先生に続いてアーチをくぐると、突然開けた場所に出た。急に日が差して目が眩《くら》む。

色とりどりの花々に囲まれ、白いガーデンテーブルがひっそりと佇《たたず》んでいた。大学のパンフレットに載っている、あの美しいテラス席だ。ここにあったんですねと呟く。もうとっくに失われたものと思っていた。

私は花を踏まないように気を付けてテーブルに近付いた。本来はもっとたくさんあったはずだけれど、今あるのは一つのテーブルに、椅子二つだけだった。よく見ると多少苔《こけ》むしたり汚れたりしている。それでもかつての美しさは残っていた。時間の流れが少しだけせき止められているみたい。

「ここだけは残しておきたくてね。花も一応面倒をみておる」

植物園でこうも可憐《かれん》な花が咲いている場所は他にない。先生がいつもお墓に供える花はここのものだったのかと合点する。

テーブルに触れる。表面のコーティングは劣化してしまったのだろう。ザラザラとしていて、ひんやりと乾いていた。

白い椅子に座って、お弁当を広げる父と母上が見える気がした。母上は早朝から台所に立っていたのだろう。父はお弁当の中身について、あとでカセットテープに吹き込んだかもしれない。彼らのことだから、会話はあまりなかったのではないか。二人の密やかで、穏やかな空気がふわりと漂った気がした。

「ここに来ると、寂しくなるだろう？　不在が浮き彫りになるからだな。しかし彼にまた会えた気にもなる。だから思い出は大切なのだ」

先生の目には、二人の姿がもっと見えているのかもしれない。私にはもう、誰も座らない椅子しか見えていないけれど。

やや早めの夕食にする。今日は白ご飯と、間引いた野菜を入れたみそ汁、あと大学でもらった卵で作った目玉焼きだ。暖かくなってソノが食べ切れないほどの葉野菜が育ち始めると、私の食卓もちょっとだけ豪勢になる。

『もうちょっとたくさん食べた方がいいんじゃない？　私にばっかり食べさせて』

「人間の食事なんてこんな感じだよ。それに私は成長期をとっくに過ぎた大人だし、運動もしてないし、これでも多いくらいなんだから」

私だってそうよ、とソノがため息を吐く。

引き戸が開くけたたましい音とともに、ただいまと声が響く。自分の家に帰ってきたのだというくらい堂々とした声。キキちゃんはまっすぐダイニングテーブルまで来ると、お土産です、と紙袋を取り出した。中にはパンが入っている。

「バイト先の売れ残りですが」

彼女はその中から一つ取り出し、くわえながらリビングに歩いて行ったが、またすぐに戻ってくる。せわしないことだ。落ち着いて食べればいいのに。

「先輩、私の荷物触りました？」

勝手に触らないでください、と続ける彼女の頬は少し赤くなっている。

「すごい散らかしてたから」

「だからって人の物に勝手に触るなんて」

「人の家で勝手に散らかすからでしょ」

大きなため息を吐き、もういいです、とキキちゃんはスマホを開く。ピヨーン、と間の抜けた高い音が響いた。何か通知が来たらしい。

「あの、私の化粧ポーチどこに置きました？」

どれのことかよくわからない。リュックの中に入っていないなら洗面台だろうか。私はそちらの方向を指さす。ドタドタと洗面台に駆け寄ったキキちゃんは、そのまま何やら身支度をして玄関に向かう。帰ってきたときより化粧が濃くなっているみたいだった。

「こんな時間から外出？　飲みにでも行くわけ？」

彼女から返事はない。ガシャン、と引き戸が閉まる音。はめ込みのガラスが揺れるので、静かに開閉して欲しいのだが。

なんなのあれ、という気持ちを込めてソノを見る。

彼女の瞳の中にも困惑や苛立ちの色を探そうとしたのに、ソノは目を細めてにんまり笑っていた。眩しそうな、楽しそうな感じ。

面白がってる？　と訊くとまあね、と返事が返ってきた。

「わけわからないよ」

私がいつも布団に入る時間をかなり過ぎても、キキちゃんは帰ってこなかった。ソノはもう眠ったのでリビングの明かりは消した。玄関ポーチと、応接室の明かりだけ灯《とも》す。

もう寝たいのだが、彼女は鍵を持っていない。いくら田舎の山の中とはいえ鍵をかけずに寝るのは抵抗がある。私は彼女の連絡先さえ知らなかった。

キキちゃんの荷物を勝手に触ったのは良くなかったかもしれない。考えてみれば、私も同じことをされたらちょっと嫌だ。でもあんなに過剰に反応しなくてもいいんじゃないか。少なくとも、片付けていなかったことくらいは謝るべきだ。

私は応接室に座って、父のカセットテープが入ったラジカセの再生ボタンを押す。音量をギリギリ聞こえるくらいまで落とした。

『美苑は今日も熱を出している。学校は午後から登校して、すぐに帰宅したらしい』

何年前の声だろう。私が熱ばかり出していた頃ということは、小学校低学年くらいだろうか。十年以上前だ。このテープの状態はかなりいい。音も鮮明に聞こえていた。

「今は元気だよ」

父は私に対してあまり興味を持っていないと思っていた。でも本当に無関心だったのは私だけだったみたい。テープの中の父は身の回りの人のことをよく話題にする。その中でも特に頻繁なのが私の体調の話だった。

『紫苑さんは、体が弱いのだからと美苑をあまり外に出さないけれど、どうだろう。むしろ彼女はもっと外に出た方がいい。体を動かさないのがいけないのではないか』

ご名答だ。歩くようになってから体調はすこぶるいい。最後に熱を出したのは何年前だろう。熱ばかり出していた頃があったなんて、もう自分でも信じられない。

「テープじゃなくて、私や母上に言ってくれたらよかったのに」

どう言っていいのかわからなかったのかもしれない。だとしたら私と一緒だ。

父の声は少し途切れて、次に話し出したときには研究の話題に移っていた。別の大学の研究について話している。父は大学を移ることまで考えていたみたいだ。できるだけ家を離れたくないけれど、どうしてもその研究に参加したいと語っている。学生なら場合によっては留学先の大学で単位をとるなんてこともできるけれど、教授にもなると大学を移るのは転職みたいなものだ。自分のゼミの教え子たちのこともある。そう簡単には決められないのだろう。

そういえば、私も先生から留学を勧められていたのだった。先生にもらった論文に目をやる。応接室の机の上に置いたまま読むのを後回しにしてしまっていた。せっかくもらったのだから、断るにしても一度は目を通しておいた方がいいだろう。

書架に英和辞典を取りに行って戻ると、父はまた私のことを話し始めていた。

『アトリエに連れ出してみたけれど、彼女は花畑の脇から一歩も動いていなかった』

つい笑いが零れる。虫か蛙か、生き物の観察に夢中になっていた頃だ。体を動かして欲しかった父はさぞやきもきしただろう。ごめんなさいね、と父に返す。

『美苑に友達ができたらいいのに』

すっと体の内側が冷える。父が「寂しいね」と言った気がしたのだ。それがすきま風みたいに、心に吹き込んでくる。今になって、またこの言葉を聞くことになるなんて。

父は亡くなる少し前、私に友達がいないことを酷く気にしていた。私は一応努力したけれど、結局彼の希望に沿うことはできなかった。なつかしい罪悪感みたいなものが湧き上がって、息が詰まりそうになる。ごめんね、とまた父に謝った。

もちろん父から返事が返ってくることはない。彼は何も気にしていないみたいに、全く別の話を始めている。夕飯に刺身が出たとか、煮物がおいしかったとか。受け持っている学生の一人が振られて落ち込んでいるとか、気付かない間に靴が誰かと入れ替わっていた話まで。

真面目な研究の話よりも、そんな風に朗らかで、人間味のある話題の方が多いかもしれない。脈絡なく紡がれる言葉が、どれも妙に温かかった。寂しさとは程遠い言葉たちが、少しずつ「寂しいね」を上書きしていく。

罪悪感もまたゆっくりとひいていった。なくなったわけじゃない。心の中の手が届かない場所に沈んでいっただけ。畑に撒いた水が、地面に吸い込まれていくみたいに。

どれくらい時間が経っただろう。カセットテープは一本一時間ほどで聞き終わる。何回か入れ替えたと思うけれど、正確には覚えていない。途中からあまり集中して聞けなくなってしまったのだ。私は夢中で論文を読んでいた。イグアナの生態だけではなく、他の動物たちの研究もすばらしい。オオキボウシインコの体色と性格の研究、ベアードバクの繁殖についてや、メキシコサラマンダーの変態研究。個々の生態や群れでの行動についてよく観察され、まとめられている。そこには生き物に寄り添い、自分を消し、彼らに同調しようとする観察者の視線があった。

動物になりきって群れに潜入調査をする実験は笑えたけれど、収穫もあった。臆病な動物の観察にはカモフラージュした小型カメラを設置するが、そのカモフラージュ技術だけで論文が書けるくらいのボリュームがある。彼らがいかに絶滅危惧種の観察と保護に貢献しているかがわかる論文ばかりだった。しかし保護すべき動物たちに対して、研究者の数が少なすぎることも浮き彫りになっている。

ふいに響いた、助けて、という悲鳴で目を覚ます。はっと自分が息を飲む音。

いつの間にか眠ってしまっていたらしい。カセットは止まっているし、机の上には読み終えた論文が散らばっていた。

『美苑、キキちゃんが溺れてる』

何事かとリビングに駆け込むと、確かに彼女は溺れていた。ソノの池の中で、立ち上がれずに何度か転んでいる。

「ちょっと、何してんの」

とりあえず彼女の腕を摑《つか》んで池から引き揚げた。キキちゃんの体はぐにゃりとしていて、見た目よりずっと重い。

「うーん、ちょっと目が覚めました」

床に座ったキキちゃんからはお酒の匂いがする。あとは香水とか、化粧品とか、タバコの匂いが混ざった感じの不思議な匂い。

横にしゃがんで、顔を覗き込む。濡れた髪が目の辺りに張り付いていたので、そっと左右に分けてあげた。キキちゃんの視線はちゃんと私に向かっていた。

「飲みすぎじゃない？　よく帰ってこられたね」

「タクシーで送ってもらったので……領収書！」

あちゃーと言いながら、彼女はスカートのポケットからタクシーの領収書を取り出す。乾かしてと手渡されたそれを、とりあえず洗面台の近くに干した。

放心したみたいに座っているキキちゃんにタオルを差し出した。彼女は少し覚束《おぼつか》ない手つきで、髪の毛を拭いている。

「スナックでバイトしてるの？」

領収書に名刺がくっついていたのだ。そこにはキキちゃんの名前と、「スナックバー・ミミ」という店の名前があった。

キキちゃんはそうですよ、と頭を振る。前髪の水滴が私の頰へ飛んできた。

「いつもこんなに飲んでるの？」

「今日は飲みすぎちゃっただけです」

お酒の注文が増えると、ボーナスがもらえるのだと彼女は言う。

「光熱費くらいは半分お支払いしますけど、ちょっと待ってください。授業料も払ったばかりだし、今あんまりお金なくて。今度コンビニのバイトも増やそうと思ってるので、そしたら家賃もお支払いできます」

でも安くしてください、とキキちゃんは手を合わせた。

私は一瞬、言葉に詰まった。彼女は学費や生活費を自分で稼いでいるということか。朝と夕方はパン屋、夜はスナックでアルバイトをしている。夜遅くまでこうして働いていたら、朝起きるのは大変だろう。いつ寝て、いつ勉強して、そしていつ彼氏三人と会っているのだろう。

「ごめんね」

「今度はなんで謝っているんですか？」

また誤解していたから、と私は頭を下げる。彼女がかわいくて派手な格好を好んでいるから、遊んでいると無意識に思い込んでしまっていた。家が大きいからお金持ちだろうとか、決めつけられることには散々うんざりしてきたはずなのに。どうして自分も同じようなことをしてしまったのだろう。

「それに、働かずに生活できている私は確かにお金持ちだったかもしれない」

ふふっとキキちゃんは笑って、タオルを顔に当てた。先輩のそういうところいいと思いますよ、とタオルの向こうからくぐもった声が聞こえてくる。顎の先から水が垂れていた。濡れたスカートが捲れ、太ももが露わになっている。月明かりが差し込む室内で薄青く発光して見えるくらいに白い。

「ねえ、光熱費はいいよ。うちの光熱費は一般的じゃないからさ、半分も出したらその辺のアパートの家賃なんか超えかねないよ。お金のことはまた明日にでも話そう。早くシャワー浴びておいで。風邪ひいちゃうから」

なんだか口調がソノっぽいな、と我ながら思う。思えば私はいつも面倒をみてもらってばかりで、こうして誰かの世話をすることなんてなかったかもしれない。

「この家、あっついから大丈夫ですよ」

キキちゃんはへらへら笑っている。悪かったわね、とソノの声。

「ごめんね、ソノちゃんを責めてるわけじゃないからね」

キキちゃんがソノに返事をしたみたいだった。彼女の声が聞こえていたわけではないだろうけれど。

「ふざけてないで。古くてよかったらうちのタオル使ってもいいけど、自分のがいい？　着替えもリュックから出していいかな？　自分で取れる？」

んんーとキキちゃんは微笑んでいる。

「さっきはごめんなさい」

どれのことか、聞き返すより前にキキちゃんは上着を脱いだ。シャツの胸のボタンを外して、肌着までまとめてすっぽりと脱ぎ去る。

「ちょっと、脱衣所行ってから脱ぎなよ」

大丈夫ですよと服を投げ捨て、彼女はリュックから書籍を何冊か取り出した。私が片付けて積んでおいたものだが、いつの間にか戻されていたらしい。

「これ、見られたくなかったんです」

キキちゃんは意を決したのか、却って堂々と本を差し出す。下着だけの姿になったのも、どこか気合いを入れるためみたいに見えた。

特に明るい夜だったから、電灯がなくてもタイトルを読むのには困らなかった。『コミュニケーションのすべて』『恋人を夢中にさせる方法』『距離感がうまい人が実践している10のコト』『運命の相手との出会い方』。

こういうのなんて言うんだっけと考えていた私に、ソノが助け舟を出す。

『人付き合いのハウツー本ってやつ？』

「がっかりしましたか？」

キキちゃんが私の顔色を窺《うかが》う。上目遣いで、少し心配そうに。

「私、本当は人間関係が苦手なんです」

まさか、と反射的に言いそうになったけれど、キキちゃんの表情を見て言葉を飲み込む。彼女が真剣に悩んでいるのだとわかったから。

「距離感っていうのがうまく摑めないみたいで。相手を知りたいだけなのに、気付いたら必要以上に近付いてしまって、人によっては不快みたいで……。どっちかというと男の子との方が仲良くしやすいんですけど、あんまり仲良くすると女の子たちからすごく嫌われちゃったりするんですよね。

特に中高生の頃とか、結構大変で。みんなと仲良くしたいんですけど、難しくて」

うまくいかないことがあったときとか、ついこういう本を買っちゃうんです、とキキちゃんは少し肩を落とした。

「この通りにすれば完璧なんて都合のいい物じゃないってわかってはいるんです。でも持ってるだけで少し安心できる気がして……お守りみたいな感じです」

みんなと仲良くする難しさなんて私には想像もできない。でも彼女の知りたいという気持ちはなんとなく理解できた。私が生き物の声を聞きたいと思っていたのと同じように、キキちゃんは人に興味を持っているのなら、その気持ちを抑えるのは大変なことだろう。それなのに嫌われてしまうなんて。

子どもの頃の記憶がよみがえる。ほーちゃんや、ゆきちゃんたちのことが。仲良くしたいのにうまくいかない状況で、諦めずに努力し続けるのはとても辛《つら》かったのではないだろうか。

「ごめんなさい。婚活のアドバイスをするなんて言っておきながら、頼りないですよね。本のことも、コミュニケーションが苦手なことも知られるのが怖くて。片付けてもらったのになんか怒っちゃって……」

すみませんでした、と彼女は頭を下げる。

キキちゃんから落ちたタオルを拾って、彼女を包む。手を引くとキキちゃんはおとなしくついて来た。小さい子どもみたいに。脱衣所の前までゆっくりと移動する。キキちゃんは思ったよりしっかり歩けていた。これなら一人でシャワーを浴びられるだろう。

「頼りなくなんてないよ。無意識にできちゃうって人の感覚より、研究と実践で身につけた知識の方が信頼できると私は思う」

「本当ですか？」

「うん。本当にすごい。苦手意識があるのに勉強して、ちゃんと克服しようとしてて」

尊敬する、と続ける。私なんて、完全に諦めてしまったのに。人と関わることをできるだけ避けることで、問題が起こらないようにしてきただけ。消極的で、表面的な解決法。

キキちゃんは安心したのか柔らかく笑ったあと、タオルで顔を隠してしまった。眠くなってきましたと大あくびしている彼女を、がんばってと励まして脱衣所に押し込む。

私はベッドに腰かけて彼女を待つことにした。脱衣所の扉からすぐ近くなので、何かあったらすぐ助けに入れるはず。

スマホでアプリを開く。キキちゃんが入力していた文章を思い出せたらいいのだが、ほんの断片しか思い浮かばなかった。四苦八苦しているとガラリと音がして、キキちゃんが脱衣所に戻ってきた気配があった。

「せんぱい、いますか？」

眠いのか、少し間延びした声が聞こえてくる。

「居るよ」

「パンツ取ってきてください」

はいはい、と適当に取ってきた下着と、妙にもこもこした服を差し出す。一番部屋着らしかったから。

扉の隙間から渡そうとしたところで手を引っ張られて、気付けば私は脱衣所の中にいた。

「髪乾かしてください」

自分でやるように言おうと思ったけれど、その前にキキちゃんは洗面台の前に座った。仕方なくドライヤーを取り出す。酔っ払いを説得するより、自分でした方が早いだろう。

「先輩は、寂しくないんですか？」

「え？」

「寂しく、ないんですか？」

ドライヤーに負けないくらいの声でキキちゃんが訊いてくる。ここが山の中でよかった。真夜中にしては騒がしすぎるから。

「友達がたくさんできたら、寂しくないはずですよね？　でもおかしいんです。大学に入ってみんなと仲良くできるようになって、付き合ってくれる人なんて三人もいるのに、それでもまだ寂しくなるんです」

ドライヤーを片付けている横で、キキちゃんはポツポツと話し続けている。彼女は鏡の中の自分を見ていた。ボサボサの髪で、半目になっていても彼女はかわいらしかった。いつものピンと張った雰囲気がなくなってキラキラはしていないけれど、あどけなくて、ふわふわで。洗われたばかりの小動物みたい。

「寂しくなんてないよ」

そう言うと、キキちゃんは私を見た。目元が赤く、少しだけ腫れている。

「ソノちゃんがいるからですか？　そういう絶対的な相手がいれば、あとは誰もいらなくなっちゃうものなんでしょうか？　どうやったらそんな相手に出会えると思います？」

まだ何か言っているキキちゃんをベッドに転がす。ソファーに投げるのはさすがに気が引けたのだ。タオルケットをかけてあげると、うーんと唸って丸くなった。もう目も開けていられないらしい。

「先輩、話」

「わかった。訊きたいことがあるなら何でも訊いてくれていいから。ただし今日はだめ。明日以降にして」

あくび交じりの返事がキキちゃんから洩れる。それからはうんともすんとも言わなかった。

彼女の静かな寝顔を見つめるうちに、父を思い出した。もう落ち着いて見えるけれど、急に具合が悪くなることもあるのだろうか。

急性アルコール中毒、という言葉が脳内を巡っていた。この若くて騒がしい生き物だって、明日の朝には冷たくなっている可能性がある。そう思うと急に怖くなった。

今日だけだ。私はそっと彼女の横に潜り込む。他人とベッドを共有する日がくるなんて思わなかった。背中がほのかに温かい。絶対に寝苦しいと思っていたのに、すぐに穏やかな眠気に包まれるのを感じる。彼女が生きているのが伝わって、恐怖心が薄らいだからかもしれない。瞼が重たくなっていく。私は意識が布団の奥、夜に落ちていくのに身を任せた。

キキちゃんが家にいる時間は短い。アルバイトに大学にデートにと、彼女には行かなくてはいけない場所がたくさんあったから。私たちは仕方なく昼食時に研究室で落ち合うことにした。マッチングアプリの、プロフィール欄の書き方を教えてもらうためだ。

パンをかじりながら、私はスマホの画面を睨みつけている。

「で、具体的にどう書けばいいの？」

「言われた通りに書いても意味ないですよ」

書く内容を端的に教えて欲しいのに、キキちゃんは私に考えるようにと言って譲らない。

「自分で考えて書いておかなくちゃ、どっちみちこの後のステップに進んでから苦労するんですから」

最初こそ時間をかけるべきなのだ、とキキちゃんは続ける。

「何から考えていいかもわからないんだけど……」

はあ、とキキちゃんは呆れながら、器用にシュウマイを頬張る。彼女の今日の昼食は大盛りの中華弁当だ。お昼は大量のお米を食べないと元気が出ないのだとか。

彼女がバイトでもらったパンはすべて私がいただいていた。耳が欠けてしまったり増えてしまったりしたウサギのパンと、あんこが漏れたあんぱん。どっちも彼が作ったんですとキキちゃんは笑っていた。彼氏の一人はパン屋でのバイト仲間らしい。

キキちゃんには家賃や光熱費を請求しない代わりに、一日に一食、何かしらおかずを用意してもらうということで話がついていた。パンでもいい。

「ほんとにそんなのでよかったんですか？」

パンを見ながら、キキちゃんが首をかしげる。

「いいよ。その代わり早く貯金して出てって」

言い方が悪いです、とキキちゃんは膨れている。

キキちゃんは朝にはすっかり回復していた。起きられないのはいつもどおりで、やはり慌ただしく家を飛び出していったけど。

スマホを握ったまま、うんうん唸る私に、キキちゃんが指示を出す。

「まずは一緒に暮らすってことについて考えてみてください。一般的にも結婚となるとここが一番ポイントになると思うんですよね」

「うーん、ソノと話しているのを邪魔されたくないし、会話も得意じゃないから無口な人がいいかな。大きい音を出したり家を汚したりってのは駄目。狭い家だから難しいかもしれないけど、視界に入って欲しくもない」

そんなの幽霊しかいない、とキキちゃんに却下される。

「それじゃ最初に書いてたプロフィールから進歩していませんよ。それじゃ駄目だったんですよね？」

一人だけコメントを送ってくれたけど、と言いかけて黙る。それ以降アプローチがないのだから、駄目だったと認めざるを得ない。

「ソノちゃんとの時間がとにかく大事なわけですよね。じゃあ例えばですけど、家のことをしてくれる人とか、主夫みたいな感じはどうですか？　家事をしなくていいならソノちゃんとゆっくり過ごせますよ」

「いや、私のことは私でする。やってもらってると思う方が居心地悪いよ。自分のことだけちゃんとして欲しい」

なるほど、とキキちゃんは腕を組む。

「一緒に暮らすなら共有した方が効率的なこともありますよね」

「というと？」

「ご飯とか」

私は自分のパンと、キキちゃんのお弁当を指さして見せる。私たちは今一緒に暮らしながら、別々の物を食べているではないか。

まさにそれですよ、とキキちゃんもまた私のパンを指さす。

「美苑先輩はパンを食べられて、私は夜食におにぎりを食べられるようになりました。出費は変わらないのに。二人でシェアした方がいろんな種類の物が食べられていいじゃないですか」

「確かに、食材の種類は一人だと偏りがちだなっていつも思ってた」

「掃除も手分けすれば早く終わりますよ。洗濯機だって別々に回すより、二人分まとめれば一回で済みます。キッチンを使う時間が被るなら、食事は一度に二人分作った方がいいですよね？　うまくすれば単身で暮らすよりお金も時間も節約できるわけです。むしろそのあたりちゃんと分担していないと非効率的なことにもなりかねません」

ソノとの時間を邪魔されるどころか、ソノと過ごす時間を増やせるかもしれないのか。キキちゃんと暮らし始めたこともあって家事の分担はイメージしやすかった。全部個別でやるより効率的と言われたらその通りだ。

そうなるとやはり重要なのは、きちんとルールを守れる人ということだろうか。気分屋だったり怠惰すぎる人は駄目。ヒステリックなのも困る。家事の技術も私と同じくらいがいい。今より高い技術や料理の完成度を求められるのは嫌だし、練習に時間を割きたくない。

「家事の分担に関することは『相手に求める条件』ってとこに入れたらいいかな。となると『好みのタイプ』って何を入れたらいいんだろう？　それによく考えたらタイプって何？」

「恋に落ちる確率が上がる特徴のことをタイプって言うんじゃないですかね。優しい人がタイプです、とか言うじゃないですか」

「恋は必要ない。『なし』って書いておく」

「却下！」

　キキちゃんがすかさず消去ボタンを押す。

　ちょっと声が大きすぎないだろうかと心配になる。アランが午後のトレーニング中なのだ。一応私たちが座っている席と彼の間にはパーテーションが設置されているが、声は聞こえるし姿も多少は見える。

　彼は驚くどころか、自分のトレーニングにちゃんと集中していた。私の研究にもそれくらい熱心に取り組んでくれたらいいのに。

「恋愛感情はあった方がいいに決まってるじゃないですか。どうしてかわかりますか？」

　少し声を落としたキキちゃん。それでも語気はまだ少し強い。

「さっぱり」

「考えてください。どうしてここに『好みのタイプ』欄があると思いますか？　恋愛ありきで婚活してる人がほとんどってことですよ。相手に合わせて対策をしないとアプローチは来ません。たくさんアプローチが欲しいなら、大多数の人がどう考えているか理解しなきゃですよ。魚釣りだって魚の住処《すみか》や起きている時間、好む餌を知らなきゃ釣れないでしょ？」

「恋人が三人もいる人は言うことが違う」

馬鹿にしてませんか？　とキキちゃんが眉根を寄せる。彼女は次の授業に向けて、席を片付け始めていた。薄くリップを塗り直す。次の授業は彼氏と一緒に受けるのだそうだ。

「あのさ、キキちゃんの恋人ってみんな同じタイプなの？」

「うーん、全然違いますね。私の場合だと『もっと知りたい』って思える人がタイプって感じです。それが具体的にどんな人のことかは説明しにくいですけど……。いろいろ訊いていたらもっと知りたくなって、知っていくうちに気付いたら好きになってるんです。そのプロフィールに書くとしたら『個性的な人』『面白い人』とか？　『たくさん質問しても怒らない人』とかもいいかもですね！」

では、とキキちゃんはそのまま研究室を出て行った。彼女の去り際はどうしていつも急で、慌ただしいのだろう。

結局、アプリのプロフィール画面は完成しなかった。手っ取り早く結婚する方法を教えて欲しいのに、謎の宿題ばかりもらっている。

「恋かあ」

ふっと笑った気配がしたので振り向くと、アランのトレーニングに協力していた学生たちと目が合った。私の婚活を知っている人からはこうして笑われることが増えた。面白がっているのだ。

私は彼らを睨みつける。

「トレーニング中ですよね。集中してください」

はいはい、と彼らは形だけ謝る振りをしている。私はため息を吐いて席を立った。

「研究室で婚活してる人に言われたくないよな」

「先輩こそトレーニングに集中すべきでしょ」

背後で言い交わす声に、聞こえてますからねと言い返す。

昼食を取ったり休憩したり、自由時間であれば研究室で何をしようが構わないはずだ。誰かの研究の邪魔をしなければ。進まない研究のことを言われると無性に腹が立つ。私は彼らをもう一度睨みつけてから、研究室の扉を閉めた。


父と母上のガーデンテーブルに座って、ノートパソコンを開く。プロフィールをスマホで入力するのが億劫《おっくう》になったのだ。それにこの場所なら冷やかしの視線を気にせずに済む。

植物園は暖かく湿っていて、アトリエと似た雰囲気がある。絶えず鳥たちの鳴きかわす声が響いていて、その騒がしさは程よく集中力を高めてくれた。

目がかゆい、と聞こえた気がして茂みに目をやる。大きな蛙が草の間に飛び込んでいくところだった。どこから入ったのだろう。近くに父の作った噴水や池が残っているのだろうか。そこでひっそりと繁殖しているのかも。蛙を追いかけたい衝動にかられて腰を浮かせたけれど、何とか堪えて座り直す。プロフィール画面くらいはもう完成させてしまわないと。

カサカサ、と葉の擦れる音が近づいてくる。先生だろうか。人影が揺れる。

慎重な足取りで茂みから出てきたのは田中さんだった。児玉ゼミの同級生だ。ゼミに所属したときから一緒なのに、ほとんど会話を交わした記憶がない。

彼女は私には目もくれずもう一つの椅子に静かに腰かけると、いつも身につけている深緑のケープをゆったりと羽織り、古い双眼鏡を構えた。物腰が柔らかいからだろうか、彼女はとても優雅に見えた。オペラグラスを手に観劇する貴婦人のような。

彼女の視線の先を目で追う。肉眼でも確認できるところにインコが二羽止まっていた。片方の子が餌を吐き戻し、もう片方に与えている。頭を振って踊っているみたいにも見えた。求愛行動だ。

田中さんは児玉ゼミにいながらアラン以外の研究をしているレアケースだ。彼女のテーマはこの場所にいるインコたちの恋愛関係。それは研究でもあり、彼女のライフワークでもある。彼女は一日のほとんどの時間をこの植物園でインコを観察して過ごしている。そういう点では田中さんもまた、恋愛マスターと言えるかもしれない。

インコの求愛行動は成功したのだろうか。私にはよくわからないが、たぶんうまくいったのだと思う。田中さんが詰めていた息をそっと吐いて、安心したみたいに肩の力を抜いたから。

しばらくしてインコたちは飛び立っていった。双眼鏡を置いた田中さんはしばらく余韻を味わうみたいに遠くを見ていたが、おもむろにノートを取り出し、なにやらメモをとり始めた。私は彼女が顔を上げるまで待って、あの、と声をかける。

「どうかした？」

彼女の声はとても小さい。植物園の木々のざわめきやインコたちの鳴き声に、簡単にかき消されてしまうくらい。私は彼女の声を聞くためにノートパソコンを畳んで、身を乗り出さなくてはならなかった。

「ちょっと訊いてもいい？」

いい、と田中さんは頷く。

「恋愛って何だと思う？」

あまり表情を変えないままゆっくりと一度まばたきをして、彼女は少しだけ首をかしげた。

「質問の意図がよくわからない」

母上みたいなことを言う。私は何と言っていいか必死で考えた。

「八口さんはどう思う？」

困っている私に、田中さんが助け舟を出す。しっかり腰を据えて話を聞いてくれる構え。冷たい人ではないとわかって安心する。

「えっと、子孫を残す活動の一端じゃないかと考えてる。性の何か」

「それはそう。でも、それだけなら異性であれば誰でもいいことになるよね」

田中さんはそう言って、視線を木立の方に向ける。何もいないと思ったけれど、じっと見つめていると、葉の陰からインコが顔を覗かせているのが見えた。

「インコにも同性愛があるって知ってた？」

何かの論文で読んだことがある。私がそう答えると、田中さんは小さく頷いた。

「性別問わず特定の誰かに執着するのは、一概に子孫を残すための本能とは言いきれない」

「どうして執着するんだろう」

「見た目が美しいから」

私は思わず小さく笑いを零す。結局は見た目なのだろうか。

「いや、案外馬鹿にできないよ。美しいって気持ちと好きって気持ちはかなり近いから。魅了されちゃって、見ているうちにもっと好きになる」

美しい、という言葉でソノを思い出す。確かに彼女を一目見たときには魅了されていたし、知れば知るほど好きになっていった。

「美しいから好きなのか、好きだから美しく見えるのか」

私が頭をひねると、田中さんはちょっと笑った。

「美しさって何だろう」

「いい質問。私も同じこと思って、カップルのインコたちの顔立ちとか体つきを系統化して、カップルになりやすい確率を調べてるとこ。今はまだ論文にできない段階だけど、何となく傾向はあるみたいなんだよね」

「インコにも好みの顔立ちがあるってこと？　じゃあ、同じような顔立ちの子がいたら、どうやって選ぶの？」

「うーん、やっぱり毛色は大事かな。生まれ持った色はあるけれど、その色艶《いろつや》が重要なの。十分な食べ物を集められるほど健康で賢くて、羽繕《はづくろ》いに時間がかけられるくらい余裕のある生活をしている証拠でもあるわけだし」

人間で言うと、身だしなみを整えていることが大事ということだろうか。顔立ちは生まれついたものだけど、化粧をすれば印象は変わるのかも。

「それからまたややこしいことを言ってしまうけど、恋に落ちるには見た目以外の要因もある」

田中さんはあそこ、と指をさす。そこにもインコがいる。彼らは派手な見た目をしているのに、この植物園の中では不思議と目立たない。それでも田中さんの目はちゃんと彼らを見つけ出すことができるのだ。

「あのオスはもともと別のメスが気になってたのに、今の子とつがいになってる。他のオスとくっつきそうになったときに横取りしたの。それは見た目じゃなくて、状況がきっかけで恋しちゃったってことでしょ。なにがきっかけになるかわからない。個々の年齢や性格や、タイミングにもよる。個人的にはそれはもう運命としか言いようのない何かだと思う。一応研究しているからもっと堅実な言葉で説明もできるけど」

根本《こんぽん》は運命。その方がわかりやすいよね、と田中さんは首をかしげる。私は感謝を込めて頷いた。あえて詳細を省いてくれたことはわかっている。

「何か運命的なきっかけで特定の他者に執着するのが恋ね」

「そう。何かがはまればいいの。それで相手にも好かれようとして、餌や綺麗な巣をプレゼントするわけ」

婚活で言うと、他でもない特定の相手と結婚したいと思う気持ちが恋ということなのだろう。ナポリタンを一緒に食べた彼みたいに年齢とか世間体みたいなものが動機の人もいれば、珍しいだろうけど、私みたいな理由で結婚しようと思う人もいるかもしれない。どちらにせよ消極的な理由だ。相手がいないうちに、必要に迫られて婚活をしているのだから。

でも恋があれば、積極的に取り組む原動力になる。その方が婚活がスムーズに進むのは間違いないだろうし、そもそも目的は恋愛であって、結婚は結果に過ぎないという姿勢でアプリに登録している人だっているはずだ。

「なんかわかってきたかも」

「よかった。それじゃ」

田中さんは席を立った。ちょうど太陽が雲に隠れて、辺りが薄暗くなる。一つの劇が終わったのだ。拍手に似た羽音を立てて、同じ方向に飛び去って行くインコたち。カーテンコールみたいだった。

田中さんは私が入ってきたのとは反対の茂みに消えていく。深緑のケープのお陰で、彼女の姿はすぐに見えなくなった。

彼女の後を追いかけたい。私はその感情がうらやましさだと遅れて気が付いた。どうして私は彼女と同じ道を選ばなかったのだろう。この植物園にずっといて、インコたちをひたすら観察する。それはアランの研究に半ば強引に居座るより、私らしいことではなかっただろうか。

私は頭を振って、ノートパソコンを開く。今は他に考えるべきことがあるのだった。

例年より少し早めに梅雨入りしたと朝五時のニュースで言っていた。私たちの家の手まり咲のアジサイも、早いものは既に花を咲かせている。

玄関ポーチの脇と、縁側の正面の山際。それから応接室のすぐ外の壁とベンチの間、山桜の周り。特に肥料を与えているわけではないから、赤紫や水色が滲んだグラデーションになっていた。父がこのアジサイを何色に咲かせていたかは覚えていないけれど、とても大切にしていたのは間違いない。

大学生の頃、父が花を植えていたのは母上と仲良くなるためだった。それは恋ということだろう。でも母上が来ないアトリエにも花を植えていたのだから、やっぱり父は花が好きだったのではないか。あるいは、母上の影響で好きになったのかも。

「ほんとに私がやっちゃっていいんですか？」

「いい感じにお願いします」

うんうん唸りながら、キキちゃんがハサミを構える。

私はアジサイを見ながら、キキちゃんに髪を切ってもらっていた。庭に出した椅子に座って、穴を開けたポリ袋を被っている。

辺りはまだ少し濡れていた。夜中に雨が降っていたから。胸が膨らむほど空気を吸い込む。雨上がりの空気は澄み切っていて好きだ。アジサイに光る水滴が甘そうだとソノが呟く。

「わかってると思うけど、アジサイは」

『はいはい、食べないから安心して』

キキちゃんに動くなと言われているので、背後にいるソノを見ることはできない。でも長く伸びて、全身で朝日を浴びているのだろうと推測する。

「全体的に長すぎてどこが前髪かわからないですね」

ため息を吐きながら、キキちゃんが泣き言を言う。

「弟たちの髪の毛切ってあげてたんでしょ」

「丸刈りにしてただけですよ」

それでも意を決したのか、恐る恐る髪の毛にハサミが入れられていく。髪を切るのはかなり久しぶりだ。長い毛束がはらはらと肩や腕を滑り落ちていく。

見た目を整えてみようと思う、とキキちゃんに報告したところ、彼女は小さく手を叩いて喜んだ。散髪をお願いしたときには顔をこわばらせていたけれど。

「美容室で切ったらいいじゃないですか」

「服が想像以上に高くて。お金を使う気持ちが挫《くじ》けちゃったんだよね」

隣の市のショッピングモールに入っているブティックに行って、ブラウスを買ってきたのだ。ファッションのことはまるでわからなかったので、小綺麗な雰囲気の店でマネキンが着ているものを選んだ。いつも利用している店だとシャツが一枚五百円なのに、その店のブラウスは三千円もした。

「カットなんて、ホントに安いお店だと千円くらいですよ」

「切っても切っても伸びるものに千円も使えないよ」

私はスマホを取り出し、アプリを開く。

婚活のプロフィールはほぼ完成していた。「好みのタイプ」のところには結局、「恋に落ちるかどうかにこだわらない人」と入れた。ナポリタンの件の反省も踏まえて、「子どもは望まない」と「それぞれの家族（両親など）の問題は基本的に自分で解決」という文言も入れている。「私は恋愛を重要視しません。訳があって半年後までに結婚し、同居してくれる人を探しています。住む家は決まっていて、イグアナと同居しています。その他の条件など、詳細に興味がある方はご連絡ください」というメッセージも。

「プロフィールの文章、良い感じだと思いますよ」

キキちゃんは意外にもOKを出してくれた。恋がないのは駄目だとでも言われると思っていたので、私は少し肩透かしを食った気になる。

「恋は運命というか、偶然なんだよね？　あんまり時間をかけていられないし、恋愛重視な人とは最初からマッチングしない方がお互いにとっていいかなって。あとは重要だと思う条件は正直に書いて、それでも興味を持ってくれる人を待とうかと。そのためにも見た目をせめて清潔にして、まずプロフィールを見てもらえるようにする必要があると思ったわけです」

成長成長、とキキちゃんは繰り返した。何かあったんですかと訊かれたので、植物園でマスターに教えてもらったと言ってみる。たぶん何のことかわからなかったと思うのだけれど、つっこんで訊かれることはなかった。手元に集中しているからかもしれない。

ちなみに家事については「基本的には自分のことは自分ですること。協力した方が理に適《かな》う場合は協力する」とした。

「生活リズムなど、お互いが自分のペースでいられることを重視し、共同作業は極力なしの方針にします。平均的な額の光熱費を毎月支払っていただきますが、家賃は請求しません。食事は自炊される場合は米だけ折半して一緒に炊き、可能な限りおかずは各自用意で考えています。詳細は相談して決めましょう」

『家事の辺りだけやけに解像度が高いわね』

スマホを覗き込んだソノが言う。キキちゃんと同居したおかげねとご機嫌な様子だ。

耳の近くでじょきん、とあまり軽いとは言えないハサミの音がする。肩の辺りで揃えるらしい。

「それで、自己アピールの欄はどうするんですか？　まだ白紙ですよね」

「そこなんだよね」

見た目で興味を持ってもらえて、ページも見てもらえたとして、あと私に何ができるのだろう。

私が提供できるメリットとは。

「やっぱり、お金かな。もしお金に困らなくなるなら、キキちゃんは私と結婚する？」

「しません。先輩、関係はお金では買えないんですよ。まあお金が欲しいのは確かですけど」

運命の人だと思ったらお金がなくても結婚する、とキキちゃんは続ける。

「一人に絞ってもいいと思えるような人？」

そうです、とキキちゃんは私の正面に立った。今度は前髪を切るらしい。

「その一人と一緒になれたら、もう全部満たされちゃうみたいな人」

眉毛の辺りで前髪は整えられた。鏡がなくてもかなりすっきりしたのがわかる。目を開けると、キラキラとした光の反射が目に飛び込んできた。アジサイの水滴が先ほどよりも煌めいて見えるのだ。

「つまり『他の誰でもない特別な一人』になりうるってアピールすればいいってこと？」

キキちゃんが噴き出す。それはやりすぎ、と笑っている。

「そんなに気を張らないで、自分のいいところを書けばいいじゃないですか。得意なこととか」

「なんだろう。この間キキちゃんそんなこと言ってなかったっけ？　あれって私の何をいいって言ってくれてたわけ？」

恥ずかしいから言いません、とキキちゃんは私が被っていた袋をそっと取り払った。タオルでふわふわと顔の毛を払われる。一応完成ですという言葉とは裏腹に、声には満足そうな響きがあった。

結局自己アピールはソノに教えてもらって「真面目で正直」と入れてみた。「意志が強い」とも。

頑固者っぽい感じがするけれど、自分で思いつかないのだから仕方ない。

新品のブラウスに着替えて、キキちゃんに教えてもらいながら多少お化粧もした。どう？　とキキちゃんの前に立って見せる。高価なブラウスを着ていると思うと、自然に背筋が伸びた。

「小綺麗になってます」

それはどういうことなのだろう。訝しんでいると、キキちゃんは笑い出した。

「嘘です。かなりいい感じですよ」

キキちゃんとソノに場所やポーズを指定されながら、写真を何枚か撮った。一番良さそうなものを選んでもらって、プロフィール画像にアップロードする。

「ついに完成した……！」

スマホを掲げ、止まり木にいるソノとタッチする。スタート地点に立ったばかりですからね、とキキちゃんは呆れ顔だ。

「これからデートなので、私はこれで」

気付けば彼女も服を着替えていた。行ってきまーすと飛ぶように走っていく彼女をソノと見送る。今日はどの彼氏と会うのだろう。私が一週間かけてプロフィールを完成させている間、キキちゃんは何回か恋人と食事に行って、一回は映画に行って、二回くらいカラオケに行っていたはずだ。

『美苑もまたデート行かなきゃでしょ』

「やっぱり会って話した方がいいのかな。メッセージのやり取りだけで済むならそれでもいいと思うけど」

玄関脇に咲いているアジサイを指で押し下げる。花の中から水がほろほろと零れ落ちた。うつむいて泣く人みたい。

ナポリタンのデートを思い出して、私は少し気が重くなっていた。あんな疲れること、月に一回でも十分すぎるくらいだ。そんな悠長なことを言っていられないとはわかっているけど。

『会うのは大事よ』

「またソノもついて来てくれる？」

『毎回はヤダ』

疲れるもん、とソノは澄ましている。

私たちは笑いながらアトリエに戻った。プロフィールが完成した満足感もあるし、衣服や髪を整えたことで心が高揚している感じもあった。身なりを整えるのは自分自身にとってもいいことなのかもしれない。

アプリを開く。さすがにまだアプローチは来ていなかった。慌てず待てばいいのに、さっきから何度も画面を見てしまう。反応の有無が気になって仕方ないのだ。初めに一人で登録したときはそんなことなかったのに。

『ちょっと楽しくなってきた？』

「そうかも。こんなことでも、がんばれば楽しくなってくるものなんだね」

うまくいかなければまた辛くなるのだろうけど。そう呟く私に、きっと大丈夫よ、とソノが応える。

深呼吸し、祈るような気持ちでアプリを閉じた瞬間、パッと通知が表示された。

『美苑さんにアプローチが一件あります』

今日この人が家に来ます、とダイニングテーブルの上のノートパソコンを同居人に示す。天井付近の止まり木にいるソノにも画面を向けた。マッチングアプリでやり取りをしている相手のプロフィール画面だ。

完成させたプロフィールはキキちゃんが作ったものには劣るけれど、多少なりとも成果を上げていた。登録初日に十五件ほどのアプローチが来て、すべてにＯＫの返事をしたのだがやり取りが二日以上続いたのは五人だけ。そのうちの一人と家で会う話になっているのである。

『会ったことある人……じゃないわよね』

ソノは目を細めて画面に顔を近づける。じわじわと画面に吸い込まれて行くみたいに。私は彼女を抱きとめて膝に抱えた。画面がよく見えるように角度を直す。

「全然知らない人だよ。二つ隣の市に住んでるんだって」

『いきなり家って普通なの？』

ソノがキキちゃんを見る。キキちゃんは同じテーブルで卵かけごはんを食べていた。少しずつ朝に強くなってきた彼女は、最近朝ごはんも食べるようになってきたのだ。小さいテーブルは私のノートパソコンと、キキちゃんの食器でいっぱいになっている。

どうかな……と私もキキちゃんの顔色を窺ってみる。

「駄目ですよ、いきなり家に呼ぶなんて危険すぎます」

パソコンの向こうからキキちゃんのきっぱりとした声が聞こえてきた。

『ほらやっぱり』

ソノが勝ち誇ったみたいに顔を上げ、私の方を振り向く。私はソノの手がパソコンを押しやってしまわないように、支えておかなくてはならなかった。

「髪を切ったのが火曜日だったから……まだマッチングして四日ですよね」

「うん、マッチングしてすぐ会ってみようって話になったんだけど……」

うーん、とキキちゃんは唸る。それからすごい速さでごはんを片付けると、見てもいいですか、とパソコンに手を伸ばした。私は素直にそれをキキちゃんに預ける。ソノも見たいと言うので、抱きかかえたままキキちゃんの横に移動した。

「レオ……実名じゃなさそうですね。二十七歳。一人暮らし。爬虫類が大好きでレオパを三匹飼育中。イグアナの飼育にも興味あり……レオパってなんですっけ？」

「レオパードゲッコー。トカゲモドキ科のヤモリだよ。ペットショップでもよく見る十五センチくらいの派手な子」

「あ、わかりました、しっぽが太くてかわいいなと思ったことあります」

私は手を伸ばして、彼とメッセージのやり取りをした画面を開いて見せる。

「爬虫類の話がほとんどって感じですかね……」

キキちゃんは画面をスッとスクロールしていく。たくさんやり取りをしているわけではないので、すぐに最初のメッセージまでさかのぼってしまった。

「はじめまして！　レオです。美苑ちゃんって家近いよね？　一人暮らし？　とりあえず会ってお話しするの希望です！」

いきなり……？　とソノが不満そうな声を出す。キキちゃんは黙ったまま、真剣な様子でその後のメッセージを読んでいた。私がアトリエでソノと暮らしていることを話したら、相手がソノに会いたいので家に行ってもいいかと訊いてきた流れだ。

「先輩、ネットで知り合った人と初めて会うときは人目があるところっていうのが基本です」

だってさ、とソノが心配そうに私を見る。何となく顔がこわばっているみたい。彼女の目の周りや、額をやさしく撫でる。

「でも今から断るのは難しいよ……。住所は教えちゃったし、いくらなんでも当日断るなんて失礼でしょ」

私は一旦ソノを膝から降ろす。

「それに大丈夫だよ。相手がなにか企《たくら》んでるなら戦えばいいじゃん。すごい武器があるんだから」

母上から持たされている、由緒ある日本刀とやらを取ってきてダイニングテーブルに置く。ゴト、と重みのある音が響いた。短刀だけど、芯の方に見た目にそぐわないくらいの重みがある。

本来は大切に飾るべきものなのかもしれないけど、我が家においては米櫃《こめびつ》の近くに一緒にしまわれていた。そこに除湿剤を置いているからだ。

「なぜ家にこんなものがあるんですか？」

「護身用……？　実家にたくさんあって」

柄《つか》を持ち、ゆっくりと横に引く。自分の手を斬ってしまっているのではと思うようなぬるりとした手ごたえで、刀身が鞘《さや》から出てきた。濡れていると錯覚するほど深い光沢。

見た目の美しさもさることながら、骨まで豆腐のように斬る業物《わざもの》なのだとか。そそくさと刀身をしまうと、無意識にほっとため息が漏れた。

「それに、これに頼らなくても相手が一人なら追い返すくらいはできると思う。ソノのことは命に代えても守るよ」

そうじゃなくて、とソノは呆れ顔だ。

「美苑先輩、すぐに会おうとする人は要注意ですよ。デートの相手を探してるだけの人とか、体目的の人だっているんですから。この人がほんとに真剣に付き合ったり結婚したりする意思があるのか、このメッセージのやり取りからは判断できません。先輩がどうして半年以内に結婚したいのかも、まだちゃんと話せてないじゃないですか。住所教える前に相談してくれたらよかったのに」

キキちゃんは軽く眉根を寄せている。ちょっと怒っているみたいに。

「順調に進んでるんだから、別に相談することもないと思って……」

私は肩をすぼめる。私だって他人を家に呼びたいわけではないのだ。婚活のためにがんばって決意したのに、二人から責められたのは少し心外だった。

「それにさ、そんなこと言ってたら半年で結婚はできないよ。外で二回会ってそれから家に呼ぶとすると、一週間に一回会う時間を作っても、それだけで三週間も使うんだよ？　もう五カ月しかないのに」

キキちゃんとソノが目を合わせる。母上の話を聞いてから、一カ月と少し経ってしまっていた。融通が利かないタイムリミットがあることは、二人にだってわかっている。キキちゃんはため息を吐いて、なにやらスマホを操作した。

「わかりました。もう住所も知られてるわけですし、今回の人はとりあえず来てもらっていいです。私も午前中のバイトは彼氏に代わってもらうことにしましたから。でも今度からは一回相談してくださいね」

約束の時間を二十分ほど過ぎて、レオさんは現れた。

長袖の黒いシャツに、ストレッチ素材の黒いズボン。黒いスニーカー。全身真っ黒だ。背はそれほど高いというわけではないが、手足が長いので全体的に細長い印象を受けた。

「かなり迷っちゃった」

アハハ、と彼は軽い調子で笑った。調子を合わせて笑ってみたけれど、少し不自然だったかもしれない。

彼はほんの近所に行くという格好だ。彼が住んでいる市からここまでは電車で十五分程度なので、実際のところ近所だと言えるかもしれない。鞄も持っていなかった。スマホと財布だけズボンのポケットに入れてきたらしい。これなら凶器は隠し持っていなそうだ。

彼はぬるっと玄関に入ると、へえー、と言いながら勝手に家の中を見学し始めた。

『住宅展示場じゃないのよ』

そんなのよく知ってるね、とソノに脳内で返す。

アドバイスはしないから自力でがんばるようにと言っていたソノも、好奇心には負けたらしい。彼の見た目や行動についてあれこれ話しかけてくる。やっぱり家に呼んでよかった。ソノの意見があると落ち着ける。

レオさんが書斎兼寝室の方にふらふらと吸い寄せられていく。そっちには行かない方がいいですよ、と声をかけた。

「えっと、幽霊がいますから」

「なにそれ、超面白いんですけど」

そう言いながら、顔は笑っていない。軽く嫌悪感さえ滲んだ表情で、ふらっと書斎から離れる。

彼はソックスまで真っ黒だった。尻のポケットから覗いているスマホも、財布も黒。ここまでくると偶然ではなさそうだ。

「あ、これイグアナちゃん？　ケージでか！　え？　いる？」

彼はリビングに移動して、空のケージの中を覗き込んでいる。上、と教えてあげると、うわっと大袈裟《おおげさ》な声と動作で驚いて見せた。

「めっちゃびっくりした！　てか天井すごいことになってるじゃん」

止まり木のことだろうが、今日に入ったのだろうか。家の中が全体的にこんな感じなのだけれど。レオさんは歓声を上げながら歩く。ようやくリビングの池にも気付いた。

「うわ！　なにこれ！　池？　なんでこんなとこにあるの！」

「最後に気付きます？　普通」

「まって、美苑ちゃんに普通とか言われたくない」

彼は薄い眉を上げて、私の肩に手を回しながら笑った。彼の胸に体を軽く押し付けられている。ちょっと近すぎないかな、どうだろう、とソノに視線を送る。

『嫌なら振りほどいたら？』

友好的なのはいいが、触られるのは好きではない。私は可能な限りさりげなく彼から離れた。

「えっと、気に入りましたか？」

「うん。笑った顔とか、写真よりいいと思う」

私じゃなくて、と部屋やソノを何となく身振りで示してみる。ソノに会いたいと言い出したのは彼なのだが。

照れなくてもいい、と彼が続ける。私は呆れが顔に出ないように努めた。愛想笑いをしたつもりだったが、かなりひきつってしまったのが自分でもわかる。なぜか彼の手が私の頭に乗せられた。寒気がして、思わず後ずさる。彼の手を引き離すことには成功した。

「お茶持ってきます」

嫌ならちゃんと伝えなさい、とソノが話しかけてくる。彼女はいつの間にか床付近まで降りて来ていた。池の向こうからレオさんをじっと見つめている。心配してくれているらしい。

冷蔵庫から麦茶を取り出しつつ、そっと深呼吸する。嫌は嫌だけれど、いきなり強く拒絶して仲《なか》違《たが》いしたいわけでもなかった。軽く避け続けていたら、彼もそのうち察してくれるのではないだろうか。

リビングのソファーに彼を座らせ、ソファーにお盆を置いた。机がないので仕方がない。

レオさんは相変わらず室内をきょろきょろと眺めている。遠慮がないのは構わなかった。私は気を遣うのが苦手なので、相手もガサツなくらいでちょうどいいと思う。ただ落ち着きがないのはどうだろう。怯えて見えるほど彼の動きは俊敏だった。つられて私まで不安になる。こういう動き方をする人は大抵の動物たちから嫌がられる。レオパたちは本当に彼とうまくいっているのだろうか。

開け放った窓から入ってくる風に、少し雨の匂いが混じっていた。朝から曇っていたが、そのうちに一雨来るかもしれない。辺りも暗くなってきていた。昼過ぎだというのに、もう夜が始まったみたい。室内はソノのランプでぼんやりと照らされている。

そういえばこの人傘持ってきてないよな、などと考えていると、目の前に麦茶のコップが差し出された。飲めということらしい。それは早くも汗をかいていて、手や太ももの辺りに水滴が落ちた。

オレンジがかったランプの明かりが水面に反射している。私はよくわからないままに数口飲んで、コップをお盆に戻した。彼のコップはいつの間にか空になっている。

レオさんはお盆を床に降ろした。何をしているのだろうかとじっと見つめていると、次の瞬間には私はソファーに横になっていた。押し倒されたと気付いたときには、彼の顔が目の前にあった。

理解の追い付かない頭で、彼の顔をじっと見る。薄暗い室内でも、これだけ近いと細部までよく見えた。

変なの、と素直に思う。彼の顔の造りがどうと言っているわけではない。人間の顔の奇妙さが気になるのだ。もう何度も見ているはずなのにふとしたときに改めて見ると、どうしてこんな造形になってしまったのだろうと不思議な気持ちになる。毛も鱗もない肌、無数の毛穴。機能的には思えない鼻の出っ張り、冗談みたいにそこだけ生えた眉毛と睫毛、ふやけた芋虫みたいな唇。

妙に冷静に観察してしまう。彼の顔が近づいてきていることに気付き、慌てて彼の胸元を押す。それ以上近づかないように。本当は突き飛ばしたかったのだが、重たくて動かない。

「やめてください」

彼は余裕の笑みを浮かべている。私が本気で嫌がっていると伝わっていないのではないだろうか。案の定、またまた、と軽くいなされる。

「美苑ちゃん、俺と結婚したいんでしょ。いいじゃん。試してみなきゃ」

「試すとは」

「体の相性」

うえ、と顔に出てたか否かはわからないが、声には間違いなく出た。なんでよ、と彼は笑う。

「大事なことじゃん。夫婦って性のパートナーってやつでしょ。俺はそこが良ければいつでも結婚なりなんなりしていいと思ってるよ。今日もそれを確かめるために家に呼ばれたんだと思ってたけど」

話が早くていいのではと内心多少揺らいだが、どうしても手をどけることができない。嫌なものは嫌みたいだ。

『ぶっ飛ばそうか?』

ソノが突進しようと身構えているので、ちょっと待つように脳内で返事をする。

(大丈夫だから、離れてて。ソノが怪我したらそっちの方が嫌だ)

私は軽く深呼吸をして、彼の目をしっかり見つめる。まずは話をしてみるべきだ。

「性のパートナーっていうのは、そうなのかもしれません。でも強制じゃないはずです。私は結婚しても、そういうこと、一切するつもりはないです」

「え、キスも?」

「しないです」

ちょっと想像して、思いっきり顔をしかめる。その表情で彼が察してくれることを祈りながら。

「そんなに嫌なの。したことはある?」

ない、と首をかすかに振る。顔をしかめたまま。

「してみたら悪くないかもよ」

「考えたくもない。いい加減離れてもらえませんか」

彼は離れるどころか、ますます顔を近づけてくる。足も足首辺りを押さえられていて動かない。

身長や体格が違うといっても、大人と子どもほど違うわけではない。それでもこんなに動けなくなるなんて。押しのけるのは諦めて、突っ張り棒みたいな感じにひじを立てる。

動けない。でも彼が暴力的というわけでもない。やんわりと押さえてくる感じだから却って抵抗しづらかった。実はソファーの座面と背もたれの隙間に例の日本刀を忍ばせてある。それに手を伸ばそうとして思い留まった。豆腐みたいに彼の体が切り分けられるところが脳裏に浮かぶ。やはり駄目だ。丸腰の相手に対してこれは威力が強すぎる。

「ねえもうなんなの？　そんなに過剰に反応するようなことでもないよ」

彼が呆れたみたいな声を出したとき、書斎の方からも人の声が聞こえてきた。低くぶつぶつと喋る男性の声。

「何？」

周囲のガラス戸がガタガタと鳴った。ソノの止まり木もわさわさと軽く揺れる。こうしていると、深い森の中にいるみたいだ。

気付けば彼は私から上体を離し、落ち着かない様子で左右の手を揉み合わせていた。足の拘束も弱まっている。レオさんの意識はもう私には向いていないようだ。私は彼の下から抜け出して、ソファーの端に移動することができた。

「念仏？」

その声は彼の耳には念仏に聞こえているらしい。私は訝し気な表情を作ってみせた。

「何を言っているんですか？」

「聞こえないの？　この家他に誰かいる？」

誰も、と首を振る。彼は明らかに動揺していた。気付けば外は大雨になっていた。遠雷が声に重なる。

雷が突然近くで光った。ブツリとアトリエ中の電気が消えて、雷鳴がとどろく。とうとう彼は「ひいっ」と悲鳴を上げた。ソファーから落ちて床に転がる。

池の横まで来ていたソノが追い打ちをかけるように、バシン、と手で床を叩いた。姿勢を低くして、のっそりと彼に近づいて行く。今にも飛び掛かりそうな姿勢だ。暗い部屋の中で、彼女の黄金の瞳がきらりと光った。

「なんだよ、来るなよ」

ソノがまたバンッと床を叩く。わっと彼は立ち上がると、一目散に駆け出した。慌てすぎているのだろう、途中足を滑らせたり積んでいた論文の束にぶつかったりしながら、何とか玄関までたどり着く。慌ただしく靴を履くと、外に飛び出していった。雨の中を走り去る足音。

私は玄関まで行って去っていく彼の背中を見送った。玄関ポーチにソノが出てくる。足が濡れそうだったので、私は彼女を抱き上げた。

「ひいって言う人、実在したんだね」

ふふっと笑いが零れる。

『ねえ笑いごとじゃないんだからね』

緊張が急に緩んだからか、私は妙に愉快な気分になってしまっていた。はあ、とソノが呆れる。いや、イグアナはため息を吐かないけれど。

「先輩、大丈夫ですか？」

寝室に隠れていたキキちゃんが、父のラジカセを持って出てきた。暗闇の中で足元に散らばる論文を避けながら、なんとか応接室にラジカセを戻す。

キキちゃんはいつの間にそれを応接室から寝室に持って行ったのだろう。全然気がつかなかった。

「うん、意外と大丈夫」

大丈夫じゃなさそうですけど、とブレーカーを上げ、玄関に腰かけたキキちゃんが私の腕を指さす。触れられた辺りに鳥肌が立っていた。よっぽど気持ち悪かったんですね、とキキちゃんが眉尻を下げた。

「気持ち悪かったのは気持ち悪かった。確かに、いきなり家に入れたのは迂闊《うかつ》だったかも。二人が止めてくれた意味がわかりました」

私が素直に頭を下げると、またピカッと空が光る。空が割れそうなほどゴロゴロと轟音《ごうおん》が響いて、キキちゃんが悲鳴を上げた。三人で顔を見合わせる。キキちゃんもソノも耐えかねたみたいに笑いだした。

「すみません。ちょっと脅かしてみるつもりが、思ったより上手くいったのが面白くて……。でもお父さんのテープをあんな使い方しちゃってごめんなさい。なんか冷静になったら申し訳なくなってきました」

私は「念仏」というレオさんの言葉を思い出してまた笑った。

『お父さんも、美苑を助けられてよかったたって思ってるわ』

「そうかな？」

私は父の山桜に視線を移す。父は自分のテープがこんな使われ方をするなんて思ってもみなかっただろう。ソノの言葉をキキちゃんに伝えると、彼女はありがとうとソノを撫でた。

「先輩は触られるの苦手なんですか？　あの人が無理だっただけ？」

目に浮かんだ涙を拭うキキちゃんに、相手とか、性的かどうかに拘《かか》わらず触られることは苦手だと説明する。一度だけ父に抱きしめられたことがあったのを思い出していた。あのときはさすがに気持ち悪いとまでは思わなかったけれど、戸惑いと居心地の悪さを感じた気がする。

私はソノを軽く抱きしめてから玄関の内側に戻した。ソノに触れるとこんなに安心するのに。他の人たちは人間同士でもこういう安心感とか、あたたかさを感じることができるということか。

今回は極端だったにせよ、触れあうことが目的の人だっている。プロフィール欄に子どもは望まない旨は書いたが、それだけで身体接触もなしだと思ってもらえると思っていたのはさすがに都合がよすぎたか。

『なに言ってるの。同意もないのにキスしようとするなんて犯罪よ。訴えてやったら？』

「まあ訴えるのは勘弁してあげようかな」

キキちゃんは首を少しかしげて私たちの方を見ていた。何を話しているのか、真剣に聞き取ろうとしているみたいに見える。

「でもまあこんなことがあった後に言うのもなんですけど、接触も重要なコミュニケーションの一つですよ。非言語コミュニケーションです。言葉にできない気持ちも、抱きしめるだけで伝わることだってあります」

「そうかな」

「そうですよ。試してみてください」

会う人みんなに？　とふざけてみたけど、キキちゃんはあまり笑ってくれなかった。ソノは少しだけ笑う。私が本当にそうしているところを想像したみたいだった。

「お母さんのことですよ」

真剣な声色でそう言ったキキちゃんを、私は思わず見返した。

母上を抱きしめるなんて、考えたこともなかった。母上だってそんなことされても困るだけだろう。そう言い返そうとしたけれど、ザバッと屋根から雨水が落ちてくる音にかき消された。雨どいから水があふれ出たらしい。

外は土砂降りになってきていた。霧状に砕けた雨が玄関の内側まで吹き込み始める。わあわあ言いながら、キキちゃんと雨戸を閉めに行った。雨が強いと縁側の戸の隙間から水が入ってきてしまうのだ。すぐに下着までずぶ濡れになる。もうこれ以上は濡れようがないくらい。それが妙に面白くて、私たちはまた声を上げて笑った。


キキちゃんは朝食を済ませてからずっと、ヨガだとか筋トレだとかに励んでいる。ソノは彼女を応援しながら、動画の音楽に合わせてしっぽを揺らしていた。

「大変じゃない？」

洗濯物を干し終わった私は、空のカゴを持ってリビングを横切って行った。父のカセットテープが止まっている。ということはもう一時間以上はトレーニングを続けているということだ。体形の維持には筋トレが不可欠です、とキキちゃんの返事。

レオさんが家に来てから一週間が経ってしまった。あの後で身体接触は不可とプロフィールに追加したところ、やり取りが続いている人が三人に減った。そのうち一人は二、三日に一回しか返事を送ってこない。他の二人ともお互いのことについて少しずつ質問したり答えたりしているだけで、進展らしい進展はなかった。そろそろ自分から食事にでも誘ってみるべきなのか。

『キキちゃんにどうしたらいいか訊いてみた？』

「焦らずやり取りを続けよ、だってさ」

相手に失礼だと思うので送られてきたメッセージを全部キキちゃんに見せているわけではないが、どんな話をしているかは伝えていた。キキちゃんは悪口ではないと断ったうえで、今やり取りしている三人にそれぞれ「優柔不断」「会話下手」「悠長」の評価を下していた。

「どの人も今の段階では決定的に良くも悪くもないですね。でもこういう人たちは、自分から会話を止めにするのは嫌だけど結婚する気もないってことがあるから注意ですよ。まずは先輩が結婚に本気で、具体的に考えているってのがわかる質問や話をすべきですね。それで相手の本気度を測りつつ、ほどほどに雑談を交えて性格とか趣味嗜好《しこう》を読み取っていくわけです。違うなと思ったらこっちから切り捨てるくらいの気持ちが大切です」

キキちゃんに言われたことを思い出している私の顔を見て、ソノは少し笑っている。

『難しそうね』

「難しすぎるよ。頭を使いすぎて、メッセージ一つ送信するたびにどっと疲れてる。これを言うと相手がどう思うかとか、どういうつもりでこんなことを言ってきているのだろうとか、こんなに考えたこと今までないよ」

疲労を訴える私を尻目に、キキちゃんはキラキラと汗を光らせていた。この子は何をしてもなんだか輝いて見える。ちょっと腹が立つくらい。

私は下駄箱に置いている軍手をはめた。深くかぶった帽子のつば越しにキキちゃんを見る。

「そうだ、筋肉を使いたいならちょうどいいトレーニングがあるんだけど」

鍬を握ったのは初めてだったらしい。キキちゃんは腰が引けた体勢のまま、腕の力だけで鍬を上下させている。

『確かに筋トレにはなってるわね』

ソノは応接室の外のベンチに寝そべっていた。暖かい日差しに目を細める。梅雨にしては珍しいくらいの快晴だった。

「全身に効きそうだよね」

笑ってないで教えてくださいよ、とキキちゃんが叫ぶ。私は最初に見本を見せただけで、あとは彼女に任せていた。自分で苦労してみて、どうやれば楽にできるか考えるのがいいのだ。

耕すのをキキちゃんに任せて、私は枝豆の種まきをしていた。いつも思うのだが、種というのは一袋に入っている量が多すぎる。一度に食べきれる量には限りがあるのに、取っておいても来年に発芽する保証はないのだ。こういうのも共有する人がいれば、期限内に無理なく消費できるわけか。

背後でわあっと叫ぶ声が聞こえた。慌てて近づいてみる。キキちゃんは鍬で耕した後の地面を見ていた。

「どうしたの？」

「蛙が」

垂直になった土の壁に丸い穴が開いている。その中にアマガエルがいた。幸いにも怪我はないみたいだけど、少しも動かない。眠っているのだろうか。冬眠にしては起きるのが遅すぎる。

「死んでしまっているんでしょうか」

「どうだろう」

「そうだ、蛙との話し方教えてくださいよ」

キキちゃんの目は真剣だった。小さい生き物たちの言葉が聞きたくて、仕方なかった頃の自分を思い出す。

「話すというか、声が聞こえるだけで会話はできたことないよ」

それでも教えてほしいと引き下がらないキキちゃん。観察の仕方なら教えてあげられるけどと言うと、それでも構わないと頷いた。

「この観察をしたから声が聞こえるってわけでもないと思うんだけど」

「まったくの無関係かどうか、わからないじゃないですか」

私はキキちゃんと並んで座り込む。

「とにかく他のものが見えなくなるくらいじっと見つめること。相手に寄りそうつもりで意識を集中して、呼吸とか、ちょっとした動きを感じ取って、真似てみるの。目に見える部分を真似ていたら、だんだん見えないところまで揃っていく感じがしてくるんだよね。そしたら自分と相手の境界がなくなってきて……」

無意識に実行していたことを言葉にするのは難しい。少しずつ話す私の言葉をキキちゃんは真剣に聞いていた。ときどき詰まる私の言葉を上手く補ってくれる。

「相手に喋らせようとか、新しい発見をしようとか考えないんですね。なにも考えないって案外難しいですね……」

キキちゃんの声は次第に口の中に籠るみたいに消えていった。じっと蛙を見つめている。彼女が集中し始めたのがわかったので、私はそっと離れた。

私が畑仕事を終わらせるまで、キキちゃんはずっとその観察を実行していた。しばらくしてソノがお腹がすいたと言うので畑仕事を中断し、とりあえず彼女の食事を用意した。ソノは少しだけ食べて、ひと眠りすると言って寝床に入っていく。

「調子悪い？」

『ううん、ちょっと疲れただけ』

キキちゃんのトレーニングに付き合ってはしゃぎすぎたのかもしれない。キキちゃんの活動量についていくのなんて私だって無理だ。何というか彼女はパワフルすぎないだろうか。そんなことをぶつぶつ言いながら、人間の昼食も用意する。ソノの返事がないことに気付いてリビングに見に行くと、ソノは小さく寝息を立てていた。

キキちゃんを呼びに戻ったときにも、穴の中を見つめる彼女の姿勢は変わっていなかった。私は自分が小さく微笑んでいることに気付く。アトリエから私を呼びに来た父にも、こんな景色が見えていたのだろうか。私はキキちゃんに近づいてそっと声をかけてみる。

「あ」

キキちゃんが驚いて声を上げるのと、蛙が目を開けるのは同時だった。蛙はゆっくり手足を伸ばした。動きを確かめるみたいに。

『芽が出た』

そう言って彼が草むらにはねていくのを、キキちゃんと二人で見送った。

「声、聞こえた?」

まったく、とキキちゃんは首を振る。

「何か言ってたんですか?」

「芽が出たってさ」

なんですかそれ、とキキちゃんは目を丸くする。蛙にとっての春は今始まったのだろうか。だとしたら随分とマイペースな蛙だ。そんなことを言い合って私たちは笑った。

生き物の声について誰かに話すのは不思議な感じだった。どちらかというと隠してきたから。こうしてただ面白さを共有するのなんて本当に久しぶりだ。蛇が喋った言葉を伝えると、児玉先生はいつも大笑いしてくれていたっけ。あのときの楽しい気持ちが思い出される。


昼食の後パソコンを開くと、さくらんぼをたくさんもらったので持って行きましょうか、とつばめちゃんからメールが入っていた。キキちゃんに食べるかと訊いてみると、一緒にお屋敷に取りに行きましょうと返された。母上に挨拶もしたいと駄々をこねるので、しぶしぶ出かける用意をする。本当は同居してすぐに挨拶に行きたいと言われていたのだが、先延ばしにしているうちに一カ月近く経ってしまっていた。

目を覚ましたソノも一緒に行くことになった。アトリエで休んでいたらいいと言ったのだけれど、彼女もまた行くと言ってきかなかったのだ。

お屋敷ではお花の教室が終わったところだった。廊下で会った古株の生徒さんが教えてくれたところによると、母上は最近、午後の早い時間も教室を開いているらしい。やる気がある生徒たちに、教えられることはすべて教えるつもりなのだとか。彼女は自身の病気と余命について、生徒さんたちにも伝えているのだ。

お屋敷の中は何となく広くなったみたいに見えた。日本刀とか壺とか掛け軸とか、目立つ調度品が減っているからだろう。母上は着実にいろいろなことを片付けている。綺麗に去っていこうという彼女の意志が伝わってきた。何の面倒も、形跡も残さないつもりなのだ。

やっぱり、母上は死ぬのだ。もう治ることはないのだという実感がふいに湧いてきて、目眩《めまい》を起こしそうになる。私はどこか寂しい廊下から目を逸らし、中庭の池で泳ぐ鯉を見やる。彼らは私が歩く影を認めて、水面に寄って来ていた。餌を期待しているのだろう。大きくて真っ黒な口が、いくつもこちらに向いた。

母上の病について聞かされてからお屋敷にくるのは初めてだ。一カ月以上顔を見せていないということになる。婚活の方も報告できる成果はあげていない。どんな顔をして行けばいいのか、何を話すべきかと考えると気が重くなっていく。

ソノにキキちゃんの案内を任せて、私だけ廊下を奥に進んだ。薄暗い仏間に入る。仏壇の前に座って、細い線香をあげた。青く瑞々《みずみず》しい花の匂いの上に、白檀《びやくだん》の煙が薄く広がっていく。

仏壇に置かれた父の写真をじっと見る。彼はこんな顔をしていただろうか。久しぶりに見た父は記憶の中とは少し違っている気がした。つばめちゃんが言っていたこともあながち間違いではなかったと気付く。私の目以外の部分、鼻とか口元はなんとなく父に似ている。

仏間から、また中庭を回って台所に向かう。

「お稽古とかお仕事とか、精力的に活動されるのはいいんですけど、お体に障らないかがすごく心配で」

お茶を淹れているつばめちゃんに近づくと、彼女は小さく漏らした。うつむいた目元に、耳にかけた髪が一筋垂れ下がっている。古いシンクはつばめちゃんには低すぎるみたいだ。彼女は軽く背中を丸めている。少し疲れているような、寂しそうな背中に見えるのはそのせいだろうか。

「それに、片付けはそんなに急がなくてもいいと思ってしまうんです。先生がしたくてされていることを、止めたいわけではないんですけど」

お湯が急須に注がれ、ふわりと湯気が立つ。少し甘いお茶の匂いが広がった。見れば食器棚の中も隙間が目立つようになっていた。

「美苑さんは、大丈夫ですか？　キキさんと上手く暮らせていますか？」

「どうかな。嫌だと思うこともあるけど、追い出すには至ってない」

掃除とか洗濯とか、家事も一部分担している話もする。おかげで私が自由に使える時間が少しだけ増えてきた。

「でもキキちゃんのバイトが終わるのを待ってるせいで、最近ちょっと夜型の生活になってるかも。お父さんのカセットテープを聞きながら、論文を読んだり研究をまとめたりしてる」

キキちゃんは夜のバイト時間を短めにしたみたいだった。最近は日付が変わる前後に帰ってくる。私やソノにとっては遅すぎる時間だ。

へえ、とつばめちゃんは感心しているみたいに頷いた。いいですね、とやっと笑顔を見せてくれた。

「それって、すごくいいですよ。なんだか楽しそうです」

「楽しくはないよ」

婚活の方はどうですか、とつばめちゃんは微笑む。急須に蓋をしてから、冷蔵庫の脇に立つ私の傍に来ると、私の髪を確かめるみたいにそっと触った。花の香りが鼻をかすめる。

私はアプリの登録ページを開いてスマホを差し出した。マッチングした人と実際に喫茶店で会ってみた話もする。レオさんを家に呼んだことは言えなかった。

「なんというか、思ったより順調で驚いちゃいました」

「そうかな。まだ全然、メッセージのやり取りから進んでない感じだけど」

「いえ、ちゃんと進んでいますよ。ほんとに結婚するんだなって、なんだか実感が湧いてきました」

つばめちゃんからスマホを受け取る。彼女の声には確信が含まれていた。私自身はまだ、自分が結婚している未来を信じられないでいるのに。

「どんな人と結婚してると思う？　どういう相手を選んだらいいかな」

マッチングした相手の一覧を見ながら首をかしげる私に、さあ、と言ってつばめちゃんは笑った。

「わからないですけど、どんな人でもいいと私は思います。でもとにかく美苑さんのこと、大切にしてくれる人と結婚してください。お願いですよ」

つばめちゃんがお茶を運ぶのを手伝い、母上たちのいる広座敷へ向かう。そっと覗くと、キキちゃんがお花を活けているのだった。真剣な表情。

縁側は開け放たれていた。梅雨に入ってから曇り続きだったので、太陽をより眩しく感じる。さっぱりと青い空に、白い雲が固まりになって浮かんでいた。夏が少しだけ顔を出したみたい。

縁側近くの畳の上で、二人は向かい合って座っていた。少し離れたところで、ソノも日向ぼっこを楽しんでいる。

恐る恐る入ったのに母上は私を叱るどころか、こちらを見ることもしなかった。むしろ柔らかい表情でキキちゃんの手元を見つめている。そんなふうに優しくものを教える母上を、私は見たことがなかった。

青紫の着物の母上と、水色のワンピースのキキちゃん。彼女の活けるお花を挟んで座る二人は本当の母娘《おやこ》みたいだった。私は同じ部屋にいるのに、二人がとても遠くにいる気がした。絵画や、映画でも見ているみたい。

『やってみないかって母上が誘ったの。教室の残りのお花で自由に活けていいんですって』

ソノが鼻先を持ち上げた。お花の匂いを嗅いでいるのだろう。疲れていないか心配だったけれど、くつろいでいる様子に安心した。

私はつばめちゃんと顔を見合わせて、お座敷の端っこに座った。母上たちがいるのとは反対側、廊下側の出入り口の近くだ。

しばらくして、キキちゃんは納得した表情で顔を上げた。

お花の良し悪しは私にはわからないけれど、その作品が活け花というより、花束という感じになっていることは理解できた。種類も色も様々な花がたくさん詰め込まれている感じだ。しかし母上はゆっくり頷いた。

『キキちゃんね、さっき母上に死ぬのは怖くないかって聞いてた』

ソノが話しかけてくる。片目だけ開けて、小声で内緒話をするみたいに。

え、と小さく声を出してしまい、慌てて口を閉じた。

その質問は、私がするべきだったかもしれない。私は母上への質問をまだ決めきれていなかった。訊きたいことはあるはずなのに、どう訊いていいかわからないのだ。母上は自分の死をどう思っているのだろう。心残りは？ 私に結婚しろと言ったのはどうして？

母上は小さく咳払《せきばら》いをすると、キキちゃんをまっすぐ見た。

「切り取られた花たちは既に死の過程にあります。そうでしょう？ 花がどう思っているのか知る由はありませんが、それでも彼女たちは美しく咲きます。私はそんな花たちを活かします。より美しくなるように。ですから私は活け花という言葉を生きるという字ではなく、活けるという字で理解しています」

母上は手を伸ばして、指先で「活」の字を書いた。それからキキちゃんの作品を自分の方に反転させた。美しいですね、と少しだけ口角を上げる。

「私にとって、人生とは活け花そのものです。私は自分の人生を活けてきました。今この瞬間も過去も、すべてが作品なのです。活け花が終わるのは完成したときです。私の人生もまた、完成させるときがくる。それが明日だろうが、百年後だろうが、半年後だろうが構いません。最期の瞬間まで、美しく活け続ける。それだけですよ」

それがキキちゃんの質問への答えなのだ、と私は少し遅れて気がついた。

座敷の奥、影の中にいる私たちが、母上には見えているのだろうか。

私はもう、彼女に質問したいことなんてなくなっていた。母上の人生という作品の中で私がどういう位置づけにいるのかなんて、訊くまでもないことだったかもしれない。友達もいなくて、結婚もできそうにない娘。人じゃない生き物の声ばかり聞いて、他人の役に立ったり、尊敬されたりすることは一つもしていない。それが美しいもののはずがないではないか。もし私がキキちゃんみたいな女の子だったら、母上も自慢に思えたのかもしれないけど。

「美苑、こっちへ来なさい」

母上はやっと私を見た。急に名前を呼ばれて、胸が詰まるような思いがする。

重たい腰を上げて、母上の近くに座りなおした。背後でキキちゃんとつばめちゃんが脇に避ける気配がした。

「少し前に児玉先生が来られましたよ。あなたの留学を後押しして欲しいと頼まれました」

「先生が、わざわざ……？」

母上は縁側に置いていた茶封筒を手に取る。中から留学の募集要項が出てきた。母上はそれを私との間に並べていく。向こうでの住居や生活支援に関する説明書、基礎スペイン語研修の資料もある。大学のホームページにアップロードしてあったものだ。先生が翻訳をかけてから印刷してくれたのだろう。

「行ってきなさい。こちらで用意すべき書類は揃えておきました」

母上の財政証明書や留学同意書、私の住民票や戸籍謄本もさっさと並べられる。いいですね、と母上は続けた。

有無を言わせない言い方。昔からずっとそうだ。彼女はいつもそうやって私に命令する。断る余地なんてないと言わんばかりに。

行かない、とはっきり言えたらいいのに。私は小さく首を振った。それが母上に見えていたかどうかはわからない。

「出発は冬ですが、パスポートは今から申請なさい。語学研修も受けに行くのですよ。ソノを連れて行く方法は特によく調べないといけません。成績証明書は大学の事務センターで発行して、そのときに大学に提出する書類も教えてもらって……結婚の話も忘れていませんね？　戻った後であのアトリエで暮らしたいなら、そちらも抜かりないように」

やるべきことを次々に言われて、次第に混乱してくる。

つまり私は秋までに結婚して、冬には留学するの？　秋に母上が生きている確率が半分なら、冬にはどのくらい下がっているのだろう。留学は最短でも一年間だ。それを終えて帰ってくるまでには？

よほど私を遠くにやりたいのだ。

結婚なんて無理難題を言いつけたのも、私が諦めて他所《よそ》に引っ越すのを期待しているからだったんだ。もし私が居座ったとしても、留学させてしまえばいい。それなら一年間も海外に追いやれる。私もまた、母上が死ぬまでに片付けておきたいものの内の一つなのだ。

自分の血が脈打つ音で、他の音が聞こえない。私はもしかして怒っているのだろうか。自分の爪が手のひらに食い込んでいる。その痛みに意識を集中させた。それでも頭に言葉が浮かんでくるのを止められない。

美苑、とソノが呼びかけてきているのに気付いた。ドクンドクンという音にかき消されて、彼女の声までも聞こえづらい。そうじゃない、とソノは言っているみたいだった。遠くから、『違うの』と叫んでいる。

「違わない！」

私は気付けば、母上が差し出した封筒を払いのけていた。自分の声が座敷に響いて、また自分の耳に入ってくる。ものすごく大きな声を出してしまったらしい。

母上は無言で私を見ていた。顔色は変わらないけれど、固まっている。驚き以外の感情を読み取ることはできなかった。私もまた、自分自身に驚いていた。私は一体どうしてしまったのか。

「最期の時間に、傍に居て欲しくないの？　母上の人生を完成させるときに、私はふさわしくないってこと？」

言うつもりはないのに、口から言葉が零れていた。茶封筒が畳の上に落ちている。私はそれをじっと見つめていたから、母上がどんな表情をしているのかわからなかった。封筒を拾って、グッと力を込めて母上に返す。

「行かない。留学はしませんから」

シン、と室内は静まり返っていた。自分の鼓動が小さくなっていくにつれて、部屋の沈黙の重さが増していく。耐えがたいくらい。

ふと私は自分が怒っているのではなくて、酷く悲しんでいるのだと思い至った。でも、何がそんなに悲しいのか。

空が曇り始めていた。どこからか、雨の近づく足音がする。

アトリエに着く頃には小雨が降り始めていた。

先に着いたキキちゃんが鍵を開けている。掃除をしていたら出てきた、とつばめちゃんが合鍵を渡してくれたのだ。これで真夜中までキキちゃんを待たなくて済む、と他人事《ひとごと》のように考える。

「濡れた？」

『ちょこっと。でも大丈夫』

私はソノをソファーに降ろして、彼女の体をタオルで拭いた。軽く押し当てるみたいにして、そっと水気を吸わせる。

『落ち着いた？』

ソノが心配そうに私の顔を見上げる。

「うん、なんであんなに取り乱しちゃったんだろう。なんだかすごく疲れた」

ソノの隣に横になる。体が鉛のように重い。ソファーの底に沈んでいきそうだった。

母上にはっきりと口答えしたのは初めてだ。烈火のごとく怒りだすのではないかと思ったのに、母上はそうですか、と静かに口にしただけだった。あっけないくらい。

「大丈夫ですか？」

キキちゃんが髪の毛を拭きながら、私を見下ろしている。駄目そう、と寝転んだまま返した。

「なんかごめんね。変なとこ見せて」

「ただの親子喧嘩でしょ。うちなんか毎日でしたよ」

キキちゃんは肩をすくめて、ソファーを背もたれにして私の足元に座った。

ただの親子喧嘩、というのがこの世にはあるのだろうか。奇妙で、妙に愉快な響きだった。私なんてもう一生に一度くらいの覚悟で母上に口答えしたのに。

ふふ、と思わず笑いが零れる。私は一体、今まで母上のことをなんだと思っていたのだろう。彼女の驚いた顔を思い出す。それから、留学はしないと言ったときに揺れた瞳を。

「私とソノちゃんが先にお座敷に入ったとき、お母さんに留学の話は知っているかって訊かれました。だから私、先輩がほぼ毎日その論文読んでるって答えたんです。お母さん、たぶん先輩にやりたいことをやって欲しいだけですよ」

「そうかな」

そうよ、とソノが答える。彼女のしっぽが私の額の上に落ちてきた。

「ソノもごめんね。びっくりさせちゃって」

『まあね。でも、ちょっと良かった。美苑と母上って喧嘩くらいした方がいいわ』

ガシガシと頭が足蹴にされている。髪の毛が乱れて顔にかかってきた。

「母上の目的が私を遠ざけることだなんて、いくらなんでも考えすぎだったかな？」

あのときは、なんだかそうとしか思えなくなっていたけど。

考えすぎだし、勘違い、とソノがはっきりと言った。

『大丈夫だから、ちゃんと話を聞きなさい』

強い雨がひとしきり降った後、さっぱりと止んだ。ただの通り雨だったみたいだ。辺りが黄金色に照らされて、水滴が琥珀色に染まっている。その夕陽も見送って、星が数えられるほどになってきた頃、キキちゃんは我慢の限界だというように顔をあげた。

「暇です！　何かして遊びましょう」

何かって……？　と私がソファーから立ち上がらないでいると、ゲームでもやろうとソノが起き上がった。

『久しぶりにやりたい。美苑も今日はもうゆっくりしたらいいじゃない』

私はアプリでメッセージを返そうか悩んでいたけれど、スマホをソファーの隅に投げた。ソノが言うなら仕方ない。

私は棚から引っ張り出してきたテレビゲームの電源を入れた。中古で買った小さいテレビは古いものだからか画面が暗い。部屋の照明は消さなければならなかった。

「美苑先輩がゲームってなんか意外です」

一つしか持ってないけどね、とゲームソフトのパッケージを見せる。知らないだろうと思っていたけれど、キキちゃんは意外にも懐かしいと声を上げた。十年ぶりに見た、とはしゃいでいる。

「ソノがやってみたいって言ったから、かなり前に中古で買ったんだよね。こういうのならソノと一緒にできるし」

本当にかなり前のことだ。あの頃は映画が観たいとか、ドラマが観たいとか、ソノはいろいろなものをせがんできた。レンタルショップのセールで借りたドラマを二人で夜遅くまで観たこともあったが、最近のソノは日が沈む頃にはもう眠ってしまう。

せっかくなのでストーリーモードをオープニングから始めた。コントローラーをキキちゃんに持たせる。

宇宙飛行士が宇宙を旅している。そこに流れてきた星のかけらがぶつかって、宇宙船は惑星に不時着することになるのだ。宇宙飛行士は飛び散ってしまった宇宙船の部品を回収し、脱出を図る。

「宇宙で宇宙船同士が出会うことを、ランデブーっていうそうです」

画面に釘付《くぎづ》けになったまま、キキちゃんが呟く。青い光が彼女の白い頬を照らしていた。ソノの瞳には宇宙が映る。私はクッションを抱え込んで座った。

「デートのフランス語だっけ」

宇宙で誰かを探すことに比べたら、デートは簡単すぎるかもしれない。手の中にあるスマホで約束を取り付けて、ほんの少しだけ移動すればもう会うことができるのだから。喫茶店で会った人のことや、レオさんのことを考える。あれをデートと言っていいのかはわからないけど。問題はそこから先、結婚できるような相手と出会うということなのだ。もし今からランデブーを翻訳するなら、「婚活」と訳してみてはどうだろう。

ゲームの中での一日が終わるたびに、私とキキちゃんとでコントローラーを交代する。ソノはいい感じ、もっと早く、と指示を出していた。彼女の言っていることを私が通訳する。

「そういえば、キキちゃん今日はアルバイトないんだね」

丸一日お休みというのは珍しいことだった。

「誕生日ですから」

キキちゃんが画面から目を離して、私に向かってニッと笑う。

え、と驚いてソファーから体を起こす。ちょっと勢い余って座面からずり落ちてしまった。

「そうなの？　もっと早く言ってくれたらよかったのに……こんな一日でよかったの？」

キキちゃんはいい一日でしたよと微笑む。

「初めて畑を耕したり、蛙を観察したり、お花を活けたり。あと初めて合鍵をもらいましたし、先輩が初めて親子喧嘩しているのも見れました」

「ええ……」

渋い顔をする私を見て、キキちゃんは楽しそうに笑っている。

本当は三人の彼氏たちがプレゼントや、特別な食事やデートを用意してくれていたのではないだろうか。

そう思ったけれど、口に出すのは止めた。それよりもうちで過ごすことを選んでくれたのなら嬉しいと思っている自分に気付く。

「そういえば、キキちゃんはどうしてうちの学部に来たの？」

話が聞きたいからです、とキキちゃんは答える。ソノはいつの間にか彼女の太ももに頭を乗せて寝ていた。

「いつもそれだね」

「あ、馬鹿にしてます？」

「ううん、すごいと思っている。でも人と話したいんだよね？　それなら社会学とか人文学とか、民俗学的な方面の方がいいんじゃない？」

私は床に座るキキちゃんの横に座り直した。

「いえ、動物とも話したいって思ったから生物資源学部にきたんです。アランの研究を見たときは感動しました。彼らは言葉を操れる。真似して機械的に繰り返しているわけではなくて。だから私はアランがどんな学習能力を発揮するかより、言葉を覚えた彼がどんな話をするのかを研究したいんです」

キキちゃんは画面を見たまま話している。彼女の目はゲームを映して、濡れたビー玉みたいに煌めいていた。

「アランの話かあ」

質問に答えるのに比べて、考えを話すというのは次元が違う難しさがある。アランが物語を作ったら、それはどんな話なのだろう。

「ソノちゃんと話せる先輩のこと、研究したいくらいですよ」

キキちゃんが私をまっすぐ見た。大きな黒い目に見つめられると、自分の心の中まで見られているような気がしてくる。観察されるというのはこういう感じなのだろうか。くすぐったいような、照れくさいような感じがして、手で顔を隠した。キキちゃんは笑っている。うらやましいんです、と続けた。

「まあ、たしかにすごく素敵なことだと思う。人間じゃない相手と話をするのは。なんていうか、嘘を吐いたり、心を開いていないのに会話したりすることはないから。キキちゃんは人間と話していて、嫌になることないの？　うわべだけの言葉とか、嘘とかに」

キキちゃんはあまり悩まずに、ない、と即答する。彼女の視線は画面に戻っていた。

「たしかに真実の言葉は簡単には聞けないですけど、諦めようと思ったことはありません。聞けたときはすごく嬉しいから。それに嘘だって面白いじゃないですか。嘘には訳があります。何かを隠したいとか、何かを守りたいとか。それって考えようによっては真実の言葉よりも真実を語ってるって感じしませんか？」

ややこしいよ、と頭をひねる。そんな風に考えてみたことはなかった。

「ソノちゃんは嘘吐かないんですか？」

「吐けなくもないと思う。でもものすごく難しいかな。隠しごとならできるけど、それについて嘘を吐こうとしたら隠してたものが出ちゃう感じ」

「嘘を吐かれたら、嫌だと思いますか？」

私は首を振る。彼女がどうして嘘を吐いたか、知りたいという気持ちになるだけ。確かに同じだ、とキキちゃんに頷いて見せる。

「信頼です。ソノちゃんが先輩に悪意をもったり害を加えたりするわけがないって思っているから、嘘を吐かれても嫌な気持ちにならないんですよ」

「キキちゃんは人に対してそう思ってる？　みんなを信頼しているの？」

いいえ、とキキちゃんはコントローラーを置いた。気付けばゲームはエンディングを迎えている。

「私に悪意を持っている人には心を開きません。一方的に観察するだけです。信じていない人が嘘を吐いても傷つきはしませんよね。心から信じている相手が嘘を吐いたときは、不思議に思うだけで傷つきませんよね。つまり私が嘘を吐かれたことで嫌な気持ちになることは理論上ないというわけです。わかりますか？」

私は笑った。詭弁《きべん》じゃない？　と言うとキキちゃんも笑う。

いつの間にかすっかり夜が更けていた。キキちゃんがお風呂に入ったので、私はソノを彼女の寝室に寝かせてから何となく外に出てみた。

月もない真っ暗な空に、ぽつりぽつりと光る星々。町の明かりは見えない。とても心細い夜だった。宇宙を彷徨っているような気分になる。そういえば子どもの頃にはこんな風に心細くなることもあったっけ。アトリエを振り向く。そこに灯る小さい明かりや、ソノやキキちゃんの気配を認めてほっと息を吐いた。

部屋に戻ると、キキちゃんはもうソファーに横になっていた。おめでとう、と声をかけてみる。片目だけ開けて、なんですかと聞き返してきた。

「なんでもない」

キキちゃんが何かモゴモゴ言っている。もう半分眠っているみたい。おやすみと呟いて、私もベッドにもぐりこんだ。

取り寄せを頼んでいた論文を図書館で受け取る。閉館ギリギリの時間になってしまった。そのまま帰宅してもよかったのだけれど、研究室に顔を出す。もしキキちゃんがいたら一緒に帰ろうかと思ったのだ。しかし研究室には当番の学生が来ているだけだった。疲れたのか目をこすりながら、アランの話し相手になっている。

「あ、先輩。ちょうどよかった。鶏小屋の掃除と鍵閉めに行きたいんで、ちょっとアランの番しててくれませんか」

頷いて、アランの遊び場近くに腰かける。アランは木とロープで作った彼用のジャングルジムにいた。丸い目を煌めかせて私を見ていたが、お気に入りの学生ではないと気付いたのかすぐに一人遊びに戻って行く。

放鳥時は誰かが必ずアランを見守ることになっている。安全のためでもあるし、アランの機嫌を損ねないためでもある。彼はみんなが自分に注目して然《しか》るべきだと思っている節があるのだ。誰も自分を見ていないと気付くと、へそを曲げてしまう。そうなるとトレーニングも進まない。

私は彼をじっと見つめる。ヨウムというのは美しい生き物だ。一見すると灰色の鳥だが、目の周りには白い羽が、尾には鮮やかな赤い羽が生えている。首周りからお腹にかけての羽には一枚一枚に白い縁取りがあって、花びらの重なりや波間を思わせる模様を作り出している。

キキちゃんに言ったことを思い出していた。観察の仕方を伝えたときのことだ。思えばずっと一緒にいるのに、私は彼をちゃんと観察したことがなかった。出会った頃からずっと、論文のための研究対象という扱いだったのだ。

ロープを齧《かじ》る彼の息遣いを感じる。膨らませた羽の波打つような広がりから、体のどこにどう力を入れているのか想像した。指がロープを摑む感触、爪が木の止まり木に刺さる。頭と尾羽の完璧なバランス。自分の羽とくちばしが触れる感覚。

気付けばアランは私を見ていた。私もまた彼の瞳をじっと見つめる。声は聞こえないけれど、彼が何か言っていると思った。私たちの言葉ではなくて、彼の言葉で。聞いてあげられないのが残念だった。きっとそれは私たちが教えた言葉より美しい。

アランが止まり木の上をトコトコと歩いて来る。こちらに来たがっているのだ。私は手を伸ばして、彼が肩に上りやすいように腕を上げた。

耳や頰に、アランの羽が押し付けられているのを感じる。彼は私の肩に止まって、耳にもたれるみたいにして立っていた。アランの鼓動や、呼吸が鼓膜を震わせる。

「そやつが人の肩で寝てるの初めて見た」

児玉先生がぬっと研究室の窓から顔を覗かせる。その声で目を覚ましたのか、アランがぎゃあっと鳴いた。耳元で叫ばれたのでつい肩をすくめると、アランが狭そうに身じろぎした。

「ほれ、アラン。そろそろハウスにお帰り」

先生が差し出した手に、アランは素直に移った。肩の上が急に寂しくなる。アランがくるりと振りかえり、私にバイバイと言った。

「アランニ、バイバイヲ、イッテ」

バイバイ、と手を振って、先生と顔を合わせる。先生も眉毛を上げて、関心を示しているみたいだった。やっぱり、アランは助詞を理解してきているのだ。

「次はデータを取っているときに披露してね」

今回は怒りは湧いてこなかった。彼のちょっとしたいたずらを少し愉快に感じたくらい。

まだ寝ないの、とソノが応接室に顔を出す。

『キキちゃんはもう待たなくてもいいんでしょ?』

「うん、でもちょっとこれだけ読んでしまいたいんだよね。ソノはもう寝てて」

父のカセットを聞きながら、論文を読むのが習慣になってきていた。ソノは眠そうにしているけれど、私はまだ起きていたい。

ソノは一旦リビングの方に行き、何か思い出したみたいに戻ってきた。

『……ねえ、美苑。もし留学を私のために諦めているんだったら、私のことは気にしなくていいからね』

え？　と論文から顔を上げてソノを見る。彼女は中庭の山桜の前にいた。そのあたりは照明があまり届かない。

『美苑が留学してる間は、植物園に戻ろうかと思うの。一応慣れた場所だし、児玉先生ならいいって言ってくれるでしょ』

「ちょっと待って……。ソノと離れるなんて考えられないよ。ソノは私と一緒に居られなくなっても平気ってこと？」

宇宙に投げ出されたみたいな心地がした。上も下もない、果てしない暗闇。それが寂しさであるということに、私は遅れて気がついた。

『そうじゃないけど、私もう遠くに移動したり知らない場所で暮らしたりしたくないの。植物園でなら留守番してもいいって、伝えておきたかっただけ』

私はゆっくり首を振った。そんなことをソノが言っていることがもう悲しかった。

「留学なんてしないよ。ずっとここで一緒に暮らそう。そのために、婚活だってがんばってるんだから」

そう言いながら、私は自分がスマホを二、三日見ていないことに気づいた。母上に会った日の夜、ソファーに投げてそのままにしてしまっていた。たぶん隙間に挟まっているだろう。ゼミ生とは大学のメールか研究室にある連絡ノートでやり取りしているので気付かなかった。

『アプリの返信なんて、忘れるくらい夢中になってるじゃない。その論文だって、留学先のでしょ？　本当にやりたいことが見つかったんだから、それを全力でやって欲しいの。自分だってわかってるんでしょ？』

私は立ち上がった。読んでいた論文は伏せる。

「確かに面白いとは思ってるけど、それだけだよ。ソノと一緒にいること以上に大切なことなんてない」

『いいえ。わかってるから言ってるの。本当はどう思っているか言って』

心の中で、私たちがそれぞれ隠しごとをしている箱にソノが近づいている気がした。その箱はもういっぱいになっていた。少し触ったら、なにもかもがあふれてきてしまいそうな。

「見ないで！」

とっさに彼女を拒絶してしまう。その瞬間、箱に近づくソノが、私からすっと遠ざかっていくのを感じた。

「ソノ？」

リビングにいる彼女に一歩近づく。彼女はふい、と顔を背けて少し後ろに下がった。

――ソノの声が聞こえない。心の中の、とても遠いところにいるのはわかるのに。

「ごめんソノ。何か言って」

彼女の近くに座って、手を伸ばす。ソノは私の方を見ることなく、ケージに入って行った。

「ソノ、寝るの？　どうして何も言わないの？」

暗いリビングに私は一人取り残されていた。ソノはいくら待っても何も言わない。何も言っていないのか、聞き取れないだけなのかもわからなかった。ソノが小さい寝息を立て始めるまで、私は返事を待ち続けていた。

五、独り言の活け花

空中を泳ぐ骨を見下ろす。

長い胴体と大きな尾ひれはクジラに似ているようにも見えるけれど、頭蓋の大きな口にはワニみたいに鋭い歯が生えている。子どもだろうか、小さい骨格標本も近くに吊り下げられていた。

ここは市内にある博物館の、二階に位置する休憩スペースだ。私はベンチに腰かけ、ガラス越しに一階の展示ホールを見下ろしている。

彼女と子どもはモササウルスというらしい。「白亜紀の海の王者」とベンチの近くに立ててある表示板の説明文に記されていた。

大海原《おおうなばら》を雄大に泳ぐ彼女たちの姿を想像する。何を考え、どんな夢を見ていたのか。約六千六百万年後にこの博物館を泳ぐことになると知っていたら、どんな気持ちになっただろう。

ソノが見たら喜びそうなのに、と考えてしまう。ソノとはもう一週間近く言葉を交わしていない。近づいて来たり膝に乗ったりはしてくれるのだが、話しかけても返事はくれないのだ。

爪を磨いたり、古くなった皮膚を丁寧に取ってあげたり、今週はご機嫌を取ろうと四苦八苦したが駄目だった。「いつまで怒ってるの」なんて、ちょっと腹を立てて出てきてしまったのが今になって辛くなってきている。

「疲れた？　ごめん。退屈だったかな」

お好きな方どうぞ、とペットボトルのお茶とカフェラテを差し出される。休憩スペースでは飲食が可能だった。私がお茶を手に取ると、彼は私の横に少しだけ離れて座った。

「ありがとう。ちょっと考え事してただけだから、大丈夫」

彼、倫太郎《りんたろう》君とは一カ月前、例のアプリでマッチングした。二、三日に一回メッセージを送り合う程度のやり取りを細々《ほそぼそ》と続けていたのだが、先週になって突然博物館で恐竜展をしているから行かないかと誘われたのだ。「イグアナが好きなら恐竜も好きかと……違ったらすみません」というメッセージがなんだか面白くて、行ってみることにした。

喫茶店だったら無言になったときに食べ物を口に入れてごまかせるけど、博物館ではそれができないという不安もあった。でも博物館は恐竜展に合わせた子ども向けのイベントが開催されているわりには静かで、会話は控えた方がいい雰囲気だったから助かっている。倫太郎君が無言を気にする質《たち》ではなさそうなのもいい。

横に座った倫太郎君をちらりと見る。彼はカフェラテを口に含みながら、モササウルスの説明文をじっと見つめていた。そういう文章を読むのが好きなのかもしれない。展示の前を移動するたびに説明をじっくりと時間をかけて読み、小さく感嘆の声を漏らしたり、深く頷いたりしていた。何人もの人が私たちを追い越して行ったけど、本当に退屈はしなかった。何千万年も前の生き物に思いを馳《は》せるのには、ちょうどいいくらいの時間だと思う。

「何考えてたんですか？　……じゃなかった。何考えてたの？」

説明を読んでいた彼が私に尋ねる。同い年なので敬語はなしにしようと自分で言ったのを思い出したのか、律義に言い直した。

ソノのことが頭に浮かんだけれど、私はモササウルスのことを考えていたと答える。

「こんな風に自分の骨が空中に吊るされるって、想像した子はいただろうかって」

なんだか変なことを言ってしまったなと思ったけれど、倫太郎君は困った顔はしなかった。

「俺もちょっと似たようなこと考えてた。何千万年もあとになって、俺の骨がこうして展示されてたりしてって。「旧人類の日常」ってコーナーを作られて、アメリカ人のプロバスケットボール選手と並べて展示されてさ。それを見た人は彼が親で俺が子どもなんだと思うんだよ。発見された骨が彼と俺の二人分だけだったらそんなことにもなりかねないでしょ。そうなったらどうする？」

私は笑った。どうもしないよ、と答える。私が笑ったのにつられたのか、彼も笑顔になった。

「あそこのモササウルスも親子じゃないのかな」

私が眼下のモササウルスたちに視線を落とすと、彼も同じようにした。

「そうかもしれない。でも近くで同時期に命を落としたのは間違いないみたいだよ。どうして死んでしまったのかわからないけど、もし敵に襲われたんだったとしたら、大人のモササウルスは子どもを置いて逃げなかったたってことだよね。守ろうとして、一緒に死んじゃったとか……。もう絶滅した動物なのに、子どもが死んでるのってなんか悲しいな」

「自然界で生きてるからね。きっとほとんどの子どもは大人になる前に死んじゃってたよ」

シビアだ、と言葉とは裏腹に朗らかな声で言って、彼は立ち上がった。カフェラテのペットボトルはいつの間にか空になっている。まだ飲んでいていいよと言われたけれど、私も彼に続いた。まだ見ていないコーナーが残っている。彼のペースで見るならあまりゆっくり休んでもいられない。

「絶滅って、悲しいことかな」

生物の進化コーナーという小部屋で、パネルを見ながら彼が口を開いた。小部屋には誰もいなかったけれど彼の声はとても小さい。

私は近づき、横に立った。倫太郎君が見ているのはペルム紀の大量絶滅のパネルだった。地球最大規模と言われる大量絶滅で、すべての生物種の九十から九十五パーセントが死に絶えたとある。

「然るべき絶滅、っていうのはあると思う。地球が生きている限り、環境は変わっていくよね。それに適応できない種が滅ぶっていうのは自然で、必然的なことだよ。そうして空いた席には、新しい種が座れるようになるわけだし」

私はペルム紀から、トリアス紀、ジュラ紀、白亜紀と延びている矢印を指した。それは種の進化を表している。矢印の最後には現代に生きるヒトや鳥類、は虫類、魚類などの名前が並んでいた。

「だから絶滅が悪いことだとは思わない。でもそうだね……人間が原因になってる絶滅はあってはいけないって思うよ。人間は火山の噴火や隕石じゃない。同じ地球の生態系に属している生き物なんだから。自分で自分の首を絞めているようなものだし、なんていうかそれで生き物たちが失われてしまうのは悲しい」

「だからメキシコで動物たちを救いたいわけだね」

え、と驚いて彼の顔を見る。そんなこと言ったたっけと尋ねると、彼は首を振った。

「そういう論文を読んでるってメッセージで送ってくれてたから、やりたいことなんだって思っただけ。勘違いしてたらごめん」

勘違い、とは言えなかった。私は口ごもり、その話は終わりになる。

入口の時計は十七時半を示している。気になった展示をもう一度見たり、少し座って話したりしているうちに閉館ギリギリの時間になってしまった。

私たちは博物館を出る。外はまだ明るかった。夏の夕方の匂いが薄く漂っている。梅雨もそろそろ明けたかもしれない。目の前を走る車を不思議な気持ちで見る。さっきまで白亜紀にいたのに、急に未来に来た気がした。

「遅くまでありがとう。長々と付き合わせてごめん。イグアナって、恐竜とあんまり近くなかったね」

倫太郎君はちょっと申し訳なさそうに鼻の頭を掻《か》いている。

見た目は似てるけどね、と私は笑った。進化の過程で見ると、彼らはあまり近い種ではない。

「あとこれ、よかったらどうぞ」

ミュージアムショップの袋を差し出される。中には展示の写真や説明が載っている図録が入っていた。同じものを倫太郎君も持っている。あれだけ読んだのに、まだ読み足りないのだろうか。

「もらっていいの？」

なにか買っているのは見えていたが、自分がもらえるとは思っていなかった。

「どうぞ。もう一つあるよ」

ナイロン袋の底には確かにまだなにか入っていた。手のひらに乗せてみる。四センチ四方くらいのアクリルの小箱だ。綿が敷き詰めてあって、その真ん中にとがった小石のようなものが収められている。

「モササウルスの歯？」

紙のシールにそう書かれていた。標本みたい。

「モササウルスの歯って、売ってるんだ」

「そうみたい。しかも安かったよ。本物なのかな。わからないけど、ソノちゃんにも見せてあげて」

「ありがとう。喜ぶと思う。倫太郎君の歯も、何千万年後には売られてるかもだね」

「ええ、やだよ。いや、嬉しいかな?」

倫太郎君は自分の袋からも同じものを取り出して見せた。

「俺はクラスの子に見せてあげようと思って」

「倫太郎君って、先生なんだっけ」

駅まで送るという彼と話しながら歩き出す。博物館の外でも、彼の声は穏やかで少し小さかった。歩くのもゆっくりだ。

「うん。小学校の特別支援学級の先生をしてる。特別支援学級ってわかる?」

私は自分が通っていた小学校を思い浮かべた。よくは知らないけれど、障がいのある子たちの教室があったはずだ。チューリップとかたんぽぽとか、可愛（かわい）らしい名前がついていたと思うけど。

「ひまわり学級だよ。すごく恐竜が好きな女の子がいるんだけどね。図書室の恐竜の本は全部読んでて、博識で、恐竜博士って呼ばれてる」

彼女には苦手なことがいくつかあって、席にじっと座っているというのもその一つなのだそうだ。それでも恐竜の図鑑を机に出しておけば、四十五分の授業をきちんと受けることができるらしい。

私は大きな図鑑を机に置いて、窮屈そうにノートを広げる彼女が目の前に見える気がした。

「ただときどき、恐竜が絶滅してしまったことが彼女の中で耐えがたくなることがあるみたいなんだよね。大声で泣いたり、酷いときは物を投げてしまったり。どうしてあげたらいいのか、まだわからない」

倫太郎君は落ち着いた声で、少し遠くを見ている。その答えを探して、今日はあんなにも熱心に説明を読んでいたのだろうか。

「じゃあ私の答えはあんまり的を射《い》てなかったわけだ。彼女にとっては間違いなく、恐竜の絶滅は悲しいことだったんだろうから。恐竜たちの死を悼んでるのに、その死は自然で必然的なことだったなんて言われたくないよね」

「ううん、参考になった。美苑さんが思ってることを聞けてよかったよ」

もう少しだけいい？　と彼が公園を指す。駅は目の前に見えていた。噴水の近くにあるベンチに座ると、倫太郎君はちょっと改まったみたいに背筋を伸ばした。

「あのさ、俺、真田倫太郎です」

「八口美苑です」

知ってるよ、と返される。

どういうことだろう。記憶を探って、私は少し首をかしげる。名字を名乗ったのは初めてのはずだ。ここみたいに小さな町の住人同士でマッチングしてしまうと「あのお屋敷の八口だ」とばれてしまう恐れがあるので、意図的に伏せていたのだから。考え込む私に、倫太郎君は少し赤くなっている。

「覚えてもらえてもない？　おんなじ小学校だった真田だけど……ほら、あの……」

ちょっとうろたえて赤面している顔に見覚えがあるような気がする。サナダクン、と声に出してみた。その響きにもなにかひっかかるものがある。戦国武将みたいな名前だ。

あ、と声が出た。もしかして、あの。

「蛇に石を投げたサナダクン？」

彼はまさしく石を投げつけられたみたいな顔をした。ごめんなさい、とくしゃくしゃになった顔から声を絞り出す。

「あのときは本当にごめんなさい……。酷いことをしました」

私は動転していた。カッと頬が熱くなるのを感じる。自分が口をパクパクと動かしているのはわかるのだが、声は出ていない。何と言っていいかわからないのだ。

今日一緒に過ごした倫太郎君からはあのときの面影は感じられなかった。苦しそうに謝っているのも嘘には見えない。あの日のことを恨みに思って私をからかいにきたとか、そんなことではないはず。落ち着け、と自分に言い聞かせる。

「い、いつから気付いてたの？」

「今日会ったとき」

早く言ってよ、という私の視線に彼は肩をすくめる。甲羅に隠れようとする亀みたい。

「ごめん。言ったら怒って帰っちゃうと思ったから。今日一日くらいは八口さんと一緒に過ごして、話してみたいと思って」

彼があまりにも申し訳なさそうにするので、私はだんだん自分が亀をいじめる悪ガキにでもなったような気がしてきていた。目元が母上に似ている、とつばめちゃんに言われたことを思い出す。もしかして私は今、怒ったときの母上みたいな目つきをしているのではないだろうか。目を瞑《つぶ》り、小さく深呼吸する。

「ううん、ごめん。責めてるわけじゃない。驚いただけ」

それが話したかったのなら、もう用は済んだはずだ。早々に腰を浮かせる私に、待って、と倫太郎君は動かない。

ザアッと風が吹く。夏の夕方にしては強い風だ。噴水の水が散らされて、水滴が私たちのところにまで飛んでくる。彼の目の下に浮かぶ水玉は、汗だろうか。それが上気した頬を伝うのを見守る。水面みたいな彼の瞳がじっと私を見つめている。倫太郎君は意を決したみたいに口を開いた。

「結婚を前提に付き合ってくれませんか？」

ん？　とまた間の抜けた声が出る。彼が一体何を言い出したのか理解が追い付かない。

「今日話してみて、美苑さんのこともっと知りたいって思った。美苑さんが結婚したい理由も聞いたし、急いでるのもわかってる。だからもしすぐにでも結婚したいって思うんだったら、俺でよかったら今すぐ結婚したっていいから」

「あの、ちょっと待って」

ぺたん、と浮かせた腰がベンチに落ちる。体から力が抜けているのがわかった。頭を回転させるのに必死で、体に力が入らないのだ。

「いや、結婚ってもっと慎重に考えた方がいいんじゃない？　そんな急に決める？　どういうこと？　私のこと好きなの？」

自分で言っておいて赤面する。私は一体何を言っているのだろう。

「うーん。知りたいって思うのはもう好きってことだと思う」

混乱で頬が熱くなっていく私をよそに、倫太郎君は落ち着いているみたいに見えた。言いたいことを言えて安心したというか、覚悟が決まったというか。

「それに結婚なんて、何を基準に判断していいかわからないよ。粗を探せばさ、誰とだって何かしらは合わないところが見つかるでしょ？　それを駄目なところだと思うか、個性だと思うかは自分次第だよね。長く一緒に過ごしたいと思うか、合わないところを合わせる努力、関係を維持する努力ができるかが大事なんじゃないかな？　俺は今日会って、その努力もしていけるって感じた。この感じだけを頼りに結婚してみてもいいって思ってる。駄目かな？」

私は首を斜めに振ってしまった。母上が見たらしっかりしなさいと怒るだろうが、完全に肯定もできないし否定もできないこの感じをどう伝えたらいいのだろう。

判断基準なんて私にもわからない。結婚の条件なんて考えれば考えるほど厳しくなるというのもわかってきていた。

倫太郎君の顔を見つめる。彼は真剣な表情をしていた。嘘も悪意もない。それで十分じゃないのか。そう思っているのに、私はなぜ即座に返事ができないのだろう。私の目的は結婚であるはずなのに。私は一体何を気にしているのか。

「あの、倫太郎君はすぐに結婚したいってわけじゃないんだよね」

アプリのプロフィールを思い出す。結婚に関しては「いい人がいればいつかはしたい」という感じに書いていなかっただろうか。そういえば、キキちゃんは彼に「悠長」という評価を下していたっけ。

「うん。焦ってはない。でもしたい気持ちはあるよ。特別な誰か一人に出会いたいし、なりたいって思う」

　じいっと彼は目を離さない。彼と公園で会ったときのことを思い出す。話したこともないのに私が好きとはどういうことかと訊かれて、たじろいでいた子はもうどこにもいなかった。声も口調も落ち着いている。言うべきことに迷ったり、口ごもったりもしない。むしろ何も言えなくなっているのは私だった。立場が逆転したというか。

　これは完璧な仕返しだな、なんて妙に落ち着いた頭で考える。私の脳は全力で稼働しすぎて、力尽きてしまったらしい。

「仕事とか夢中になれることもあるし、一人でいるのが寂しくて仕方がないわけじゃない。世話をしてくれる人が欲しいなんてわけでもない。子どもは好きだけど、自分たちで産み育てることにはこだわってないよ。……駄目なところはあると思うけど、できるだけ許して、受け入れてほしい。俺もそうするよ。どうしても合わなかったら、あらためる努力もする。どうぞよろしくお願いします」

　私は差し出された手を、気付いたら握り返していた。

「え、結婚する？」

　倫太郎君がぱっと顔を輝かせる。ううん、と私は首を振っていた。

「お付き合いを、してみる。いいですか？」

　今日のことをあれこれ考えながら電車から降りる。頭はまだぼうっとしているけれど、少しはましになってきていた。改札を抜けたところで知った顔を見つける。

「つばめちゃん？　どうしたのこんなところで」

「あれ、美苑さん？　同じ電車だったんですかね」

つばめちゃんは紺色のブラウスと、グレーのスラックス姿だった。かっちりした感じ。いつもは着物か、もう少し動きやすい格好だから見慣れない感じがする。

私はデートだったのだと伝えると、つばめちゃんはいいですねと笑った。

「素敵な人でしたか？」

「えっと、良い人だったかも」

お付き合いすることになったなんて言ったら、彼女は何て言うだろう。話すと長くなってしまいそうだったので、そこまでは伝えなかった。彼女が持っている紙袋を指さす。

「つばめちゃんはお仕事？」

紙袋にはよく見ると福祉専門学校と書かれていた。

「いえ、今日は学校の説明会です。私、春から専門学校に通うつもりなんです。やりたいことが見つかって。ずっとそのためにお金も貯めていたんです」

彼女の頬は少し紅潮していた。表情もいつもより明るく見える。落ち着いたら一人暮らしをするつもりなのだとつばめちゃんは続けた。学校の近くにアパートを借りるらしい。

よかった、と口に出しただろうか。彼女がやりたいことが見つからないと言っていたのはいつだっただろう。しかしまだ実感が伴わない。つばめちゃんはこのままずっと、お屋敷でお花を続けていくのだと思い込んでいた。母上が亡き後、彼女がお屋敷を出るのは確かに普通のことなのかもしれない。

「すみません。美苑さんにも報告しようとしてたんですけど、先生のご病気が見つかってバタバタしているうちに、うやむやになってしまって」

お花はやめちゃうのと尋ねると、食べていけませんから、とつばめちゃんは自嘲気味に笑った。

「私には、残念ながらそれだけの才能はありませんでした。助手のお仕事は辞めることになっています。でもお花はもう私の一部みたいに思っています。やめるとか、やめないとか、そういうものでもないと言いますか……。先生からは続けるつもりなら信頼できる華道家の先生を紹介するって言っていただいたんですけど、紫雨先生以外の方のもとでお花をしている自分が想像できなくて」

新しい環境で、自分のやりたいことのために勉強をがんばるつばめちゃんを想像する。学校で授業を受け、アパートの机でテキストを広げる彼女。見たこともないのに、思ったよりも鮮明にその姿は脳裏に浮かんできた。

キュッと自分のブラウスの裾を摑む。

「応援してる」

はい、とつばめちゃんは笑った。嬉しそうだけど、どこか寂しそうに。

車でアトリエまで送ると言ってくれたけど、私は自転車で来ていたので断った。反対方向の出入り口に向かって、私たちは背を向けて歩き出す。少しだけ経って、振り返る。つばめちゃんの後ろ姿が、足早に帰路につく人々の中に消えていくのを見送った。

それはもうプロポーズですよね、とキキちゃんが半ば叫んでいる。夜のバイトから帰ったところなのでお酒も入っているのだろうが、いつもより声が大きい。

ソノは私の膝に乗り上がるようにして、今日もらった恐竜展の図録を見ていた。いつもなら寝ている時間だけれど、図録に夢中になっているからか眠くないみたい。彼女が次のページをめくって、と鼻先でつついてくる。

「どうしてすぐにプロポーズ受けなかったんですか？　何が駄目だというんですか？　先輩が求める条件にピッタリじゃないですか！　あと一歩ってときには勢いだって大事なんですよ」

博物館デートの顚末《てんまつ》を聞いたキキちゃんが、私たちがいるソファーににじり寄ってくる。

「怒らないでよ……。私もわかんないよ。何が駄目なんだろう。なんだかすぐに決めることじゃないって思ったっていうか、なんかこうブレーキがかかったというか」

自分でも何が起きたのかまだ整理がついていないのだ。上手く説明できるわけがない。しかしキキちゃんはうむ、と一つ頷いた。

「何か先輩、進歩したかもしれないです」

「怒ってるのか満足してるのかわかんない」

どっちもですよ、とキキちゃんは立ち上がる。

「そういえば、その人小学校の同学年って本当なんですか……？」

「本当。まあありえなくもないことだよね。小さな町だし。アプリでも近場に住んでいる人がマッチングしやすいようになってるみたいだし」

運命がどうこう言いながら、キキちゃんはお風呂に向かって行った。

ソノが鼻でページを指す。モササウルスのページを見ているところだった。大きく口を開けて向かってくるモササウルス。迫力があるのもいいけれど、静かに宙に浮く骨の方が好きだなと口に出すと、ソノが首をかしげた。一階のホールの上に吊るして展示されていたんだよと伝える。彼女はモササウルスのページに鼻先を擦り付けた。ソノはこっちの絵が格好良くて気に入ったらしい。

ソノは何か言っているのかもしれない。やはり聞き取ることはできなかった。表情を見たら何が言いたいのかはだいたいわかるけれど、彼女の声が聞けないのは寂しい。

「ほらこれ。モササウルスの歯。綺麗でしょ」

倫太郎君にもらったやつ、と言いたげにソノが目を細める。ニヤリと笑った感じだ。彼女もまた私の今日の大事件を面白がって聞いていたみたいだ。

「ソノまでそんな顔して……。それにしても、付き合うってどういうことだろうね」

キキちゃんに訊いてみようと思いつつ、ソノを彼女の寝室に連れて行く。家に帰ってからどっと疲れが出ていた。とりあえずひと眠りしてから、とベッドに横になる。考え事をすることもなく、私は深い眠りに落ちて行った。

植物園の木々の中に身をひそめる。普通に歩ける太めの道からそれて、獣道みたいに細いトンネルをくぐった先に私は居た。

八口先輩、と呼ぶゼミの学生の声。

「もうどこ行ったんだよ……。なんなのあのノート。俺たちの研究が進まないようにワザと書かなかったとかじゃないの？　馬鹿にしてる」

「捕まえて、ちゃんと書き直すまで準備室にでも閉じ込めよう」

不穏な言葉を残して、声は遠ざかって行った。行ったね、と田中さんの声。彼女は私と一緒に茂みの中に隠れている。

「ごめん、かくまってくれてありがとう」

私たちはあの白いテラス席まで行って腰かけた。ほっと息を吐き、腕や頭にくっついた小枝やクモの巣を払う。

今週に入って、アランは助詞の「に」と「が」をほぼ完璧に使いこなせるようになった。

助詞を教えるという研究は、鳥類に言語を教える試みの中でも一つの難関という位置づけだった。その実験が成功したとなると、全国で似た研究をしている研究者からも注目される。それでなくても順調に進む研究というのは心が躍るものだ。ゼミ生たちが手のひらを返したみたいに私の研究に興味を示したとて、責めるつもりはない。

でもアランが言葉を覚えるプロセスを研究しているチームの子たちから、血眼で追い回されるのには困っている。彼らは私が記録してきた研究ノートを研究材料にしようと息巻いていたのだが、そこには私のアランへの恨み言ばかりが書いてあった。彼らは落胆し、研究が進まない怒りを私に向けて爆発させているのだ。

私が先週アランの言葉を聞こうとしたことで、彼の中で何か変化があったのかもしれない。でもそんなことを伝えたら私がアランと話せるのではないかとまた言いがかりをつけられてしまう。

「彼らも研究を手伝ってたんだから、段階的に成果が表れたわけじゃないことくらい知ってる。ただの羨ましさの裏返しみたいなやつだから、しばらく暴れたら落ち着くよ」

田中さんは体についた葉っぱを気にもせず、鷹揚に椅子に腰かけている。彼女の緑のケープはよく見るとたくさんの葉っぱや小枝が絡みついていた。兵士や忍者が茂みに隠れるときに被る布みたい。

私はため息を吐く。田中さんの言う通りだ。ほんの少し前まで研究が進まない苦しみに苛《さいな》まれていた身としては、彼らの気持ちは痛いほどわかる。

リュックからおにぎりが入ったタッパーを取り出した。研究室でキキちゃんに婚活のアドバイスをしてもらいながら食べようと思っていたのだが、今戻るのは危険だ。

田中さんもケープの下からメッセンジャーバッグを引っ張り出した。中から水筒を押しつぶしたみたいな形の入れ物を取り出す。それと醬油《しょうゆ》らしき黒い液体が入った小さいポンプボトルと、薄茶色の卵を一つ。

「あ、これ、そこの鶏の卵。ごめんね。順番に配ってるのは知ってるんだけど、誰がそれをやってくれてるのかとか、いつ言えばいいのかとか、あれこれ考えるとなかなか言い出せなくて。朝みんなが来る前に拾ってるの」

わかるよ、と答える。私もたまたまちょうどいいタイミングで居合わせたから卵のメンバーに入れてもらっているだけで、それがどんな風に運用されているのか詳細にはわかっていない。研究のことから一歩離れたところでのコミュニケーションに難しさを感じているのが私だけではないと知って安心する。

「秘密にしとく」

田中さんのつぶれた水筒はたぶんスープのような液体も入れられるお弁当箱なのだ。蓋が二重になっていて、間からスプーンが出てきた。

お弁当箱の中には温かそうな白米が入っていた。彼女はそこに卵を割り入れ、ポンプボトルからぽとぽとと醬油をかけている。

「卵がない日は何を食べるの？」

これ、と田中さんはヒヨコの入れ物を取り出した。ふりかけだよと頭を取って見せてくれる。私の無遠慮なほどの視線は特に気にしていないみたい。

彼女の質素なお弁当を見ていると安心した。キキちゃんの威圧的なお弁当に比べてなんて目に優しい。

私たちは黙々とご飯を口に運んだ。父と母上も、こうしてこのテーブルで食事を取っていたのだとふと思い出す。

「そういえばさ、田中さんは結婚したいって思ったことある？」

結婚とはどういうことなのか。私は倫太郎君のこともあってまた考え込み始めていた。プロフィールを作るときに条件については考えたけれど、いざその条件に見合う人が現れたからといってすぐに結婚しようという気になれないのはどうしてなのだろう。条件だけではない何かがある気がする、という自分の心の声に私自身戸惑っているところだった。

唐突な私の問いに、ある、と田中さんは落ち着いた声で答えた。

「え、そうなの？　一人でいることに不満はないんだって思ってた」

自分で訊いておいて失礼かと思ったが、私は単純に驚いていた。箸からおにぎりが崩れて落ちる。

「寂しいから」

「寂しい？」

父の寂しいねが聞こえると思ったのに、それは訪れなかった。テープから聞こえる父の優しさは、もうすっかり寂しいねを上書きしてしまっていたらしい。声が聞こえないことがむしろ、ほんの少しだけ寂しいような。

「寂しいというか、不安、かな」

田中さんは何でもないことみたいに続ける。

「八口さんが思ってる通り、私は一人でいることが嫌だと思ったことはない。でも最近ふと思うんだよね。卒業して、社会に出て、いろんなことがあるよね。両親だっていつかは死んじゃう。これからの私の人生って、一人で過ごすにはあまりに長い時間なんじゃないかって思うと、なんていうか不安になるんだよね。だから長い人生を一緒に歩んでくれる特別な人……そういう人が得られるなら結婚してみたい」

特別な誰か一人に出会いたいし、なりたいと倫太郎君が言っていたなと思い出す。彼も田中さんと同じ気持ちなのだろうか。

「でも、漠然とそう思うだけ。なにかするのは億劫なの。行動して酷く疲れたり、恥ずかしい思いをするはめになったりはしたくない。今はまだ、気を紛らわせられるほど好きなことが目の前にあるし。だから行動できている八口さんのことは尊敬するよ」

私は首を振る。そんな尊敬に値するような人じゃない。私はソノと一緒に居たい一心で、母上に言われるままに結婚相手を探しているだけなのだから。

じゃあなぜ結婚しないの、とまた心の声が反論する。結婚できない理由をどうして探しているの。結婚の決め手ってなんなの。

「田中さんと前、特定の他者に執着するのが恋って話したよね。この間、ある人に相手を知りたいと思うのはもう好きってことなんだって言われたんだけど、そうなのかな」

田中さんは一足先に食事を終えていた。卵の殻やスプーンをお弁当箱に入れて、キュッと口を締める。

「関心は恋の始まりってのは八口さんも同感だったんじゃない？　知りたいとか興味があるとか、そういうのも広義で言えば恋と認めてもいいと思うけど。……それじゃあ行くね。午後の最初は学部生の必修講義があるから、研究室に行っても問題ないと思うよ」

ありがとう、と私が言い終わらないうちに、田中さんは席を立った。


本屋に寄っていたのでいつもより帰りが遅くなってしまった。ただいま、とアトリエに入る。室内はあわい橙色に染まっていた。父の山桜の影がキッチンや応接室の方に長く延びている。私はソノの返事に耳を澄ましたけれど、やはり何も聞こえてはこなかった。

ソノの穏やかな気配は感じる。そっとリビングを覗く。彼女は自分の寝室で寝息を立てていた。少し早いけれど、もう眠ってしまったらしい。

ソノを起こさないように応接室の椅子に腰かける。ノートパソコンの横に買ってきた学術雑誌を広げた。応接室の狭い机や椅子の上は印刷した論文や雑誌でいっぱいになっている。今は私一人がギリギリ座れるスペースしかない。父もよく書斎の机の上をこんな感じに散らかしていたなと思い出す。父のテープとラジカセは半ば論文に埋もれている。聞き終わったテープは机の下にある段ボール箱の中だ。

最後のテープを手に取る。これを聞いたら父がいなくなってしまう気がして、どうも手が伸びなかったのだ。私はそれをラジカセに押し込む。軽い音を立てて、テープが回り始めた。

「寂しいね」が聞こえなくなったからって、父の声が恋しくなるなんて変な話だと我ながら思う。

「お父さん、お父さんと話せるうちに、もっとたくさん話しておけばよかった。もし今お父さんが生きていてくれたら、話したいことや、訊きたいことがいっぱいあるのに」

ジジジジ……とテープが回る音が密やかに響く。

『お屋敷の近くに、綺麗な山桜を見つけた。ここに小屋を建てようと思う。小屋……だと無骨すぎるだろうか？ うーん……「アトリエ」なんてどうだろう。響きがいい』

私は山桜をチラリと見る。ソノが起きない程度に音量を上げて、ラジカセに耳を近づけた。古いテープほど遠くで喋っているみたいになるのだ。たまに前後するけれど、私たちは過去にさかのぼりながら彼の声を聞いていた。だから父の声は時間も距離も、だんだん遠くなっていく。

このアトリエを建てる前ということは、父と母上が結婚したばかりの頃だと思う。私が生まれるよりも十年近く前だ。話し方のせいだろうか、父の声も若く聞こえる。

『紫苑さんは自分に厳しい。悪いことではないけれど、張り詰めすぎていて心配になる』

「お父さんが母上のこと言ってるの珍しいね」

ご飯の話を別にすれば、初めてかもしれない。ポツッと音が途切れて、また父は話し始める。

『彼女が息抜きできる場所があればいいかもしれない。大学の植物園みたいに。大学といえば、彼女は本当に研究の道をあきらめたことを後悔していないのだろうか。彼女は彼女のお母さんみたいになろうと根を詰めているように思える』

「おばあちゃん？」

私が生まれる前に死んでしまったが、母上によく似た遺影が仏間に飾られている。とても厳しい人だったらしい。

テープの中で、父は母上についていろいろなことを悩んでいるみたいだった。悩んで心配し、何かしてあげたいと思い、自分が邪魔をしているんじゃないかとまた悩む。挙句の果てには、自分と結婚して本当によかったのだろうかと言い出す始末だった。

この最後のテープには母上のことか、アトリエのことしか吹き込まれていなかった。あれこれと話題が飛ぶ今までのテープとは明らかに違う。父は意図的にこの部分だけを残したのだ。ときどきポッッと音が飛ぶのは、余計な録音を消した証拠なのだろう。録音した期間も、他のテープに比べて長期にわたっているようだ。

その間に母上は研究の道から離れ、華道の家元を継いで独り立ちしようと四苦八苦していた。個展のことで失敗して落ち込み、自分の母の頃からの古い生徒さんたちにはなかなか認められず苦しんでいた。――それは私が知らない母上だった。私が物心ついたときにはもう、母上は完璧な母上になっていたから。

『彼女は彼女の道を歩んでいる。彼女は立派な人だ。彼女の道のことで自分が力になれることなんてない。黙って信じることが応援だと思う。とにかくアトリエの完成を急ぐ』

気の毒なほど心配し続けた父は、とうとうそう言って母上のことを言うのは止めた。それからは、ひたすらアトリエの話を続ける。彼は言葉でアトリエの設計図を描いているみたいだった。

『彼女の好きな山桜はどこにいても見えるようにしたい。閉じ込めてしまうのはかわいそうだから、アトリエは一階建てにして、屋根の上に自由に枝を伸ばせるようにしよう。活け花を飾れる場所も作らなくては。でも仕事気分にはなって欲しくないから、小さいのをいろいろ飾れるくらいにしようか。出窓とか、キッチンの台の上とか……あ、柱にくぼみを作ってみたらどうだろう。小瓶に活けた花を置くのにちょうどいい』

私は山桜を見て、それからその向こうの柱に空いた四角いくぼみに視線を送る。あそこを花置き場として使うのは大正解だったわけだ。

『女性の建築士の方にお世話になっている。化粧品を置く棚とか、動線のことなんかも女性目線のアドバイスをくれるので助かる。……長崎に旅行したとき、紫苑さんは建物にすごく興味を示していた。和風の家の方が慣れていると思うけど、少し洋風のデザインも取り入れたい。色ガラスの建具を見つけたけれど、活け花の色を邪魔すると怒るだろうか？　喜んでくれる気もするけど……』

背が低い母上でも無理なく使えるように棚やドアノブは低めの位置に設置するとか、着物でも動き回りやすいように段差はできるだけ低く少なくするとか、父は本当にたくさんのアイデアを語っていた。それに合わせて、私はアトリエを改めて見回していく。このアトリエは確かに母上が過ごしやすいようにあらゆる工夫と気遣いが施されていた。背の高い父が使うにしては不便だったのではと思うだけで、それ以上は思い至りもしなかった。父が母上のためにこの場所を作っていたなんて。

「やっぱり、ここはお母さんのために建てられた場所だったんですね」

いつの間にか応接室の入口に立っていたキキちゃんが、ただいま帰りました、と顔を出す。

「おかえり。あれ、知ってたの？」

私はたった今知ったのに。

むしろそうとしか考えられないじゃないですか、とキキちゃんは首をかしげる。

「どこも背がそんなに高くない人が使うのにちょうどいいように作ってありますよね。靴箱は縦の長さがしっかりあるし、数もたくさんあります。お化粧品や生理用品をしまう棚も充実してますし、色ガラスや花柄のタイルが使われていたり、お花を飾るのにちょうどいい棚板があったり、お花好きの女性を喜ばせたいって意図を感じませんか？　研究者が論文を書くだけのアトリエにしては凝りすぎてます」

キキちゃんの洞察力に舌を巻く。聞いてたの？　とラジカセを指さしたけれど、今帰ったばかりですって、と返された。

『旅気分を味わってほしくて、電車の個室風の部屋も提案してみた。窓からたくさんの花が見えるように、花畑を作ろう。まずは草を抜いて地面を均《なら》すところから始めなくては……』

この応接室のことだ。私たちは窓から外に視線を送る。そこにはもう父の花畑はないけれど、父がたくさん咲かせていた花が見える気がした。

窓を開けて、うんと伸びをする。その腕を頭の後ろで組んだ。

「なんで母上はこの場所のこと嫌ってるのかな？　一度も来たことがないって。たぶんなにか誤解しているんだろうけど……お父さんはなんでちゃんと説明しなかったんだろう」

「たぶん、上手く話せなかったんじゃないですかね。美苑先輩と同じですよ。どう言えばいいかわからなくて黙っちゃったんです。なんて言ったら彼女のがんばりを否定せずにここに連れてこられるか、とか」

彼女のその言葉を裏付けるように、父が話し始めた。

『アトリエがついに完成した。彼女が好きなアジサイはあちこちに植えた。あとはただ、花を育てて彼女を待つ。いつか彼女が休みたいと思ったとき、ここを使ってもらえるように。自分に花を育てる才能があってよかった。他には何もしてあげられないのが、ふがいないけれど』

止まり木が揺れている。ソノがこちらに歩いて来ていた。起こしちゃった？　と声をかけると、ううん、と言うように首を横に振る。降りてきたソノを胸に抱えた。

父のテープが止まった。それが彼の言葉のすべてだった。私はテープを抜き取り、机の上に戻した。一つだけ取っておくテープを選ぶために、すべてのテープを聞いていたんだとふと思い出す。父はこのテープをどうして遺したのだろう。やっぱり、いつかはこれが伝わることを望んでいたからだろうか。

「これって、何だろう。関係を維持する努力って、こういうことなのかな」

倫太郎君が言っていたことを思い出す。関係を維持する努力をしていけること。それは確かに私がマッチングアプリのプロフィールに条件として書いたことでもあった。

特定の相手と一緒になりたいと思い、そのために体を動かすエネルギーを恋というなら、植物園を花だらけにしたのは確かに父の恋だったかもしれない。じゃあ来るかわからない母上のためにこのアトリエを作ったのは？　もう結婚した相手に対して、その相手とずっと一緒にいられるように努力したということか。

「きっとお父さんはそこまで考えてなかったと思いますよ。関係を維持する努力、とかじゃなくて、ただやりたくてやってた。そう思いませんか？」

キキちゃんの言葉に賛同するように、ソノが私の腕に額を擦り付けている。私はソノのためにアトリエをリフォームして、野菜を作ることを努力だと感じたことはない。そう思うとよくわかる。

「それが愛ってこと？」

真剣な表情で口にする。キキちゃんはまた何をいまさら、という感じで微笑んだ。

「私に訊いてどうするんですか。美苑先輩のお父さんは、お母さんのことも、美苑先輩のことも大切に思ってて、愛してた。ただそれだけですよ。ずっとそういうことだったじゃないですか」


一週間近くが過ぎ、後輩たちの追跡も落ち着いてきた。あとはこの週末で彼らの頭が冷えてくれることを祈るばかり。

大学から早めに帰宅する。キキちゃんはまだ帰っていなかった。自転車を納屋に仕舞って、畑に水を撒く。ソノもベンチの辺りに出て来ていた。

「もう二週間経ちそうだけど」

まだソノと話すことができない。彼女との間に透明で分厚い壁があって、声が届かないのだ。この壁を取り払う努力をすべきなのは私だと気付いている。けれどその方法が見つからないまま、時間ばかりが過ぎてしまっていた。

サアア、とホースから水が降り注ぐ。そろそろ朝も夕も水を撒かないと葉が萎《しお》れてしまうようになってきた。

美苑さん、と誰かに呼ばれた気がした。横を見る。砕け散る水の向こう、坂を上がってきた辺りに誰か立っていた。

「え、倫太郎君？」

どうしてここに居るのかとか、なぜ場所がわかったのかとか、いろいろ訊きたいのだが驚きで言葉が出ない。手を拭いながら近づくと、はいこれ、と見知った小銭入れを渡された。私の物だ。

「駅の階段で落としたのを見たから拾って追いかけたんだけど、すぐ改札に入っちゃったから渡せなかったんだよね……。メッセージ送ったけど気付かないみたいだったから、お屋敷だったら場所わかるし持ってきたんだけど」

お屋敷では直接届けてもらってもいいかと頼まれ、このアトリエの場所を教えてもらったらしい。同じ小学校に通っていた倫太郎君であれば、確かにお屋敷の場所はよく知っているだろう。こちらに向かうように言ったのはもしかして母上だろうか。

「急にごめん。学生証が入ってたから、ないと困るんじゃないかと思って」

彼は申し訳なさそうに視線を下げている。

「こちらこそわざわざごめん。土日に大学入るのに必要だし、すごく助かる」

倫太郎君の顔を見る。この人と私は今付き合っているのかと思うと喉が詰まる感じがした。言葉を出すのに、少しだけ力がいるような。

あとこれもどうぞ、と倫太郎君は保冷バッグを差し出した。

「友達と釣りに行ってて。たくさん釣れたからおすそ分け」

バッグの中を覗く。緑がかった背中に、黄色いひれ。小ぶりだけど新鮮でおいしそうな鮎《あゆ》が四匹ほど見えた。

おお礼を言おうと思ったけれど、顔を上げたときには倫太郎君はもうソノの近くにいた。初めまして、と挨拶している。

「綺麗な子だね。ソノちゃん？　触ってもいいかな？」

ソノは構わない、という感じで目を細めている。大丈夫だよ、と言い残しアトリエに鮎を持って入る。再び出たときにはソノは地面に座った倫太郎君の膝の上でくつろいでいた。頭を優しく撫でられて、まあ悪くないわね、みたいな顔をしている。

「ソノがいきなり膝に乗るなんて」

「え、怒ってるのかな？」

気に入ったみたいと伝えると倫太郎君は嬉しそうにソノを撫でた。

「あの、もらい物だけどパン食べる？　よかったらベンチ座って……家はちょっと今同居してる子がいるし、無断では上げられないんだけど」

本当はキキちゃんは気にしないだろうと思ったけれど、いきなり家に二人きりというのも気が引けたのだ。私が畑に面したベンチを指すと、倫太郎君はソノに何やら話しかけてから歩いてきた。ソノは畑に近づき、バジルの匂いを嗅いでいる。

私はキッチンにパンやお茶を取りに行き、お盆に載せて戻ってきた。倫太郎君はベンチの近くに立って山桜を見上げている。

「ありがとう。ちょうど小腹が空いてたところ」

ベンチにお盆を置く。座面の端をアリが歩いていた。彼はその子を指に乗せて地面に降ろしてから、ベンチに腰かけた。

耳が一つしかないライオンと、頭が二つに割れてしまった魚のパンを紙袋から取り出した。父が植えたミカンで作ったマーマレードも差し出してみる。あそこのミカンで作ったんだよと山肌にある棚状の畑を指すと、倫太郎君は感心したみたいに頷いた。ソノがパンの匂いにつられて近づいて来る。少しだけだからね、とライオンのタテガミを千切って差し出した。

「ソノちゃんって、すごい賢者みたいな目をしてるよね。もしかしてなんでも知ってるんじゃない？」

「なんでも知ってるよ」

やっぱり、と倫太郎君は魚パンを頭から齧りながら頷いた。

畑やソノを見ながら、私たちはとりとめのないことを話した。小学生だったときのことも。

「あのときはごめんね。この間、謝ればよかったたって思ってた」

「あのとき？」

倫太郎君が蛇に石を投げたときだ。それを何度も言うのはさすがに気が引けたので言い方を考えていると、察したのか彼はまた少し顔をくしゃっとさせた。

「美苑さんが謝ることはないよ。でもお互いに、生き物に向かって石を投げるのはもうやめよう」

あの頃私は友達を作ろうと試みていたこと、蛇の友達ができてからゆきちゃんたちと会うのは止めたことなどをなんとなく話す。倫太郎君は私が蛇と友達になったと言ったときも別に驚いた様子はなかった。

「蛇やソノのことを思うと、倫太郎君が言ってた特別な相手っていうのがわかる気がする。倫太郎君はどうして誰かの特別になりたいって思ったの？」

「うーん……他に好きな人ができたって恋人に振られちゃったり、仲良かった友達が県外に出て、そこで別の友達を作ってたり、結婚して会えなくなったり、そういうことが重なって、かな。友達がいないわけじゃないけど、でも俺は別に誰の特別でもないって気付いたとき、なんていうか……」

「寂しいって思ったの？」

「そうだね」

今は寂しくないのだろうか。私と付き合ったり結婚したりして、私たちはお互いの特別になれるのだろうか。

倫太郎君は何を考えているのだろう。黙って私を見つめている。

「そうだ、話は少し変わるんだけど、この間恐竜が好きな女の子の話してたよね」

沈黙に耐えかねて口を開く。もともと話したいことではあったけれど、話題の転換のために使ってしまったみたいでちょっと心苦しい。

「恐竜博士ね」

「そう。彼女が恐竜が失われた悲しみで苦しんでいるとき、どう言ってあげるのがいいのか考えてた。話してみてもいい？」

もちろん、と彼は頷いた。

「私が覚えている父の最後の言葉がさ、『寂しいね』なんだけどね。私はその言葉がどういう場面で言われたのか忘れちゃってて、父は私に友達がいないことを寂しいって言ったんだって思い込んでた。でもこの間思い出したの。父は友達の蛇が去ってしまって悲しむ私に、寂しいねって言ったんだった」

畑の野菜に西日が当たっている。まだ小さいキュウリが水滴を光らせていた。私は近くに置いていた紙袋を膝に抱える。

「絶滅や死や、永遠の別れの悲しみはさ、抑えられるものじゃないよね。何かを言えば気休めになることもない。ただその子の寂しい気持ちを否定しないで、思う存分お別れをさせてあげることしかできないのかも」

「つまり、癇癪《かんしゃく》を抑えるために何かしようとする必要なんてないって感じかな」

「まあ、そう。悲しみは無理に抑えるべきものではないのかなって。その後で立ち直る手助けはしてあげたいけど」

私は紙袋から、この間買っておいた学術雑誌を取り出した。

「これ、よかったら……。恐竜は絶滅していないって論があるの知ってる？　恐竜は進化を続けて、現代まで生きてる。鳥って生き物に名前を変えて。鳥から先祖の恐竜を復活させる研究があったのを思い出して、その論文が掲載されてる雑誌を取り寄せたの。実験はまだ成功してないけど、面白かったよ。一応和訳したプリントも挟んでる。専門家が書いたり読んだりするやつだからもちろん難しいけど、恐竜博士なら読めるかもしれない」

渡すかどうかは倫太郎君が判断して、と彼に紙袋に戻した雑誌を渡す。倫太郎君はそっと両手で受け取った。紙袋の中に頭を突っ込むみたいにして覗き込んでいる。嬉しそうでほっとした。

「渡すよ。ありがとう。もしかしたら興味をもってくれるかもしれない。もちろん、何も変わらないかもしれないけど」

「うん、いい。ただ自分がやりたいと思ったからやってみただけ」

倫太郎君には言わなかったけど、これも父の真似だ。父は知り合いの子どもが電車好きと聞いて、誕生日に電車に関する論文を持って行ったとカセットに吹き込んでいた。

あんまり喜ばれなかったし研究仲間からは笑われたらしい。でも子どもにも論文を渡す父が父らしくて記憶に残っていた。

蛇と父を失い、悲しむ私を救ってくれたのはソノと、彼女のもとに連れ出してくれた児玉先生だった。何かが彼女を救うきっかけになるかもしれない。もしくは一瞬だけでも気晴らしができるかも。そのためなら知っている論文から興味を持ちそうなものを引っ張り出してくるくらい、してもいいと思ったのだ。

「雑誌のお金っていくらだった？　ここに書いてある通りの金額？」

倫太郎君が雑誌の裏表紙を見てから鞄を探っているので、お金はいいよと言い添える。

「この間のチケット代も出してもらったまんまだから」

「あれは学校の関係で安く買えたからいいよ」

払う払わないと二人であれこれ言っていると、「暑〜い」という悲鳴とともにキキちゃんが坂を上がってきた。玄関ポーチの前まで来てやっと顔を上げると、倫太郎君に気付いて「わ」と目を丸くした。

「あの、倫太郎さんですか？　私は美苑先輩の後輩で、家に住み込ませてもらっている木下キキです。晩御飯買うの忘れちゃったので、もう一回町に下りてきます！」

踵を返すキキちゃんを倫太郎君が慌てて呼び止めた。もう帰るところだからお構いなく、と立ち上がる。

「それに晩御飯は魚があるから大丈夫だと思うよ。じゃあ美苑さん、論文ありがと！」

お邪魔しました、と手を振りつつ倫太郎君は坂を下りていった。

魚？　と首をかしげるキキちゃんに、釣った鮎をくれたと説明する。

「論文ってのは？」

「興味ありそうな論文を渡したとこ」

「先輩、研究者以外の人って論文もらってもあんまり喜ばないんですよ？」

知ってるよ、と言いつつソノを抱き上げ、家に入る。

鮎を一目見て串焼きだと騒ぐキキちゃん。魚焼きグリルじゃ駄目なの？　と首をかしげると、鮎は串刺しにして塩で焼かないといけないのだと怒られた。

「七輪ならあったと思う。古いから使えるかわからないけど、炭もあったような……」

ソノと一緒に納屋に探しに行って、何とかその二つを見つけ出した。竹で串を作る、と鋸を持ったキキちゃんが竹林に向かって行く。元気だね、とソノとその後ろ姿を見送った。

ふうっと息を吐く。倫太郎君と話すのは楽しいと思うけれど、やっぱり後で疲れが出てしまう。倫太郎君に限った話ではない。他者と会うというのは私にとって少なからず疲れることなのだ。

そういえば、キキちゃんにはこの疲労を感じなくなっている。母上はちょっと緊張して疲れるのだけれど、この疲れとは違うような。つばめちゃんもそうだ。家族とか、一緒に暮らしている人は大丈夫なのかもしれない。

――でも、母上は死んでしまうのだ。キキちゃんだってお金が貯まれば出て行くだろうし、つばめちゃんも自分の人生を歩もうとしている。お屋敷からも、このアトリエからも人が居なくなっていくわけだ。

「寂しいね、かあ」

声に出してみる。ソノが私の隣にぴったりとくっついていた。


梅雨は少し前に明けたらしい。梅雨というのはどうも捉えにくい。雨が降り続いているなと思ったら始まっていて、降らないなと思ったらいつの間にか明けている。

「でも今日は雨が降っている。予報だと晴れだったのに」

植物園のベンチに腰かけて、ドーム状になった天井に雨が吹き付けるのを見上げていた。健康診断のためにソノを連れて来ているから、この雨だと帰れない。

クワ、とソノが大あくびをした。ソノは今朝なかなか起きてこなかった。最近は眠そうにしていることがだんだん増えてきたし心配していたのだが、健康診断の結果では数値に異常は見つからなかった。念のため糞と血液を検査してもらっている。

「狭くてごめんね。先生のイグアナに会うといけないから、一応キャリーの中にいてね」

ソノは眠そうに目をショボショボさせている。まあ仕方ないわ、というように鼻から息を吐き出した。

「通り雨みたいだし、すぐに止むよ」

田中さんが茂みから出てきた。いつからそこにいたのだろう。

彼女とはほぼ毎日植物園で会う。そのたびに少しだけ会話をするようになっていた。今までは滅多に会えない人物の一人だったのに。田中さんが私に気付いたとき、わざわざ顔を出してくれるようになったのだとしたら嬉しいかもしれない。

ソノが私を見上げている。私と田中さんをチラチラと見て、なんだか嬉しそうにしていた。

「ソノちゃん、健康診断お疲れ様」

田中さんがベンチの前にしゃがんで、ソノと目線を合わせる。人差し指の腹をキャリーに近づけた。猫に挨拶するときみたい。ソノはキャリーの格子越しに、田中さんの指を嗅いでいる。田中さんからは何の匂いがするのだろう。木とか、土とか、もしかしたらふりかけの匂いがするのかもしれない。

「研究室の方には顔を出した？　先生が論文のチェックが終わったからそのうち来るように言ってたけど」

「ううん。ソノがいるとアランがちょっとヤキモチ焼くから。先生のとこには午後行く。ありがと」

ソノがフン、と鼻を鳴らす。彼女もアランのことがあまり好きではないらしい。『アイツ王様気取りなんだもん』と昔言っていたことを思い出す。ソノとアランが会話できるわけではない。態度が気にくわないのだとか。

「ほら、もう止みそうになってる」

田中さんの言う通り、空にかかる雲は急に薄くなってきていた。濃い雨雲は流れて行ったらしい。辺りの暗さに大人しくなっていたインコたちも、少しずつ鳴き交わし空を飛び始めていた。気を付けて帰ってね、と田中さんは立ち上がる。じゃあね、とソノにも声をかけてくれていた。

去っていく彼女と交代に、駆けてくる人影があった。キキちゃんだ。今は授業中のはずだけれど。彼女は私を見つけると、先輩、と叫ぶ。焦っている様子だった。彼女の声に驚いたインコたちが数羽、バサバサと飛び立ち、警戒の声を上げた。

「美苑先輩」

「どうしたの？」

ただならぬ様子に嫌な予感がする。キキちゃんは肩で息をしていた。手にはスマホが握られたままになっている。

「先輩、すぐ戻ってください。お母さんが倒れたって、あの、つばめさんが」


キキちゃんが電話で聞いたところによると母上は既に病院にいて、容体も安定しているとのことだった。つばめちゃんは今アトリエにいるらしい。どうしてアトリエにいるのかは、キキちゃんもよくわからなかったと言っていた。

心配そうだったけれど、キキちゃんには授業に戻ってもらった。私はソノを連れ、とりあえずアトリエに帰った。病院に行くにしても車に乗せてもらわないといけないし、何よりつばめちゃんが心配だったのだ。彼女が電話で状況を正しく伝えられないなんて、明らかに普通じゃない。

「つばめちゃん？」

アトリエに到着すると、彼女はできるだけ小さくなりたいというように頭を抱え込んで、アジサイの陰に座り込んでいた。

私が歩いて戻ってくる間、ずっとここに居たのだろうか。葉から落ちた水滴で、肩から背中の辺りまでしっとりと濡れてしまっている。

手を引いて、リビングのソファーに座らせる。ソノが隣に座って、鼻先で彼女の腕をさすった。

タオルで彼女を包み込む。

固く結んだ口。濡れた瞳からは、雨粒に似た涙がしとしとと零れ落ちている。温かいお茶を淹れて、つばめちゃんがそれで少しずつ唇を濡らすのを見守った。

「母上はどんな感じ?」

やっと涙がひいてきたつばめちゃんの横に腰かける。彼女は両手を、ぎゅっとお腹の前で握りしめていた。

「朝食の後、急に意識がなくなって。救急車を呼んだんです」

母上はすぐに意識を取り戻したこと、命に別状はないこと、でも少しだけ入院しなくてはいけなくなったことなどを、つばめちゃんは途切れ途切れに語った。彼女は朝からずっと母上についていてくれたらしい。

「紫雨先生のお着替えや、身の回りの物を取りに一旦帰ろうとしたんです。でも先生がいらっしゃらないお屋敷に戻るのが、なんだかとても……気付いたらこちらに来てしまっていて。すみません、美苑さんにもすぐにご連絡、しないといけなかったのに」

つばめちゃんは私に電話をしてくれていた。私が気付かなかっただけ。折り返しの連絡もなかったから、つばめちゃんは仕方なくキキちゃんにかけたのだ。彼女の震えは止まらない。本当に怖かったのだろう。予定より早く、最期の日が訪れたと思ったはずだ。

今日は大丈夫だった。でもそう遠くないうちに、本当にそのままお別れになる日がくる。

私たちはそれを知ってしまっているのだ。いくら知っていても、心構えができることではない。母上の意識が戻ったからといって、手放しに安心もできない。

「怖いね」

「怖い、怖くて、どうしようもないんです。先生まで」

つばめちゃんは目をぎゅっと瞑り、歯を噛み締めた。腕も、脚も震えるくらい体の中心に引き寄せて。自分の中に、自分を仕舞い込んでいくみたいだった。つばめちゃんがこんなに、苦しい泣き方をするなんて知らなかった。

昔の彼女に戻ったみたいだ。不安げで、常に怯えていた頃に。

「大丈夫だよ。一緒に行こう」

彼女の腕に、そっと手を添える。冷たい体に、私の熱が伝わっていればいいのだけれど。

ソノを見る。彼女はゆっくりと瞬きをして、頷いた。大丈夫、と言ってくれているみたい。彼女はペットキャリーに自分から近づいて行った。一緒に来てくれるつもりなのだ。

「あのね、どうしても辛かったらお屋敷か、このアトリエで待ってて。でも母上の着替えとか薬とか、私じゃどこにあるかわからないの。必要な日用品をまとめるのも、多分一人だとものすごく時間がかかる」

つばめちゃんはうんうんと頷いて、震える唇で少しだけ微笑んだ。

「ごめんなさい……もう大丈夫です。お二人が一緒に来てくれると、心強いです」

つばめちゃんと、ソノと一緒に車に乗り込む。つばめちゃんはさっきまで震えていたのが嘘みたいに、しっかりとハンドルを握っていた。膝に乗せたソノをキャリーごと抱きしめる。心配そうに見上げるソノ。カタカタと、私の手だけが震え続けていた。

が。

「ただの貧血ですよ。大袈裟ですね」

私たちが大荷物を持って病室に入るやいなや、母上がぴしゃりと声をあげる。

つばめちゃんはお屋敷に着いてからは、もう泣かなかった。てきぱきと荷物をまとめて、落ち着いた運転で病院まで来た。母上の言う通り、一泊二日の検査入院にしては荷物は多すぎるみたいだ

母上の病室は想像していたよりもかなり広い。個室で、ベッドの脇にはソファーがある。畳が敷いてある一角まであって、ちょっとした旅館みたいだ。私はソノをソファーの上に降ろし、キャリーと、それを隠していた大判の風呂敷を畳んで片付けた。病院内へのペットの連れ込みは禁止されている。もし急に看護師が入ってきたら、私たちはつまみ出されるだろう。

シャンと座った母上は、パッと見ただけだといつもとまるで変わらない。でもよく見ると腕に点滴の針が刺さっていた。露わになった彼女の腕は筋張って、ぎょっとするくらい細い。母上と目が合う。私はとっさに視線を逸らしてしまった。

彼女に最後に会ったのは一カ月前だ。キキちゃんの誕生日でもあり、私が初めて母上に逆らった日でもある。あれからお屋敷には一度も行っていない。研究が忙しかったのもあるけれど、気まずさもあった。

「つばめちゃん、ごめんね」

母上は傍らに立つつばめちゃんの頰に手を伸ばして、真っ赤になっている下瞼の辺りをそっと親指で撫でた。もう流れていないけれど、涙を拭うみたいに。

「大袈裟ね」

大袈裟じゃない。母上が近いうちに本当に死んでしまうことには違いないのだから。二人を横目に、持ってきた歯ブラシなんかを洗面台の近くに置いていく。

「先生、お花を持ってきたんです。活けてくださいませんか」

「あら、あなたが活けなさいよ」

「先生に活けて欲しいんです」

私が持たされていた軽くて大きな箱にはお花が入っていたらしい。つばめちゃんがいつの間にか見繕っていた花を段ボール箱から出して、母上のベッドテーブルに並べていく。シンプルな花器、鋏《はさみ》、水を張った器なんかも母上の前に揃えていった。

張り詰めた表情でそれらを並べていくつばめちゃんに、仕方ないですね、と母上も少しだけ居住まいを正す。

母上が花に手を伸ばす。病室のベッドの上にいながらも、花に向かう母上は凜《りん》としていた。静かな空気が流れる。

いつの間にか、また雨が降り始めていた。強い雨だ。大きな窓に、雨が吹き付けては流れ落ちていく。つばめちゃんは母上の脇に控えて、私とソノはソファーに座って雨の滝を眺めながら、パチンパチンと茎の切られる音を聞いていた。暗い窓に明るい室内が映っている。花を活ける母上。その手元を、つばめちゃんは縋《すが》るみたいに見つめていた。

花が完成して、ほっと息を吐いたのはつばめちゃんだった。アジサイと、トルコギキョウが活けられている。アジサイは瑞々しい青。アトリエのアジサイはもうほとんど終わっているから、業者が開花時期をずらしたものなのだろう。

つばめちゃんは花を飾り、切り取られた茎や葉たちを片付けると、入院の手続きをしてくると言って部屋を出た。まだ少し赤い目元を細めて、私にそっと微笑む。

ソファーに伏せてうつらうつらしていたソノが、片目を開けて私を見る。足元を見てじっとしている私を、仕方なさそうに鼻で押した。彼女に促されるまま、私は母上の枕元に近付く。

「お掛けなさい」

先ほどまでつばめちゃんが座っていた丸椅子に腰かける。母上は電動ベッドの頭側を高くして座っていたけれど、少しだけ倒して体を預けた。

先日はすみませんでした、と小さく謝る。留学を命じられたときのことだ。留学を決めるのは私だし、断ったことを謝るつもりはない。ただあんなふうに伝えるべきではなかった。母上は何かを考えるみたいに、静かに目を閉じている。

「美苑、あなた、ソノと話せるでしょう？　他の生き物とも」

私は小さく何度か頷く。それがどうしたというのだろう。しかし思えば、そのことについて母上に話したことはなかった。ソノと話せると説明もせず、ただ話せることを前提に過ごしてきた。母上は疑問に思わなかったのだろうか。

「私も、幼い頃から人以外の生き物と心の中で会話することができました」

「え……？」

理解するのに少し時間が必要だった。私と同じように、他の生き物の声が聞こえる人がいるなんて考えたこともなかった。ましてそれが母上だなんて。まさかと思う気持ちと、嘘だとは思えないという直感が自分の中でせめぎ合う。

母上が目を開ける。いつもの鋭い眼光ではなかった。少し疲れたような、穏やかな視線。ゆっくりとした瞬きに、動揺が収められるのを感じる。本当なんだ、と思わせる力がその視線にはあった。つまりソノとも話せるということか。後ろを振り向き、ソファーにいるソノを見た。彼女もまた静かに頷く。

「ソノとも話せますよ。彼女が話したいと思ったときだけですが」

「人の心も、読めるんですか」

深い色の瞳に見つめられていると、そんな風にも思えてくるのだ。いいえ、と母上は目を細める。

「それができたら良かったのにと何度も思いましたが、それだけはできませんでした。人とは会話をしろということなのでしょうね。他の生き物……花以外の言葉は大抵わかったのですが」

それなら、母上は私よりずっとたくさんの生き物の声を聞けるということか。どうして言ってくれなかったのかと口に出しかけたけれど、私も同じかと思い至った。

「大学に通うまで、私はこのことを特に隠してはいませんでした。吹聴もしていませんでしたが、訊かれたときは本当のことを答えていたんです。でもそのせいで、同じ研究をしていた仲間から研究を外れて欲しいと言われるようになりました。結婚してからは、このことは誰にも話していませんし、二度と話さないつもりでした」

私は頷く。周囲の理解を得られないことには身に覚えがある。もしかしたら、私は母上と似ているのだろうか。父や児玉先生がときどきそんなことを言っていたと思い出す。そういえば父はテープの中で、母上が研究を断念したと語っていた。

「母上はそのせいで、大学を辞めたんですか」

母上は小さく首を振る。

「辞めた、というのは正確ではありません。きちんと卒業しましたからね。ただ研究の道ではなく、華道の道に進むと決めただけです。結婚したり、母が亡くなったり、そうすべき時機でもあったのです。……いえ、そう思い込んだだけかもしれません。今となっては自分が本当はどうしたかったのか、もうわかりません。もしかしたら、私は本当は研究も続けてみたかったのかもしれない。そんなことを考えていたから、留学の話を強く勧めすぎたのかもしれません。私のせいであなたが本当にやりたいことを諦めるなんて、あってはならないことですから」

母上はまた目を閉じた。ゆっくり息を吐いて、呼吸を整えているみたい。少し疲れたのかもしれない。

「母上、今日はもう大丈夫ですから、ゆっくり休んでください」

私がそう言い終わらないうちに、彼女は眠ってしまっていた。母上の寝顔なんて初めて見たかもしれない。貧血だと言っていたけれど、顔色はよかった。点滴のお陰なのだろうか。

母上が活けた花を見る。彼女は自分の人生を活け花に譬えていた。後悔がないように活けてきたと。

でも迷いがないわけじゃなかった。本当はどうしたかったのかと悩みながら、それでも後悔はないと言い切れる判断を下してきたのだ。

すごい。私はそっと詰めていた息を吐く。その難しさは誰よりも理解できる気がした。もし半年後にこの世を去るとして、私は自分の人生に悔いはないと言えるだろうか。本当にやりたいことや、やるべきことをやったと言い切れるだろうか。

私たちは夕方まで母上の病室で過ごした。母上は眠ってしまったままだったけれど、すぐに立ち去る気にもならなかったから。私はソファーに戻り、ソノを撫でながら母上が言ったことを頭の中で繰り返していた。初めて母上と会話をしたような気がする。言葉を交わしたことは今まで何度もあったのに。

母上はソノとどんな話をしたのだろう。庭の鯉はなんて言ってる？　声の聞こえ方は、私と同じ感じなのだろうか。もっとたくさん聞こえているのかも。母上に訊いてみたいことが頭の中を漂っては消えていく。

辺りがいよいよ暗くなってから、私たちは病室を後にした。眠ってしまっていたソノを起こし、キャリーに入ってもらうのは大変だった。また風呂敷でキャリーを隠して、できるだけ人のいないルートを選んで病院内を移動する。来たときは大荷物だったからキャリーが浮かなかったけれど、今はかなり目立つのだ。なんとか車に辿り着く。

「今夜はお屋敷に帰るの？」

運転席に座るつばめちゃんに尋ねる。彼女は自分の着替えや日用品を入れた鞄を後部座席に載せ、持って帰ろうとしていた。

「はい。病院に泊まりたかったんですけど、付き添いの許可が下りなくて」

つばめちゃんはちょっと気のない調子で答えた。母上のことを考えていたのかもしれない。

信号で停止する。雨はかすかな小雨に変わっていた。穏やかな間隔で、ワイパーが目の前を行き来する。帰宅ラッシュが過ぎた田舎の道は、ほとんど人通りがなかった。つばめちゃんの横顔を見る。泣いた跡はすっかりなくなって、今はむしろいつもより白く、陶器みたいに静かな表情だった。

「梅雨が明けたなんて、嘘みたいだね」

私が呟くと、つばめちゃんもええ、と小さく答えた。

「梅雨が終わらないで欲しいって祈ったんです。だから神様が雨をおまけしてくれた気がする、なんて子どもっぽいですよね……。紫雨先生に聞かれたら呆れられちゃいます。でもこんなに季節が進むことが辛いのは初めてなんです。アジサイを売っている店が少なくなってきたり、着物も薄単衣《うすひとえ》を出さないといけなかったり、そういうことが一々嫌になるんです」

つばめちゃんは、かすかに聞き取れるくらいの小さいため息を吐いた。

私は黙っていた。膝に抱えたキャリーの中から、ソノの寝息が聞こえてくる。

今日みたいな夜にお屋敷に一人なんて、心細いだろう。でも私は彼女をアトリエに誘うことはしなかった。狭すぎるというのもあるけれど、お屋敷につばめちゃんがいてくれると思うと心が穏やかになるというか、安心するのだ。

勝手すぎるとはわかっている。それでも、今の私にとってそれは重要なことだった。お屋敷に、母上かつばめちゃんがいるということが。

信号が青になる。気付けば雨は止んでいた。ワイパーだけ、虚《むな》しく左右に振れ続けている。

六、美苑の星園

アトリエの前の坂道は濡れていた。昨日の雨のせいだ。木々がトンネルみたいに道を覆っているから、乾きにくいのかもしれない。熱気と湿気が立ち込めて日陰なのに暑い。セミの声が帰宅する私を急かすように響く。梅雨が明けたからといって、こんなに一気に夏になることはないのに。

今週はずっと暗くなるまで大学にいたから、余計に西日が暑苦しく感じるのかもしれない。実験が順調に進んで論文がはかどったせいだ。いや、正直に言うと論文はもうほとんど完成している。その英訳に取り組んでいたのだ。留学の審査を受けるためにはその必要があったから。

論文のことを頭の片隅に追いやって、ただいま、とソノに声をかけた。坂を登り切る直前に彼女と繋がっている感じが戻る。

ソノはさすがにまだ起きていた。ちょっと眠そうだけれど、おかえりと声をかけてくれている気配がある。彼女の言葉はまだはっきりとは聞こえないが、何となく音みたいなものが聞こえるようになってきた。少し近付いて来たかもしれない。透明で分厚い壁の、すぐ向こうで彼女は待っている。

ソノが何か言っている気がして顔を上げると、畑に面したベンチにつばめちゃんが座っているのが見えた。ちょっと口をとがらせて、畑を見るともなしに見ているような。私にはまだ気付いていないらしい。

「母上に何かあった？」

嫌な予感がして少しだけ声が裏返る。母上は結局あれからもう一泊入院して、週明けにはお屋敷に戻っていた。まだ戻ってから数日しか経っていない。調子はいいと聞いていたので、この週末お見舞いに行こうかと悠長に構えていたけれど。

つばめちゃんはぱっと顔を上げて私に気付くと、違うんです、と手を振った。彼女の顔を見て、私も落ち着きを取り戻す。表情は少しだけ沈んでいるけれど、この間みたいに悲しみに暮れたり、動揺したりといった様子はなかった。

「すみません。大したことじゃないんです。ちょっと家出して来ただけで……。美苑さんもいないし、そろそろ帰ろうと思っていたんですが」

「家出？」

紫雨先生と喧嘩して、とつばめちゃんはため息を吐く。深刻な感じではない。ただちょっと疲れているように見えた。肩を落として、呆れか諦めが滲んでいるような。

「聞かせてもらってもいい？」

アトリエの鍵を開ける。不思議なくらい仲がいいと思っていた二人が、喧嘩だなんてと意外に思う。母上が口論しているのは想像に難くない。でもつばめちゃんが母上に反抗するとは考えたこともなかった。ソノも興味深そうに鼻を鳴らしている。

「大したことではないですし、楽しい話でもないですけど……」

そうは言いつつ、つばめちゃんは素直にソファーに腰かけた。まだ少し怒っているのか、口を軽くとがらせたままだ。

彼女は私たちに話を聞いて欲しいのかもしれない。そうであったらいいと思った。ただ話を聞くだけで気晴らしになるならお安い御用だ。私はソノを抱えたまま、池の脇に腰かけた。

「あの、私が一人暮らしを考えているってお話はしましたよね」

うん、と頷く。つばめちゃんのいないお屋敷が脳裏に浮かんだ。彼女は来年の春には学校に通い始め、アパートを借りて出て行くことになっていた。

「やっぱりお屋敷に住まわせて欲しいってお願いしたんです。少し遠いですが車があればお屋敷から通学することもできますし。私が傍で支えるから、先生には少しでも長く生きられるよう治療をがんばって欲しくて」

それで断られて、喧嘩になったのだとつばめちゃんは言う。

「先生はそんなことをさせるために私を雇っていたんじゃないとおっしゃいました」

つばめちゃんはそのときの悔しさを思い出したのか、少し頬を染めて、軽く唇を噛んでいる。私は彼女になんと声をかけていいかわからない。確かにつばめちゃんが母上のためにそこまでする必要はないと思う。その気持ちを無下にすることはできないけれど。

「家族、じゃないんでしょうか……」

つばめちゃんはその言葉と一緒に、また一つため息を吐いた。

「先生は昔、言ってくれたんです。自分はただの師であり雇い主だけど、我が子にするように支援するし、頼りたいときには母にするように頼っていいって。それなのに私からの支援は受け付けてくれないんですか？　私はただの従業員なんだって突き放して。そんなの一方的すぎます」

お屋敷で母上に留学の話をされたとき、私は母上が私を遠ざけたいのだと感じた。突き放される、というのはあの感じを言うのだろうか。母上が淡々と人生の幕引きを進めていくことにも、苛立ちや、焦燥に似た悲しさを覚えた。

そう、置いて行かれる気がしたのだ。蛇を見送った日のことを私はふいに思い出した。私がまだ小学生だったときだ。追い縋り、引き留めたくなる気持ちを抱え、私はただ見送ることしかできなかった。

つばめちゃんも今、同じ気持ちなのではないだろうか。母上と少しでも長く一緒に居たい。それなのに自分を突き放そうとする母上に、どうしようもない悲しさを感じ、やり場のない怒りを覚えている。

ソノが私の膝から止まり木に登っていく。私は立ち上がって、つばめちゃんのいるソファーに近付いた。

「この間病室で、母上は私の邪魔をしたくないって言ってた。自分のせいで私がやりたいことを諦めるなんて、あってはならないって」

つばめちゃんの諦観した表情を見て、私はそれは言う必要もないことだったと悟った。そんなことを言われなくても、つばめちゃんは十分に理解している。母上が彼女の門出を邪魔したくなくてそんな態度をとっていることくらい。

母上の生き方を尊重することしかできないとわかっていながら、それでも抑えきれない悲しみとか怒り。そういうものをここでちょっと漏らしただけなのだ。私が言うべきことは、きっと他にある。

夕食の支度をすると言って、つばめちゃんは立ち上がる。聞いてもらえてよかった、と少し無理に笑った。

太陽は沈みかけている。ふもとの町はまだ明るく見えるけれど、アトリエの前の山道はかなり暗い。その闇の中に、そっと下っていく細い肩。

家族じゃないんでしょうか、とつばめちゃんの言葉が繰り返される。

私たちは何なのだろう。どういう名前の関係なのだろう。何年も一緒に暮らしていて、家族に近い形で助け合っていても、私たちの関係は家族じゃない。それはあまりに冷酷ではないだろうか。

母上が死んでしまって、つばめちゃんがお屋敷を出たら。私にとっての彼女は、母上の教え子の内の一人に過ぎなくなるのか。つばめちゃんからしたら、私はかつての雇い主の娘、とか。

つばめちゃんの後ろ姿はどんどん小さくなる。私は今、彼女に置いて行かれていると思っている。それとも、彼女を突き放しているのは私なのか。

どうしたらいいのかな、と傍らにいるソノに語り掛ける。返事はない。ただ、止められている感じもしなかった。ソノは私がやることを、きっと肯定してくれている。

私はもう、自分がただ寂しいのだと気付いていた。私も、つばめちゃんも。私たちは寂しいのだ。

私は駆け出した。

「待って」

彼女が曲がり道に差し掛かり、上からは見えなくなる辺りで追い付く。つばめちゃんはゆっくり振り向いた。バタバタと走ってきた私に目を丸くする。

「えっと」

とっさに引き留めてしまったけれど、言葉が出てこない。

彼女とずっと一緒にいたい。それが叶《かな》わないことはわかっているし、つばめちゃんの夢を邪魔するなんてことはしたくない。

誰の特別でもない、と倫太郎君が言っていたことを思い出した。自分以外の誰かと、より大切で親密な関係を築いていった人たちの話を。私は気付いた。私は今、つばめちゃんの特別になりたいと思っているのだ。名前がある関係、特別で、離れていても決して他人にはならない関係。

「あの、えっと……私と結婚しませんか？」

意を決して口に出す。また変なことを言ってしまったとはわかっているのだけれど、うまく言葉が続かない。

つばめちゃんはハッと、小さく息を飲んだかもしれない。大きく見開かれた目。私と、空の夕焼けを映して光っている。

ふふ、とつばめちゃんは微笑んだ。

「……今、紫雨先生が私を選んでくれたときのことを思い出しました。私に、うちで働かないかって言ってくれたときのことを」

一歩私の方に詰めて、混乱している私の手を取る。

「ごめんなさい。結婚はできません」

「そっか……」

つばめちゃんの手を少し強く握り返す。悲しいというか、もどかしい。上手く伝えられない私を、つばめちゃんはどこか愉快そうに見ている。

「美苑さんは、私と家族になりたいって思ってくれてるってことですよね」

私は頷く。自分の言葉の足りなさが歯がゆい。家族になれば、私たちは他人じゃない。ずっと特別な関係でいられると思ったのだ。

「私も、私たちは家族みたいなものだって思ってます」

彼女は今度は本当に嬉しそうに笑って、ぎゅっと私を抱きしめた。温かくて柔らかい。

家族みたいなもの、と口に出してみた。それで十分かもしれない。名前がなくても、それは確かに存在しているのを感じる。

「ありがとうございます。そうですよね。先生がなんて言っても、私は私がやりたいようにやります。だって、家族みたいなものなんですから」

明るい笑顔を見せて、つばめちゃんが帰っていく。私は今度こそ本当につばめちゃんを見送った。寂しさがなくなったわけではないけれど、彼女がお屋敷を巣立っていくことを喜ばしく思う気持ちも強くなっていた。

ソノが坂を少し下りたところまで迎えに来てくれていた。なんかプロポーズしちゃった、と肩をすくめてみたけれど、ソノからは呆れたり、笑ったりという気配は伝わってこなかった。満足そうに目を細め、私の足に額を擦り付けている。

彼女を抱きかかえ、アトリエに戻る。結局遅い時間になってしまった。一番星が山桜の向こうに輝いている。

予定が合わないのをいいことに、母上のお見舞いを結局先延ばしにして、私は倫太郎君と出かけている。彼にはできるだけ早く話さないといけないことがあったし、会うにはこの土曜日が都合がよかったのだ。

木陰にレジャーシートを広げる。納屋から引っ張り出してきたものだ。小さいけれど、クッション性があってお尻が痛くならないのがいい。父はこれを何に使っていたのだろう。

高菜のおにぎりを倫太郎君に渡す。倫太郎君からはペットボトルのお茶を受け取った。私たちは大学近くの森林公園に来ていた。山を少し登ったところにある、キャンプ場や川やグラウンドも備えた大きい公園だ。会って話したいことがあるとメッセージを送った私に、それならピクニックでもしようと言ったのは倫太郎君だった。

私は話ができるならどこでもいいと思っていたけれど、思いのほか公園は落ち着ける場所だった。木々の間を涼しい風が吹き抜ける。

楽しそうに遊ぶ子どもの声は聞こえるのに、姿は見えなかった。少し離れたところにフィールドアスレチックがあるのだと倫太郎君が言う。

「あとで行ってみる？　大人になってから遊んでも結構楽しいよ。いい運動になるし」

「今日はやめとく」

子どもの頃にもそんなに遊んだ記憶がない。校庭の滑り台とかブランコとか、少しだけやってみた程度だ。それも楽しいとは思わなかった。

アスレチックには行かない代わりに、食後は小川を川下に向かって歩いてみた。浅いけれど流れの速い川だ。近くの渓流から公園内に引き込んでいるらしい。たまに深くなっているところがあって、小さい魚が泳いでいた。

倫太郎君はサンダルのまま川に入っていた。透明な水が彼のくるぶし辺りで渦を巻いている。冷たくて気持ちがよさそうだったけれど、私はスニーカーで来ていたので大人しく川べりを歩いた。長い棒を拾って、草で作った船が川を下るのを助ける。

川はだんだん深くなっていく。最後はもともとの渓流と合流するみたいだった。私たちは特に話もせず、ひたすら川の流れに従って歩いた。倫太郎君が立ち止まる。

倫太郎君の膝の下辺りまで水が来ていた。これ以上先には行けないみたい、と彼が振り返る。

「それで、俺はまた振られちゃうのかな」

突然言われて、ドキリとする。彼の眉が下がっているところを見ると心が痛んだ。

「どうしてわかったの？」

「ずっと、ちょっと険しい顔してたから」

私は自分の顔に触れる。たしかに少し緊張していたけれど、顔に出ているとは思っていなかった。

倫太郎君は静かに私の言葉を待っている。

「ごめん。私たちって、結婚を前提にお付き合いしてるんだよね……？　それをやっぱりやめたいの」

「何が駄目だったんだろう」

私、と呟く。

「私には、誰かと付き合うなんて早すぎたかもしれない。会ってるときは、確かに楽しいと思う。でも家に帰るとほっとして、自分が疲れていることに気付くの」

私は倫太郎君が立っている辺りの、水の揺らぎを目で追う。彼の顔を見ることができないのだ。

「川で遊ぶのと似てるかもしれない。水が嫌いなわけじゃないし、短時間遊ぶのには楽しいけど、ずっと水中にいたら溺れちゃうでしょ？　そんな感じ……。付き合ってるって意識すると余計に気負っちゃうのもあると思う。この感じのまま結婚について考えるのって、むしろ遠回りなんじゃないかって。だからやっぱり、結婚を前提にお付き合いっていうのは、一旦やめにしたい」

倫太郎君がじっと私を見ているのを感じる。意を決して視線を上げた。彼は静かな表情をしていた。悲しんでいるようにも、ほっとしているようにも見える。

私と目が合ってほんの少しだけ笑う倫太郎君を見て、彼もまた疲れていたのかもしれないと私は思った。私がそう思いたいだけなのか、本当にそうなのかまではわからないけれど。

倫太郎君はザバザバと歩いて、私の立つ川岸に近付く。わかった、と頷いた。

「残念だけど、仕方ない。大丈夫だよ。振られるのには慣れてるし。でも、一旦やめにしてどうするの？」

私は彼に手を差し出す。

「私と友達になってください」

彼は一瞬面食らった顔をしたけれど、すぐに私の手を握った。そのまま引っ張るものだから、私は片足を川の中に突っ込んでしまった。

「うわ、冷たい」

悲鳴を上げる私に、倫太郎君が笑う。少し慣れると冷たさが気持ちよかった。水が澄んでいて、沈んだ私のスニーカーがくっきりと見える。どうせ濡れたんだし、と思い切ってもう片方の足も川につけてみた。倫太郎君と一緒に、少し深いところまで歩いてみる。小石の間から小さい魚が逃げていくのが見えた。水流は見た目よりずっと強かった。張り詰めていた気持ちや緊張まで、洗い流されていくみたい。私は自分が笑っていることに気付いた。

倫太郎君もまた少し笑いながら、握ったままの手を上下に振る。

「友達ね。わかった。いいよ。俺が誰かと結婚して、泣いても知らないけど」

私は頷く。彼には本当に、特別な誰かに出会って欲しいと思っていた。お互いに特別だと思える関係を築ける相手を見つけて欲しい。そのためにも、私にずっと付き合わせるわけにはいかないのだ。

そう思っていたはずなのに、彼が手を離したとき、寂しさがふと漂ったのはなぜだろう。寒さに似たそれ。きっと、水があまりに冷たいからだ。

私は足を上げ、水面を思いっきり蹴とばしてみる。水滴が空を舞い、太陽を反射しながら落ちていった。


靴を乾かしていたから、帰宅するのが少し遅くなってしまった。ソノのタテガミの付け根や、肩の辺りを撫でる。彼女はソファーに腰かけた私の膝に乗り上げるみたいにしてくつろいでいた。リビングは沈んでいく太陽の金色の光に満たされている。キキちゃんはバイトに行っているのだろう。こうしてソノと二人きりでゆっくり過ごすのは久しぶりな気がする。

倫太郎君とは友達になったのだと伝えてみる。ソノはもったいない、と言っている気がした。けれど彼女の金色の瞳は穏やかで、私を責めているわけではないとわかる。彼の願いが叶って欲しいと思ったことや、もし本当にそうなったら少し寂しいかもしれないことなんかを少しずつ話す。

「家族になりたいって思うかどうかが、私にとっての結婚の判断基準なんだってわかったの。ずっと一緒にいても疲れなくて、むしろ離れてしまうことが寂しいと思うような。倫太郎君がそうなることが今後絶対ないとは思わない。でもすごく時間がかかるかも。いつまで経っても駄目な可能性だってある。彼をそんな目には遭わせたくないよね」

ソノは頷く代わりだろうか、一度ゆっくりと瞬きした。じっと私を見つめている。まだ話したいことがあるんじゃない？　と優しく言葉を促しているみたい。

心の中にある、隠しごとをするための箱。最近は自分でさえ触らないようにしていたそれは、もう溢れかえってしまっていた。これを隠したいと思う気持ちがソノとの間に壁を作っているのだということを、私はわかっている。

話さないといけない。話したいと思うのに、怖い。私は自分の手が震えていることに気付く。ソノが頭をもたげて、鼻先を俯《うつむ》く私の頬に触れさせた。彼女の鼻が濡れている。私の頬が濡れているのかもしれない。

「ソノ、ソノの言う通りだった。私、本当は留学してみたいって思ってる。留学、してみようと思う」

新しい場所、知らない人の中に飛び込んでいくなんて絶対に嫌だと思っていた。それなのに研究について調べれば調べるほど、心惹かれていくのだ。

自分なら役に立てると自信があるわけでもない。留学先の研究者たちとちゃんとコミュニケーションが取れるか不安で仕方ないのに、彼らと会って話したいと思う自分もいる。

「変だよね。自分でもどうしちゃったのかと思う。でも、行ってみたい。行くべきだと思うの。上手く説明できないんだけど」

審査のための論文も、提出しなくてはいけない書類ももう大体用意ができていること。もし本当に希望するなら、二週間後までにすべて提出しなくてはいけないことなどを話す。

「ソノと離れるのは絶対に嫌だと思ってる。一緒に来て欲しい。でも本当に、どうしても駄目なんだったら……私一人でも行ってこようと思う」

声が震える。私は泣いていた。ソノとの間にあった壁がどろどろと溶けて、涙になって溢れているのだと思った。

『もう、大丈夫ね』

よかった、とソノの声が聞こえる。やっと聞こえたその声にまた涙が止まらなくなっていった。

満足そうなソノの声。

何が大丈夫だと言うのだろう。婚活は白紙に戻してしまったし、母上のことも何も解決していない。アランの研究だって、もっと進められるはずなのに。

「何も大丈夫じゃないよ」

『いいえ。何もかも、大丈夫よ』

ふふん、と鼻を鳴らし小さく頷くソノ。私の胸に頭を擦り付ける。

『ごめんね。一緒に行ってあげられたらいいんだけど、もう無理そうなの』

帰らなきゃ、とソノは言っただろうか。どうしたの、と尋ねるけれど彼女は頭を振るだけ。

『全部、すごくいい。あなたが寂しいと思ったことも、つばめちゃんと家族になりたいと思ったことも、友達ができたことも。私と離れてでも、やりたいことが見つけられたことも』

立派に見える、とソノはまたゆっくり瞬きをした。ソノの瞳の中に映る私。黄金色の世界の中にいる私は涙でぐしゃぐしゃになっていても、確かにいつもよりちゃんとしているみたいに見えた。

『ねえ美苑、私と美苑も家族みたいなものよね。キキちゃんも。つばめちゃんも。あなたは自分で自分の家族みたいなものを作れた。友達も。あなたがいつか本当に特別な相手を見つけて、その人と恋をしたり、結婚したり、そんなこともあるかもしれないって思う。結婚だけじゃないいろんな関係を、いろんな人と築いていくんだわ』

ソノはとても満足そうだった。うっとりと閉じていく瞼が、微笑んでいるような表情をつくる。私は彼女の目の周りをそっと撫でた。

「ソノ?」

彼女は口を開きかけて、閉じた。

ソノがより近いところにいると感じた。彼女が考えていることが言葉ではなくて、イメージで伝わってくる。私と過ごした日々を彼女は思い出しているみたいだった。

初めて出会ったときの幼い私。植物園に毎日のように通って、大学生たちにちょっと笑われながらも、必死にソノに話しかけていた。『一緒に暮らすことにした』と言われたときの、私の輝く顔。畑で鍬を振る私が、腰を伸ばしている。論文を書いている私がしょっちゅう寝落ちしていたことや、一緒にドラマを観ながら笑い合ったこと。

キキちゃんと言い争いながら家事の分担をしているところや、髪を切ってもらっているところも。田中さんや児玉先生と話して微笑んでいる私。倫太郎君と、私と、ソノでパンを食べたこと。眠る母上を見つめている私の横顔。つばめちゃんに駆け寄っていき、抱きしめられている私の後ろ姿。

日向ぼっこをしながら見ているような、あたたかな記憶だった。ソノが私との日々に満足し、安心しているのが伝わってくる。たしかに大丈夫だった。何がどうとは言えないけれど、私はきっともう大丈夫だ。ソノがそう確信しているのがわかる。

帰らなきゃ、と彼女が言った意味に気付く。何かが帰っておいでと呼んでいるのだ。

柔らかい羽毛に包まれて、ソノの体が持ち上げられていくような感覚があった。抗《あらが》いきれない眠気に似ている。彼女が最近、酷く眠そうにしていたことを思い出す。ソノは前から気付いていたはずだ。

「どうして……もっと早く言ってくれなかったの？」

彼女の命は残り少ない。

否定したいのに、間違いようのない実感がソノの中にあった。そしてそれはもうどうしようもないことだった。病気や怪我があるわけではない。ただ定められた寿命の、尽きるときが訪れただけ。ソノは落ち着いていた。安心感と、幸せな記憶で満たされている。

『おやすみ美苑。大好きよ』

ソノの最期の言葉だった。あとはただ、穏やかな記憶の断片が浮かんでは消えてを繰り返すだけ。彼女はうつらうつらと、最期の夢を見ているのだ。楽しい記憶しかなかった。私と出会ったばかりの頃も、一緒に暮らし始めてからも。彼女がずっと幸せであったことが伝わってくる。私は彼女と一体になっているみたいだった。ソノ、ソノ、と彼女を呼ぶ声が聞こえる。大好きだよと何度も繰り返すそれは、私の声だった。今私が口に出しているのかと、自分のことではないみたいに感じる。

薄明の空が夜に覆われていくように、ソノの夢はゆっくりと消えて行った。穏やかに目を閉じたまま、かすかに最期の息を吐く。ふわりと死が彼女を包んだ。

ソノが息を引き取ってから、私はソファーに座ったままずっと泣いていたと思う。空が白んできたと思って瞬きをした瞬間、部屋が明るくなっていた。朝だ。ほんの少しだけ眠っていたのかも。ソノは私の膝に頭を乗せて、眠っているみたいに見えた。

「ソノ」

呼びかけても、返事はない。何度触れても、目を覚ますこともない。

足元にキキちゃんの毛布が落ちている。彼女はすぐ近くの床で眠っていた。いつ帰ってきたのだろう。まったく気が付かなかった。そっと毛布を掛け直す。

立ち上がり、まだ柔らかいソノの体を抱き上げる。彼女の寝室に連れて行ってウッドチップの上に寝かせた。

日曜日だが、大学には行かないといけない。そう思って玄関まで行き、立ち尽くした。出かける前に何か食べないといと思って冷蔵庫の前まで行ったけれど、ドアに手を伸ばすことはできない。体の動かし方がわからないのだ。覚えのある感覚だった。自分が自分から離れてしまっているような。

「先輩？　聞こえますか？」

突然話しかけられた気がして、顔を上げる。また少し時間が経ったみたいだった。辺りが薄暗くなっている。私はいつの間にかソノの前に移動していた。日が暮れるまで、ここでほとんど一日過ごしていたのか。キキちゃんが私の顔を覗き込んでいる。

「ずっと座り込んでましたよ。水、飲んでください。少しは食べて、眠らないと死んでしまいます」

「死んでしまいたいよ」

自分の喉から、自分のものとは思えないくらいかすれた声が出る。

「そうですね」

キキちゃんは私の手を引いて歩かせ、ベッドに座らせた。大丈夫ですよ、と彼女が言う。ソノがそう言ってくれていたことを思い出した。私は今、全然大丈夫じゃない。自分が空っぽになっている気がした。ソノの形の空白は、そのまま私の形の空白でもあった。

「飲んで」

キキちゃんに渡されたコップを傾ける。一杯の水を飲み干す私を見届けてから、キキちゃんは千切ったパンを私の口に押し込んだ。

「私は先輩に、生きていて欲しいです」

私は頷く。彼女から渡されたパンを自分で口に運んだ。このまましっかり噛んで飲み込んでいく。

「寂しいですね」

——美苑が空っぽになったわけじゃない。

ふいに父の言葉が蘇った。小学生の私が蛇と別れて呆然としてたとき、父はそう言ったのではなかったか。

キキちゃんがこちらへ手を伸ばす。彼女はそっと私を抱きしめた。彼女に触れている場所が、私の輪郭を形作っている。


一晩眠っていたらしい。時計は私がいつも起床する時間を指していた。彼女の寝室にいるソノにおはようと声をかける。返事が返ってくることはないのに。

「おはようございます」

早起きですね、とキキちゃんが寝室に顔を出す。彼女がこんな時間に起きているということは、パン屋のバイトが早番なのだろう。私がベッドから出ようとすると、キキちゃんにそっと押し戻された。

「今日はゆっくり休んでください。つばめさんに連絡させてもらいました。少ししたら来てくれるそうです。ご飯も用意してくれるらしいので、ホントに何もしないで、寝ておくんですよ」

そうはいっても、大学には行かなくては。キキちゃんが出かけたのを見届けて、私は体を起こそうとした。しかしうまくいかない。体がものすごく重たいのだ。しばらく苦心し、諦めて体を横たえた。スマホを手に取り、児玉先生に大学には行けそうにないと謝罪のメッセージを送る。論文を見てもらう約束をしていたから。ソノのことも書き添える。

つばめちゃんや、倫太郎君からメッセージが届いていた。それに何とか返信したところで、力尽きて横になる。

眠ったり、うつらうつらとまどろんだりしていたと思う。気付けばキッチンで誰かが料理をしている気配があった。つばめちゃんが来てくれたのだろう。

呼び鈴が鳴った気がした。誰が来たのだろうと考えていると、ベッドの脇につばめちゃんが歩み寄ってきた。

「美苑さん、起きていますか?」

うん、と目だけ開けて答える。つばめちゃんの目元が赤く腫れていた。ソノのために泣いてくれていたのだ。それに気付いて、また涙が滲む。

「外に真田倫太郎さんという方が来られていますよ。ソノちゃんのことで、心配して来てくれたみたいなんですけど」

今朝メッセージを返す際に、ソノのことを伝えていたのだ。でも今日は平日のはず。学校のお昼休みに抜けて来たということなのだろうか。

会わないといけないだろうか、と思うと同時に今はあまり人と話したくないのだと気付く。ありがたいとは思うけれど。それを言う前に、つばめちゃんが大丈夫ですよ、と立ち上がった。

「お休み中なので、会えないと伝えておきますね。本当に眠っていて大丈夫ですよ。でもご飯がもうすぐできますから、できたらまた起こします」

つばめちゃんが静かに離れていく。私はまた目を瞑った。しばらくして、お盆を持ってきたつばめちゃんに宣言通り起こされる。

ベッドを囲む本棚の空いている場所に、ガーベラとカスミソウが活けられているのが見えた。倫太郎君が持ってきてくれたらしい。ピンクとオレンジと白と、騒々しいくらい明るい花々だった。

私はつばめちゃんが作ってくれたおかゆを少しだけ食べて、またベッドに横たわる。寝たいというより、起きていたくないのだ。もう少しだけ休んでいたい。

美苑、と私を呼ぶ声がする。ソノだ。それは私の脳内ではなく、外から聞こえてきた。彼女の声が鼓膜を震わせている。

私はベッドの中で体を起こす。真夜中だった。室内は真っ暗で何も見えない。

「ソノ、どこにいるの?」

『美苑、聞いて欲しいことがある』

私は耳を澄ましながら、彼女がどこにいるのか必死に探した。ベッドから降りて体の向きをあちこちに変えてみるけれど、声がどこから聞こえているのかがわからない。どの部屋の方を向いても、そちらから聞こえてくるように思えるのだ。

『あのね、あなたが結婚しないといけないように仕向けてってお願いしたのは私なの』

応接室まで行って、月明かりに照らされたラジカセを見る。テープが回っていた。ソノの声はそこから聞こえてきている。

これは、ソノが録音した言葉だ。そんなことができるはずはないと思っているけれど、彼女の声が聞けるなら何だって構わなかった。ソノの言葉を聞き漏らすことがないように、耳をスピーカーに近付ける。

『私が死んだあとであなたが生きていくためには、誰かとの繋がりが必要だと思ったから。どうしたら他人と関わろうとするか、いろいろ考えたの。あなたとお屋敷に行ったときに、こっそり母上に相談してね。……母上の病気のことは最初教えてもらってなかったから、私も驚いたわ』

ソノの声が少しずつ遠くなっていく。行かないで、とそっと呼びかけてみたけれど、私の声はソノに届いてはいないだろう。

『私の体は山桜の樹《き》の下に埋めて。――美苑、愛してる。あなたも私を愛しているなら、生きて。さようなら』

プツリ、とテープが止まる。再生ボタンをもう一度押したけれど、彼女の声が聞こえることはなかった。テープがただ静かに回るだけ。

ハッと自分が息を飲む音がした。

私はベッドの中に横たわっていた。アトリエには朝日が差し込んでいる。また朝になったのか、とまぶしい室内に目を細めた。ソノが生きていた日が、着実に遠くなっていくのを感じて辛い。でも私がいくら立ち止まったって、時間が戻ることはない。いつまでも眠っているわけにはいかない。

応接室へ行こうとしたら、枕元のスツールにあのラジカセが置いてあるのに気付いた。開いているデッキの中は空だ。夢を見ていたのかもしれないけれど、私の耳にはまだソノの声が残っていた。

ソノの寝室の前まで歩いていく。裸足《はだし》に床の冷たさが伝わってきた。

そっとソノに触れる。体はもう冷たくなっていた。ガラスや、氷よりもずっと冷たい。この家にある何よりも。彼女はもうとっくにここにはいないのだ。

「ソノ、お別れしよう」

彼女が朝日の中で眠っているように見えるのは、最後の夜にうっとりと目を閉じた、あのときの表情のままだからだ。満足そうに、少し笑っているみたいな目元をそっと撫でる。

「ソノが私を置いて行きたいなら、それを受け入れることにする。これからソノが満足するくらい、ちゃんと生きるって約束する。だからまた会ったときには、あとは永遠に一緒にいて」

起きられたんですね、とつばめちゃんがアトリエに入ってくる。後ろにはキキちゃんが続いていた。

「ソノの体と、お別れしなくちゃと思って」

私は山桜の前に立ち、手に持ったスコップを持ち上げて見せる。そうですね、とつばめちゃんは寂しそうに微笑んだ。目元が潤んでいる。さっきまで泣いていたみたいに。

つばめちゃんと、キキちゃんに手伝ってもらってソノを埋めた。父の山桜の下に。

狭い中庭で穴を掘るのは大変だったけれど、少し湿った土はさほど力を入れなくても深くまで掘り起こすことができた。山桜の根には一度もぶつからなかった。桜はちょうどソノが収まるくらいの過不足ない範囲を空けておいてくれたみたいだった。ソノの体を抱きとめるみたいに、根が弧を描いて避けている。

お願いね、とソノを桜に託す。彼女が穏やかに眠れるように、どうか守って欲しい。

ちゃんとした墓標はすぐには用意できなかったので、代わりにソノがよく使っていた止まり木から一部切り取って立てた。

「体とはお別れできたけど、心はどうやってお別れするんだろう」

私の心はいつまでも、無意識にソノを探し続けていた。頭ではわかっているのに、探すのを止められないのだ。この家にいてソノと繋がれないということに、どうしても違和感がある。

いいですか、とつばめちゃんが遠慮がちに手を挙げる。

「お別れ会をしましょう」

「お葬式ってことですか?」

キキちゃんは頬にまで土をつけている。タオルでそっとふき取ってあげた。

「呼び方も、形式も何でも構いません。美苑さんのしたいように、ソノちゃんとお別れする会を開くんです」

「どうしたらいいかまったくわからないよ」

それは、とつばめちゃんは言い淀む。具体的なことは、まだ彼女にもわからないのだろう。わからないながらに、会を開きたいという気持ちは伝わってくる。ぎゅっと眉を寄せて考えを巡らせていた彼女は、ついに答えを出した。

「人を呼んでください。ソノちゃんのことを知っている人や、美苑さんが呼びたい人を。それでみんな自由に、ソノちゃんのことを偲《しの》ぶんです。軽食を出したり、飲み物を出したりして。それをいただきながら、みんな思い思いに、お別れをするんです」

つばめちゃんはこれ、とキッチンから持ってきた大きな風呂敷包みを開いた。立派な重箱が出てくる。いろいろな種類のおかずが詰まっていた。

「紫雨先生と作ったんです。美苑さんがしばらく外に出たり、料理したりしなくていいように。これも使っていただけたら」

「でも、人は別に呼ばなくてもいいんじゃない？」

いいえ、とつばめちゃんは珍しく頑なに首を振る。

「比べることでもないですが、実の家族をみんな見送った私が言うんですから。信じてください。意義のあることになるはずです。わからなくても、ね、やってみてください。ほんの少し、親しい人だけでいいですから」

「私も賛成です。ゼミのみんなや、児玉先生も呼びましょう。ソノちゃんのこと、知ってる人だけでも」

ソノはどう思うだろう。彼女だったら喜びそうな気がした。彼女は私と違って華やかなのも好きだった。パーティーの映像をテレビで観たとき、楽しそうと言っていたのを思い出す。彼女が最後に思い出していた記憶の中に、私がゼミ生と話しているときのものもあった。私が彼らと仲良くしている方が、ソノは安心するはずだ。

「母上も、来てくれるかな」

つばめちゃんがうんうんと頷いた。

「招いてあげてください。絶対、来てくれます。いえ、私が担いででも、お連れしますから」

山桜の方を見る。葉が風に揺れていた。ソノも父も、頷いてくれているみたい。

急だけれど、お別れの会はソノを埋葬した翌日の夜に決めた。ゼミのメンバーはとりあえず全員を招待した。私を毛嫌いしている人たちも。連絡はキキちゃんが担ってくれた。来たい人だけが来るように伝えて、と念を押す。

当日のお昼過ぎから、私はつばめちゃんと買い出しに出た。アトリエから出られるだろうかと少し不安だったけれど私の足はちゃんと動いて、つばめちゃんの車に乗り込むことができた。何人来るかわからなかったので、少し多めに飲み物を買う。食べ物が足りなかったときのために食材も買い足した。

アトリエに戻ると畑に児玉先生がいた。バーベキューコンロを置いて、既に炭を熾《おこ》している。周囲には座れる場所も用意されていた。丸太や薪を並べた簡易的なものだが。キキちゃんが新しい丸太を運んできていた。今まで先生にこき使われていたらしく、汗だくになっている。

「美苑君。思ったより生きているな」

先生は私の肩に手を置き、残念だったな、と軽く叩く。私はただ頭を下げた。ソノについて話すと泣いてしまいそうだったから。今は会の用意を優先しなくてはいけない。

「でも先生、どうしてバーベキューを始めているんですか？」

「そりゃあ君、アトリエの中だけだと数人しか入れんだろうが。肉は買ってきたかね？　野菜を採ってきなさい」

買ってきたばかりの食材の中からお肉を持って行かれる。私は先生の言う通り、畑から野菜を収穫してきた。ソノが食べる予定だったものだ。体も心もこわばっている感じがしていたけれど、畑で汗を流していると少しましになっていく気がした。無心でキャベツやピーマンを採り、先生に託した後は枝豆やトウモロコシも採ってきた。湯がいて出してもいいし、炭火で焼いても食べられる。

結局食べ物や飲み物はすべて外に用意した。納屋にあったものを使って、机や椅子代わりの台もたくさん作る。大体用意ができた頃には、西日の光が落ち着き始めていた。

今日は新月だ。輪郭だけうっすらとわかる月。一番星が光り始める。どれが一番星だかわからなくなる頃、学生たちが連れ立ってやってきた。田中さんもいる。誰も来ないかもしれないと思っていたのに。少し遅れて、倫太郎君も来てくれた。

「この間は、急に来てごめん」

倫太郎君の手には小さい花束が握られていた。また花を持って来てくれたのか。私も会えなかったことを謝ると、彼は首を振った。

「この歳になって新しく友達ができると、友達の距離感ってどんな感じだったかなってわからなくなるね。特に異性の友達なんて、考えれば考えるほど難しい」

私は少しだけ笑う。彼がそんなに真剣に考えてくれているとは思っていなかったから、妙にくすぐったいような恥ずかしさがあった。

ソノに花を供えさせて欲しいという彼を山桜のもとまで案内する。長く手を合わせる彼から離れて、庭の方に戻った。ソノに何か話しかけてくれているのだろうから、そっとしておくことにしたのだ。

いつの間にかキキちゃんが私に寄り添っていた。大丈夫ですか？　と心配そうな彼女に、微笑んで返す。

「そういえば、倫太郎君のこと言ってなかったよね」

お付き合いは止めて友達になったと説明すると、意外にもキキちゃんはいいんじゃないですか、と頷いた。

「私から先輩に教えられることはもうありませんね」

見放されたってこと？　と尋ねるとキキちゃんは言葉通りの意味ですと言って笑う。


開始の合図はしなかった。

各々、自由にソノを偲んで欲しい。持ち寄ったものや準備してあるものは、自由に使ったり、飲み食いしてもいい。飲食物は十分にあるので、特別食べたいものがある場合を除いて持ってこなくていい。その程度の説明はしていたけれど、みんな食べ物を持ってきていた。テーブルの上がかなり豪華になる。

お酒を飲んでいる人もいる。次第にみんな雰囲気になじんできて、和やかに話を始めた。田中さんは透明なカップに入った蠟燭《ろうそく》をいくつも用意して、火を灯してくれていた。机の上、家の周りや坂の辺り、ソノのお墓の周りにもたくさん。お盆の迎え火のイメージです、と彼女は言う。それが済むと山際の椅子に深く腰かけて、静かに火を見つめた。ケープで口も隠す。やはり彼女は賑《にぎ》やかに会話するのはあまり好きではないのだろう。それでも来てくれたのだ。

花を持ってきてくれた人はたくさんいた。彼らはそれをソノのお墓に供えたり、アトリエの壁や庭に用意したテーブルの上に置いていった。辺りはだんだん暗くなって、焚火《たきび》や蠟燭の火が美しく浮かび上がる。

母上を迎えに行っていたつばめちゃんが車で戻ってきた。助手席に母上が乗っている。私は母上に気付かれない程度に、ほっと息を吐く。来てくれてよかった。いつかはこのアトリエを見てもらわなくてはいけないと思っていたのだ。

つばめちゃんが後部座席から活けた花を取り出してくる。

「ソノちゃんを思って活けました。飾ってもいいですか？　ちょっとお花だらけになっちゃいますが……」

彼女はいくつか作品を持ってきてくれていた。車から降ろしては、空いたスペースを見つけて飾っていく。それはどれも色とりどりの花で作られていた。私はソノを宝石だと思っていたけれど、彼女は花でもあったのかもしれない。そう思うくらい、そのお花たちはソノを表していた。つばめちゃんが見たソノもまた美しく、愛《いと》おしかったのだとわかる。

初めて活け花がわかったかも。そう言うと、つばめちゃんも花がほころぶみたいに笑う。

しばらく車内から外を見ていた母上が、やっと車から出てきた。彼女は動きやすそうな洋服姿だった。シャツにパーカーを羽織っていて、ズボンはストレッチ素材。靴はトレッキングシューズみたいだ。新品ではないみたいだけれど、こんな服も持っていたのか。着物ではない姿が見慣れなくてついじっと見てしまう。

「なんですか。あなたが汚れてもいい服装でと言ったんでしょう」

そういえば父は母上との旅行について、しばしばテープに吹き込んでいた。その頃に着ていたものだとしたら随分物持ちがいい。

上がってもいいですか、という母上をアトリエに案内する。母上は少し緊張した様子で、開け放っている玄関をくぐった。

「お父さんは、母上に使って欲しくてこのアトリエを作ったそうです」

伝えたよ、と心の中で父に話しかけてみる。母上は背を向けているから、どんな表情をしているかわからなかった。ゆっくり歩く彼女の後ろを、少し離れて歩く。止まり木や水浴び用の浴槽について、母上は意外にも何も言わなかった。色ガラスや低めの戸棚に触れたり、花を飾るのによさそうな場所に少し立ち止まって見たり、キッチンのタイルを懐かしそうに撫でたりしただけ。母上が立つと、ここが彼女のための場所だというのが本当によくわかった。棚の一つ一つ、窓の高さやドアノブの位置、どれも母上を置いて設計したみたいに彼女にしっくりとなじむのだ。私が言わなくても、母上は気付いていたかもしれない。父が何をしたかったのか。

「私やあの屋敷から、離れたいわけではなかったんですね」

母上は最後に、安心したみたいに息を吐き、応接室の椅子に腰かけた。木のテーブルに手を置いて、少しくつろいだ姿勢になる。私はその入口で立ち止まった。

「あの人と電車に乗って旅行したのを思い出します。本当に懐かしい」

応接室のテーブルには、いつの間にかガクアジサイとシダが活けられていた。つばめちゃんが置いたのだろうが、気付かなかった。母上は触れるか触れないかというくらい優しく、花弁を指で撫でた。

窓の外には、蠟燭の炎が揺らめいている。私の目だと、そこを歩き回る人まではよく見えない。炎の前を黒い人影が通過するたびに、明かりは明滅する。本当に車窓からの風景みたいだ。明かりが後ろに後ろに流れていくよう。

何から、どう話そうか。また考え込んで黙ってしまいそうになる自分を奮い立たせる。いつまでも先延ばしにしてはいられない。話すべきときに、話さなくては。上手く言葉が選べなくてもいい。話せなかった後悔だけはしたくない。

「母上、婚活の話なのですが」

母上が振り向いて、私を見つめる。

「あれは、ソノが言い出したことなんですよね」

ええ、と彼女はわずかに顎を引く。

「ソノから聞いたのですか?」

私は無言で頷いた。やはりあれは、ソノの声だったのだ。

母上はテーブルの上の両手を握った。

「結婚を強いておいてと思うかもしれませんが、私は本当は、あなたはそのままでもいいと思っていました。昔からです。人より動物が好きでもいい。会話が苦手でも、人付き合いが苦手でも。ただあなたが元気に生きて、やりたいことをやれるならそれだけでいいのだと。でも私は、それさえ上手くできなかった。どう導いていいのか、わからなかったのです。手本を見せて、厳しくしつけることしか知らなかった。母親として、力が足りなかったと思います。ソノに助けられたのは私も同じ」

母上はまた外を見る。本当に美しいですね、と身を乗り出した。

「ソノが作った景色です。あなたのために、彼女が遺してくれた」

母上の座っている向かいに、父が座っているのが見える気がした。彼もまた、満足そうに窓の外を見ている。

母上が今、私を見ていなくてよかった。私はまた泣きそうになっていたから。

父も母上も、私を責めたり、失望したりなんてしていなかったのだ。ただ元気で、やりたいようにやっていること。そんなことでよかったなんて。

やっと解放された気がする。私は母上の隣にそっと座った。父と母上と私と、三人で電車に乗って、遠くに行けたらよかったのに。

「秘密にしていた三つ目の条件って、ソノのことだったんですか?」

母上が手紙に書いていた、結婚の条件について尋ねてみる。一つ目は相手が人間であることで、二つ目が一緒に暮らすことだった。今となってはすごく知りたいわけではなかったけど、気になったことがすっと口から出てきたのだ。

「ええ、ソノが認めること、というものでした。これを言うと何もかも知られてしまうので、仕方なく秘密にしたのです。諦めてしまうかもと思ったのですが、あなたはあなたなりに婚活をちゃんと試みたみたいですね」

アトリエも土地も私に譲るという旨の遺言を既に書いてあるのだと母上は言った。

「美苑、私は本当は、あなたが傍にいると嬉しいと思います」

母上は微笑んでいた。いつものまっすぐな瞳が私を捕らえる。けれど今はその中に揺らぎがある気がした。慈愛とか、優しさとか、寂しさが。

「でも、私はあなたを喜んで送り出します。あなたがやりたいことをやっているなら、その方が嬉しいから」

私は椅子に座ったまま、横から母上に近付いて、そっと腕を広げる。みんながしてくれたみたいに。母上の脇の下あたりに腕を回した。母上もまた、私の背中の上の方に手を伸ばす。すこしぎこちない動きで、私を腕の中にすっぽりと収める。

もともと小柄な母上の体がさらに小さく、か細くなっている気がした。それでも私の体を包み込む力は強くて、胸は温かい。

「最期に立ち会えなくなるかもしれません」

海外にいては、すぐに帰ってくることもできない。

発《た》つのは冬頃だけれど、それまでに母上が死んでしまっているかもしれないことは考えたくなかった。できれば母上にも口にしないで欲しい。

そのことですが、と母上は何か言い淀む。彼女の声は体を伝って聞こえてきていた。

「つばめちゃんに怒られました。美しく死ぬことばかり考えるなんて、少しも美しくないと」

母上は私の体を離さなかったので、彼女の表情を見ることはできなかった。見て欲しくないのかもしれない。

「病気を治療してみることにしました。とはいっても、少しだけ命が延びる可能性があるというだけですが。つばめちゃんやあなたに迷惑をかけてまで生きながらえる必要はないと思っていましたが、生きていることであなたたちが安心して旅立てるなら、できるかぎり生きてみようと思います」

母上の手紙に緩和ケアとあったのを思い出した。方針を変えるということだろう。少しでも長く生きられるように。

「ひとまず、春までは生きないといけませんね。この山桜が咲くところを見るのと、あなたとつばめちゃんを見送るのを目標にすることにします。母として、娘二人の旅立ちを見守れたら幸せですから」

母上はやっと私の体を離した。私たちの間に空気が流れ込んで、それがちょっと冷たく感じる。

「それに万が一のことがあってあなたの帰国が間に合わないとしても、一向に構いませんよ。最期の一瞬まで、あなたがあなたらしく生きていることを誇りに思えますからね」

母上がまっすぐに私を見る。

「気を付けて、行ってらっしゃい」

母上を応接室に残して、アトリエの外に出る。どこに行ってもソノの話が聞こえてきた。私の話も。私は父の最後のテープとラジカセを母上に渡してきた。それは父が母上に聞かせるために遺したものだと思うから。母上はたぶん今それを聞いてくれているだろう。

庭や、畑の横にあるテーブルの間を縫うみたいに歩く。そこかしこにソノがいる気がした。炎の揺らぎが、つばめちゃんのお花の影をゆらゆらと動かす。その中にソノのしっぽが見えるのだ。灯火は彼女の目の輝き。鱗の艶めきが、花びらや注がれた水の表面に映る。

「ソノ、そこにいるの？」

私の心は依然として、彼女との繋がりを失ったままだ。それでも、気付けば孤独はなかった。彼女のことを考えると、失われていないソノを感じるのだ。ソノのことを話している人の間に、私の蓄積されたソノの記憶の中に、ソノの声がある。

児玉先生が学生を集めて、私とソノの馴れ初めを語り聞かせている。彼らは感慨深そうに、しみじみ聞き入ってくれている。もう何回も聞いているだろうに。キキちゃんは初めて聞いたらしく、明るい声で合いの手を入れながら、興味深そうに身を乗り出していた。倫太郎君までその輪の中に入っている。彼はどこでも上手く人になじめる質らしい。

「なんかすごく、ありがたいことだったのかも」

ソノに話しかけてみる。返事はないけれど、『今更気付いたの？』と彼女は言っている気がする。

「私が研究を続けられたのって、他人に無関心な私のこと、気にしないでいてくれた人がいたからなんだよね」

ソノのため息が耳元をかすめる。

「ソノ、私がこの家を離れても、見守っていてくれる？」

児玉先生と学生たちは私に気付いたらしい。キキちゃんが手を振っている。

みんなにアランの研究を託し、留学させてもらう話をしなくては。すぐに後任が見付かるとは限らない。でも不安はなかった。ちゃんと話せば、きっと受け入れてくれる。私が先輩の研究を引き継いだように、誰かが名乗り出てくれるだろう。

畑の端まで来て立ち止まる。辺りを見回してみた。やさしく煌めく蠟燭とたくさんの花、みんなの微笑み。花園に星が降ってきたような、美しい景色だった。お別れ会はもうすぐ終わる。それでも、私の中にあるこの花園の光景は消え去らないだろう。どんなに時間が経っても、それは決して失われない。

もう大丈夫だ。

私は行かなくちゃいけない。

行ってきます、と口に出し、私は歩き始める。

【初出】「小説すばる」二〇二三年四月号〜二〇二三年一二月号

【装幀】岡本歌織（next door design）
【装画】イケガミヨリユキ

上畠菜緒（うえはた・なお）
一九九三年、岡山県生まれ。島根大学法文学部言語文化学科卒業。
「しゃもぬまの島」で第三二回小説すばる新人賞を受賞しデビュー。

イグアナの花園《はなぞの》
2024年9月10日　第1刷発行

著　者　上畠菜緒《うえはたなお》
発行者　樋口尚也
発行所　株式会社集英社
〒101-8050　東京都千代田区一ツ橋2-5-10
電話　03-3230-6100（編集部）
03-3230-6080（読者係）
03-3230-6393（販売部）書店専用
印刷所　TOPPAN株式会社
製本所　ナショナル製本協同組合

ISBN978-4-08-771875-1　C0093
定価はカバーに表示してあります。